# 爱过你

张小娴 著

图书在版编目（CIP）数据

爱过你 / 张小娴著. — 北京：北京联合出版公司，2019.4
 ISBN 978-7-5596-2977-7

Ⅰ.①爱… Ⅱ.①张… Ⅲ.①长篇小说-中国-当代 Ⅳ.①I247.5

中国版本图书馆CIP数据核字（2019）第038556号

本书经青河文化事业出版有限公司授权出版中国大陆中文简体字版本，非经书面同意，不得以任何形式任意复制、转载。本书仅限中国大陆地区发行。

## 爱过你

作　　者：张小娴

责任编辑：张　萌

---

北京联合出版公司出版

（北京市西城区德外大街83号楼9层　100088）

天津旭丰源印刷有限公司　新华书店经销

字数：264千字　880毫米×1230毫米　1/32　印张：11

2019年4月第1版　2019年4月第1次印刷

ISBN：978-7-5596-2977-7

定价：46.80元

---

未经许可，不得以任何方式复制或抄袭本书部分或全部内容
版权所有，侵权必究
本书若有质量问题，请与本公司图书销售中心联系调换。电话：010-82069336

如果有来生,
我想做一只鲸鱼,
自己顶着一个喷泉,到哪里都带着,
想要什么时候许愿都可以。

女人并不是只想在适当的年龄把自己嫁出去，而是想要和爱的人在一起。

幸好你遇到我,
从今天开始你就不会孤独终老。

一生那么短,

没有任何一天是可以重来的,

怎么能够忍受平淡呢?

目
录

*chapter*  **1**

漂泊 /001

生命中的某一天，有个人突然闯进来，而你觉得他很特别，比你所遇到过的每一个人都要特别，会不会就是危险的开始？

*chapter*  **2**

变迁 /127

爱一个人，你会愿意为他做任何事啊，你会希望自己对他死心塌地，再死心塌地一些，然后再死心塌地一些，永远不要灰心，不要后悔，永远不要醒过来。

*chapter* **3**

星星 /187

人会变的呀，以前不喜欢的那一类人，有一天会喜欢；以前很喜欢的一类人，不是不再喜欢，而是知道不合适。

*chapter* **4**

谎言 /255

当你爱一个人，你多么想要一部时光机，那样就可以穿越时光，回到他的童年，回到他的过去，认识他、陪伴他、安慰他。

*chapter* **5**

归宿 /303

从那时候开始，我就决定把每一天当成最后一天来活。向死而生，反而明白自己真正想要的是什么，需要的又是什么。

*chapter 1*

## 漂泊

生命中的某一天，有个人突然闯进来，而你觉得他很特别，比你所遇到过的每一个人都要特别，会不会就是危险的开始?

1

谁能够预见十五年后的事呢？比如说，一个从小在香港西区长大，读书、工作都离不开西区的女孩，怎会想到十五年后的一个夜晚，她会在西非贫瘠小国寂寂的苍穹下苦苦地想着心爱的人？想着他现在离她有多远。时间再往前推移，多年以前，安徽芜湖一座孤儿院里那个只比她大两岁的小男孩，甚至不知道五个小时之后能不能吃上一顿饱饭。

那是一九九九年，我的实习生涯正式开始，那年我二十二岁，初生之犊，满怀期待又战战兢兢。实习医生是医生之中最低级的，负责所有的杂活，当我穿上白大褂走进病房，我以为等着我的是做不完的工作、看不完的病人、挨不完的骂，还有因为缺睡而变得迟钝的大脑和连续熬夜的黑眼圈。多年以后，当我回望当天那个青涩的小医生，我才发现，那时候等着我的还有此后人生里漫长的欢聚和离别、希望和失望、成长与挫败，而这一切都和程飞有关。

那一年的十二月，我刚刚结束了小儿科的实习，转到内科。

内科一向被喻为战场，人手永远不够，病人络绎不绝，这样一个兵荒马乱的地方,却也是每个实习医生最好的训练场。经过内科的洗礼,才算是在战火中走过一回,可以准备好去打下一场仗了。

我和程飞相遇的那天,同学史立威家有喜事请假,求我帮他顶班。内科本来就只有我和史立威两个实习医生,我一个人做两个人的工作,已经连续当班超过六十小时,整张脸因为缺水而冒油,一颗头好像平时的两倍大,连走路也会睡着。要是当时我在病房里不小心摔一跤,我大概也会懒得爬起来,直接趴在地上睡去。

程飞见到的,是最糟糕的我。他后来说,那天看到我的时候,他确实被惊艳到了,可谁都听得出他不是这个意思,他的原话是:

"还没来香港之前,我一直以为香港的两只熊猫安安和佳佳……是叫安安和佳佳吧?是住在海洋公园里的,没想到西区医院这里也有一只,还会帮人看病呢……我以后是不是可以叫你熊猫?"

"不可以,太难听了。"我板起脸说。

程飞没理我的反对,自己扬起一边眉毛偷笑,嘴角笑歪了,眼睛也皱了,而我竟然不生气。从那以后,有段时间他都不叫我的名字方子瑶,偏偏要叫我"熊猫医生",我永远记得他那个样子,那么可恶,一张嘴坏到透顶,却又那么天真和幽默。直到好多年后,发生了那么多事情,每当想起这一幕,我还是会不禁微笑,还是会想念那天和那时候的我和他。

程飞初次见到我的时候,严重缺睡和脑部缺氧的我压根没看到他。六十小时不眠不休,那天我看谁都像一个幻影,朦朦胧胧的,就连我在徐继之的病床边做过些什么,又对他们两个说过些什么,我也想不起来了。

"那天你问我们两个是不是一对。"程飞后来告诉我。

我完全不记得我有这么说过。我怎么可能说出这样的话呢?我可是个很严肃的小医生啊。

我更早之前就在病房和病房外面的走廊见过程飞几次,在我的记忆中,那才是我们真正的初遇。或许那时候他也见过我,眼光却不曾停留在我身上。我太普通了,他并没有从一开始就注意我。

那时的他也比我好不了多少。我一直坚信我的黑眼圈、苍白的脸色和时不时两天不洗的头,是神圣的,是为了病人牺牲小我,而程飞呢,他本质就是个流浪汉。那时我并不知道他的过去。

我和程飞的相遇,是因为另一个人。

* * *

徐继之是十一月底住进 20A 内科病房的,他得了白血病,要做化疗才有机会活下来。当时我刚刚转到内科实习,他只比我大几个月,和我上同一所大学,我是医科毕业之后在医院全职实习,完成这一年的实习,拿到医生执照,才能成为正式的医生,而他已在读物理系研究院的第二年。这是他住院之后,我们两个偶尔聊起来才知道的。

一开始会注意到他,是因为他那么与众不同。

化疗的痛苦,即便是最强壮的人也受不了。剧烈的呕吐、高烧和发冷轮番上场欺侮你,身上大大小小的瘀青、浑身的疼痛、破嘴唇和每天大把大把掉下来的头发,更是把一个原本健康的人折磨得毫无尊严。他却总是那么安静,一双脆弱而敏感的大眼睛始终带着一抹明亮的微笑。

只要精神稍微好一点,他就会坐起来戴上厚厚的近视眼镜入迷地看他那几本泛黄卷边的棋谱,或者在病床的餐桌板上摆好棋盘跟自己对弈。这些围棋棋谱全都是那个自封为一代棋侠的对手带来给他的,这个对手说无敌最是寂寞,吩咐徐继之不能在还没有打败他之前死去。

跟他聊起这些事的那天夜晚,病房里挺安静的,很多病人都睡了。我替他量体温,他有点发烧,但精神还不错,亮着床头的小灯,摆好棋盘跟自己下棋。

"他这么说只是想鼓励我,其实我怎么都赢不了他。"徐继之说着挪了一颗黑子。

"也不一定的,只要活着就有机会。"我试着鼓舞他。

"我也可能活着但一直输。"他喃喃说,然后问我,"你会玩围棋吗?"

我摇摇头:"你那个朋友真的有这么厉害吗?竟敢自称一代棋侠。"

"总之是未尝一败,宿舍里没有一个人能赢他,我们这几个人可都是玩围棋玩了很多年的。"

"是不是就是常常来看你的那个人?头发像泡面那个?"

"泡面?"

"嗯,自来卷,挺像泡面的。"

徐继之哈哈笑了一声:

"没错,就是他,一直觉得他的发型像某种能吃的东西,跟他做了快两年的室友我都说不出来是什么,啊,原来是泡面!"

这天之前我还不知道他叫程飞。徐继之住院的那阵子,他每天都会出现。那时的他皮肤晒得黑黑的,人长得又高又瘦,总是穿着破旧的牛仔裤、卫衣和西装外套,背着个破烂的黑色尼龙背包走进病房。他有时会一直待到很晚,坐在床边那张塑料椅子上陪着徐继之聊天。他身上那件深蓝色棉布西装外套从来没有换过,好像从高中时代就一直穿着，白天穿，夜晚穿，睡觉也穿，早就被他穿得走了样。

虽然顶着个泡面头，全身皱巴巴的衣服近乎褴褛，牛仔裤也有点缩水，脚上一双球鞋更是又破又脏，程飞身上却没有半点寒酸模样，剑眉星目，脸带微笑，走起路来昂首大步，一副自得其乐的样子，完全不在乎别人的目光。

"又输了。"徐继之看着棋盘皱眉，"这局棋我们今天还没下完。程飞太难捉摸了，每次一开局好像是他输，可是到了中段他就一路杀回来，其实他一开始根本没输。他借给我看的棋谱，他十岁前就已经全部读过。他就算一边看小说一边下棋也能赢我们，赢了我们的钱就统统拿出来请大家吃东西。他很喜欢吃白切鸡，一个人能吃掉一只，是个很有趣的家伙。很少看到他温书，或者去补习，他就是玩牌、泡吧、打篮球，女孩子都喜欢找他玩，很潇洒的一个人，我特别羡慕他。"

徐继之摘下眼镜，把护士留给他的一杯温橙汁喝完，疲累地说道：

"要是我能够活着离开这里，我真的希望可以活成他那样。"

听到他这么说，那时初出茅庐的我，突然希望自己老十岁，再老十岁，成为一个大医生、一个好医生，知道怎样治好他的病，或者至少知道怎样减轻他的痛苦。然而，那一刻，我只能卖弄我的小聪明，跟他说：

"你当然可以活着离开这里。知道为什么吗？"

徐继之怔怔地看着我，等着我告诉他。

我耸耸肩，一只手放在病床的护栏上，微笑说道："你竟然没留意吗？你这张病床是七号，没什么的，'七'刚好是我的幸运数字。"

"啊，那我太幸运了。"徐继之咧开嘴笑了。

我点点头，不知道这么说是否给了他一点安慰。然而，当我转身背向他缓缓走出那间安静的病房时，我的眼睛早已经一片模糊。我记得那样深刻，因为那是我头一次为一个病人掉眼泪。

那时我没想过，许多年后的一天，他再一次让我掉下眼泪。

※ ※ ※

隔天傍晚，我又见到程飞。

晚上的探病时间还没开始，来探病的人都得在病房外面的走廊上等着。我从病房出来，准备搭电梯到楼下，他刚好坐在电梯附近的一张长椅上，戴着一只耳机听歌，一副悠然自得的样子。两个穿校服的十三四岁的孩子坐在他身边，看来像两兄妹，正拿着作业本低着头做数学题。

"女孩子要学好数学。"程飞对那个秀气又苦恼的少女说。

"为什么啊老师？"少女抬起头茫然地问他，她看起来一点都不喜欢数学。

"学好数学，将来嫁人容易些。"程飞挑眉说。

"那我不用学了，我是男生。"那个机灵的少年马上说。

少年刚说完就被程飞打了一下头："信不信我把你小头打成大头？一个男人数学不好将来怎么出来混？你没听过博弈论吗？想要在酒吧里追到最漂亮的那个女孩子，就要懂博弈论。"

正在等电梯的我，听着偷偷笑了。

探病的钟声响起，病房的两扇自动门缓缓打开，程飞站起来，摘掉耳机还给那少年，说："你们先去吃饭，我进去看我朋友。"

"老师，要帮你买盒饭吗？"

"你有钱吗？"

"有啦。"那少年说。

"冰激凌……"进病房之前,程飞回头跟那少年说。

那少年回答:"记得啦老师,还是枇杷冰激凌对吗?"

程飞摆摆手,表示对了。

少年和少女匆匆收起作业本,和我挤同一部电梯到楼下去。

我站在电梯最里面,看着挤进来的那两兄妹的背影,想起他们三个人刚刚的对话,想起程飞那一本正经的腔调,我扑哧一声笑了,幸好我当时戴着口罩。

## 2

跟程飞正式见面是我替史立威顶班的第二天。傍晚时分,我顶着两个黑眼圈走进 20A 内科病房,感觉好像已经有一个世纪没有睡上一觉了。我白大褂一边的口袋里有一个黑色小笔记本,密密麻麻写满了当天要做的事,我把笔记本拿出来看了一遍就开始干活。

当我走到徐继之的床边,程飞也在那儿,他刚刚替徐继之上完课,回来讲给他听,一本写满了物理公式的笔记本摊放在餐桌板上,两个人很认真地讨论。以下的对话是程飞事后告诉我的。

"这是程飞,这是方子瑶。"徐继之给我们互相介绍。

我眯眼看了看他们两个,然后说:"哦,你们两个是一对吗?"

说完,程飞和徐继之两个同时愣愣地张嘴看着我。

而我,据说我当时就像冷面笑匠一样若无其事,从口袋里拿出我的听诊器戴上,准备做检查。

"然后我就问你:'医生,这个和他的病有关系吗?'"程飞笑嘻嘻地说。

要不是他这么说,那天的事我完全想不起来。他这么一说,我又好像有点印象。幸好当时只有我们三个,没有别的人听到。

程飞告诉我这件事的时候,我们是在医院的餐厅里碰到。那天晚上九点,餐厅差不多打烊了,我终于可以坐下来吃饭。他和前几天那对小兄妹坐在另一桌,就在饭堂那棵瘦弱的绿色塑料圣诞树旁边。据说那棵圣诞树每年的十二月都会摆出来,这么多年来就没有换过新的,年纪比我们这些实习医生都要大。那两兄妹在那棵挂着几个彩球和小铃铛的老圣诞树旁边一边吃饭一边做习题,程飞看到我,冲我笑笑打招呼,走过来坐下,然后把那天的事说了一遍。

我当然不会承认,而且装出一副我不记得我有这么说过的表情。

"你为什么会认为我们是一对呢?就因为我们那么好?男人和男人之间就不能有纯友谊吗?你真是太俗气了。"程飞两条眉毛拧在一起,看我的神情分明是在捉弄我。

"你也很俗气就是。"我看了他一眼。

"我哪里俗气?"

"为什么说女孩子学好数学将来嫁人容易些?"

程飞恍然大悟:"你听到了?"

我不置可否。

"你读理科,数学应该也不错吧?虽然没有我好。这是很简单的数学啊。爱情就是关于概率,说到概率,就是数学的事。"

"如果这里概率的意思是缘分,那我同意。"

"缘分太虚无了,概率精准得多。先不讲爱情,讲嫁人这事吧,因为我说过数学好的女孩嫁人容易些。你听过数学有个'最佳停止理论'吗?"

"没听过。"

"那你就很大可能会孤独终老。"

"你才孤独终老。"我白了他一眼。

"不过,幸好你遇到我,从今天开始你就不会孤独终老。"

我禁不住眨了眨眼睛,以后也常常想起他这句话。遇到他,就不会孤独终老?他当时说得太兴奋了,一心只想着表演他那个"最佳停止理论",并没有意识到这句话对一个女孩子来说还有另一重意思。

"'最佳停止理论'可以帮你找到命中注定的那个人。"他说。

"真是闻所未闻,我洗耳恭听。"我吃着我的叉烧饭,等着程飞发表他的伟论。

"这张纸可以借我用吗?"他说着拿走我放在餐盘上的餐巾纸,用笔在上面写下一条简单的公式:

$$P(r) = \frac{r-1}{n} \sum_{i=r}^{n} \frac{1}{i-1}$$

"P 是你找到最佳人选并且成功和他结婚的概率,这个概率其实是由你这辈子的潜在情人,即 n,和被你甩掉的情人的数目 r 所构成的。如果你这辈子注定和十个人交往,你找到最佳人选的最佳时机是在你甩掉前面四个情人之后,那时你找到真命天子的概率是百分之三十九点八七;如果你这辈子注定和二十个人交往……"他站起身,快步走到他原本坐的那一桌,把吃到一半的蛋炒饭和杧果冰激凌拿过来,吃了一口饭,继续说,"这样的话,你应该甩掉前面八任情人。那么,你找到真命天子的概率是百分之三十八点四二。"

程飞咬着勺子,端详了我一会儿,似笑非笑地说:"啊,假设你这人特别风流,追你的人比天上的星星更多,那你应该拒绝前面百分之三十七的人,那么,你找到真命天子的概率就是三分之一!"

他挥动着手里的笔,越说越激动:"如果你不跟随这个策略,而是迷信你说的所谓的缘分,你找到最佳人选的概率只有 1/n,也就是说,如果你跟二十个人交往,嫁给对的人的概率只有百分之五,但是……你照着这个策略,概率就会提高到百分之三十八点四二。"

"我觉得你可以去开婚姻介绍所了。"我没好气地说。

"这个我倒是没想过哦,基本上,我觉得婚姻是违反人性的,要是我去开个婚姻介绍所,不就等于去做一件没人性的事吗?这种事我做不出来。"

不知道为什么,我当时笑了。

"你很诙谐……"

"这是赞美吗?"他做了个鬼脸。

"我还没说完呢,你没发现你这套理论有一个很大的漏洞吗?现实生活中真的有那么多潜在情人排着队让你选吗?你以为每个女孩都是玛丽莲·梦露或者伊丽莎白·泰勒吗?"

"哦,你说得对……"他点点头,"这个策略还可以简单化,而原则是一样的,毕竟你并不是玛丽莲·梦露。"

"啊……谢谢你提醒我。"我嘴角假笑了一下。

"我们忘记人数,用时间来玩吧,假设你十五岁开始跟男孩子约会,希望四十岁的时候结婚……"

"四十岁?"那时的我觉得四十岁已经很老了。

程飞一口饭一口冰激凌,慢条斯理地说:"只是假设,别怕。"

"我没怕。"我不在乎地看了看他。

"假设你希望四十岁的时候结婚,那么,在你交往时期的前百分之三十七,也就是你满二十四岁之前,应该先不要和这个时期的男朋友结婚,而是好好了解一下恋爱市场的运作,摸索一下自己想要个什么样的老公,等到淘汰阶段结束,你就可以选择你认为比所有前任都更好的那一个，这样就可以大大提高你找到最佳人选的概率。当然，这个策略也是有缺点的，但是也最切合现实生活的状况，许多女孩子往往到了二十五岁，坐二望三的时候就想要安定下来了。"

我忍不住了，看了他一眼，然后说："你是不是太没人性了？难道一个人为了找到最佳人选就要甩掉前面几个人吗？二十四岁之后遇到的也不一定就比以前交往的男人好。"

他看着略微生气的我，好像觉得这样的我很有趣："不是我没人性，我们现在说的是概率啊，世间的一切都充满模式，爱情也不例外，当然啦，数学只是一些原则，有些女孩子一辈子可能只得一个追求者，根本就没有机会甩掉前面的百分之三十七。"

说完，他哈哈大笑。

"难道喜欢一个人和爱一个人也有概率可以计算吗？为了嫁给最适合的人，就必须依从这个策略吗？可有时候，人往往不是嫁给最适合的那个人，而是嫁给最爱的那个人，不管他是否最适合做丈夫。"我说。

"这个策略，赢的机会明显大些啊。"他反驳我。

"或许有人喜欢输呢。"我回嘴。

"谁会喜欢输？"他不以为然。

"如果你以为每个人都想赢，那你太肤浅了。"

他看着我，不服气的样子："你不是喜欢输吧？"

"我的意思是，爱情是不能计算的，要是可以计算，又有什么值得稀罕？有些事情，明知道没有结果还是会去做，还是会去赌一局，因为没有人能够预知结局。"

"啊，没想到你原来是个赌徒。"他皱眉看着我。

"每个人都是赌徒啊，不过有些人赌得大些，有些人不怎么敢赌。"

他装出害怕的样子："你不会拿病人的生命来赌吧？"

"我当然不会，你当我是什么人？"

"是你说每个人都是赌徒的啊。"他无奈地笑笑。

"有时候，即使做足准备，也还是要赌一把的啊，可能我是个宿命主义者吧。"

"你不是宿命主义者，你是个女人。"他说。

"什么意思？我当然是个女的。"

"女人基本上都是凭直觉做事的，而不是用逻辑。"

我笑了："这跟直觉和逻辑无关啊，我们现在说的是爱情。茫茫人海，两个人相遇或者错过，也有个模式吗？为什么不是缘分呢？无缘见面不相识啊。为什么是这一秒遇见你而不是下一秒？一次错过是不是就永远错过？命中注定的那个人是不是真的会出现呢？人生的悲欢离合，爱一个人的幸福和依恋、思念或者伤痛，难道也像你说的这套'最佳停止理论'那样，可以计算出什么时候应该停止，不要再白白浪费时间和青春吗？"

他皱眉，好像在咀嚼我刚刚一口气说的话。

"女人并不是只想在适当的年龄把自己嫁出去，而是想要和爱的人在一起。"我接着把话说完。

"啊，你太感性了，我承认，数学是不实际的，不像医学。数学也有很多做不到的事，就好像这个世界上总有一座高山是人类无法登顶的，总有一块肉是永远吃不到的……"

刚刚把一块叉烧送进嘴里的我被他逗笑了："你这都什么比喻？"

他笑了："有一天，我希望我能够帮你计算出缘分的概率……假设真有这个概率的话。"

我吃了一口饭，说："借用你的比喻吧，虽然你的比喻有点古怪,这么说吧……我认为总有一片星空是没有人见过的,于是我们以为它不存在,医学也有很多做不到的事情,就像缘分偶尔也会遗忘了某个人。"

程飞点点头,露出赞赏的眼神:"你的比喻……意境的确比我的高一些。"

我为自己居然说出了"总有一片星空是没有人见过的,于是我们以为它不存在""缘分偶尔也会遗忘了某个人"这两句话而沾沾自喜,禁不住得意地笑笑。

"你刚刚说医学也有很多做不到的事情……那么,徐继之他有机会吗?他会好的吧?"他问我。

"这个要看他对化疗的反应,化疗也不是只做一次,那真的是漫漫长路,我只是个实习医生,我没有办法,也没有资格回答你。"

"我看他一脸福相,肥头大耳的,应该不会那么短命吧?"

"他哪里肥头大耳了?"

"宿舍里大家都叫他大头,你居然没看出他头很大?"

我哈哈笑了起来,问程飞:"你们感情很好?"

他点点头:"我一个人从安徽来香港读书,人生地不熟,他很照顾我,常常请我吃饭,带我到处逛,衣服都让我随便拿去穿。"

我禁不住看了一眼他成天穿在身上的那件又破又旧的蓝色西装外套。

"哦,不是这件,这件是我自己的,好看吧?我就喜欢西装外套。"

要不是我穿着白大褂坐在医院的餐厅里,那一刻,我真的想趴在桌子上大笑。

然后他说:"逗你玩的,我这人穿什么都无所谓,我不爱美,因为我本来就美。"

我终于没忍住哈哈笑了起来。

程飞满脸笑意,说:"大头是个顶好的人,人厚道,不功利,与世无争……唯一的缺点就是棋艺太烂。要是他吃了那么多苦还是无法活下来,那也太惨了,这个世界太不公平了。"

"即使还有另一个世界,也不一定就比这个世界公平,所以,还是好好活在这个世界吧。"我说。

他皱皱眉,好像想说些什么又没说,然后把他那盘蛋炒饭吃得一点不剩。

"你不吃了?"他吃完,望着我面前的叉烧饭问。

"我吃饱了。"

"还剩那么多就不吃了?你减肥?"

"我又不肥。"

"太浪费了,我帮你吃吧。"

"我吃过的,你不介意?"

"没关系,我不客气了。"他把我吃剩的叉烧饭拿过去倒进自己的盘子里,吃得津津有味。

吃着吃着,他若有所思地说:"你刚刚说,即使还有另一个世界,也不一定就比这个世界公平……我倒是相信,是有一个更好的世界,比这个世界好太多了,就像你说的,有一片星空我们还未曾见过,但是它一直都在那儿。"

我静静地看着程飞,他和我素昧平生,衣衫褴褛,头发乱糟糟的,但是眉眼好看,数学很好,潇洒、聪明、风趣,重朋友,喜欢调侃别人,饭和冰激凌会放在一块吃,又有很多古怪的想法……这一切都和我无关,直到一天,我们遇见。

他的家乡,我从未去过,他以后会去的地方,我也从未知晓。

|| 爱过你

他偶尔停留在我出生和长大的这座小城，我对他却生出了一种如故如旧的感觉，跟他聊天就好像跟一个老朋友聊天，听着他天南地北无所不谈，我会忘记身体的疲累和压力，开怀大笑，然后趁他不觉的时候偷偷补搽口红，想让他看到我最好的一面。

生命中的某一天，有个人突然闯进来，而你觉得他很特别，比你所遇到过的每一个人都要特别，会不会就是危险的开始？

3

亲爱的妈咪，亲爱的爸爸：

圣诞卡和卫衣上星期已经收到，很喜欢这个酒红色，正穿在身上呢。那边买 Roots 比香港便宜很多吧？妈咪就多买几件送我吧，拉链连帽衫和圆领长袖我都喜欢，圆领卫衣可以穿在白大褂里面。

你们不在身边，我过得挺寂寞的。（才怪！）这个月在内科实习，忙趴了。出租房子的事会做，我觉得不如租给附近的学生吧，听说很多人都申请不到大学的宿舍，我在学生会的网页登个广告就可以，用不着找地产代理。不知道妈咪意下如何？

妈咪要的麦维他消化饼和爸爸要的寿星公炼奶已经寄出。多伦多居然没有麦维他和炼奶？我一直以为这两样东西都是外国的呢。

你们那边已经下大雪了吧？天气冷，爸爸别出去铲雪了，让姐夫去做吧，否则干吗要住到他们隔壁啊。

我一切都好，就是睡眠不足，站着也能睡。

圣诞快乐，请多保重。

毛豆

4

亲爱的窝窝：

兜兜已经会走路了？她为什么叫兜兜呢？是吃不完兜着走的意思吗？

遗传基因是多么奥妙、多么无可奈何的东西！譬如说，你的小气、你的歇斯底里、你的大屁股和小短腿，都像妈咪，而我就像爸爸，人好、善良、大气，长得好看，聪明慷慨，脾气好，幽默又富有同情心。

虽然你遗传了妈咪所有的缺点，幸好你也遗传了妈咪最大的优点，你们两个都壮得像母老虎，嗓门又大，要是你在多伦多家里大吼一声，我估计远在温哥华的一只可怜的蝴蝶也会从天上掉下来。

有些人就没那么幸运了，内科病房有个病人，叫大头，我们同年又同校，很谈得来，他得了白血病，正在做化疗。他爸爸、妈妈和哥哥，都是得癌症死的，他哥哥死的时候只有十六岁，是淋巴癌。现在终于轮到他了，这不是遗传基因又是什么？所以他很看得开，觉得活一天是赚一天。

大头是你喜欢的类型，身家清白、家境好、成绩好、人老实、好脾气、干净整齐、听话、有安全感，可惜你已经收山嫁人，不再为祸人间。不过呢，就算你还未收山，人家也比你小五岁，不会爱上你啦。

大头的舍友程飞，头发像泡面，很好玩的一个人，他对大头很好，天天来医院，自己读数学，竟然跑去替读物理的大头上课，然后回来讲给他听。男人和男人之间的友谊有时候比亲姐妹还好呢。

程飞跟大头完全是不同类型，没安全感、不修边幅、不踏实、不会听你的话，大概也有点吊儿郎当吧，很逍遥的一个人，说话很好笑，喜欢捉弄人，却又把朋友看得很重。这种男人，你是不会喜欢的吧？

对了,你有没有听过"最佳停止理论"?你根本没听过吧?我也是头一回听到,可是……我的天!你不就是这样吗?二十六岁之前一直换男朋友,到了二十六岁突然宣布收山嫁人,从此退隐江湖,真不愧是会计师,所到之处,连草都被你算光,太会计算了,可是,也太无情。女人是不是会计算才会幸福呢?

这个世界上最可爱的毛豆

5

死毛豆:

你才像妈咪,你腿才短,你才小气。

你人好?脾气好?你不记仇?天呀!你认识你自己吗?那个因为一点芝麻绿豆的小事就把自己关在房里发脾气,三天不肯出来见人的是谁?

你说话还能再夸张一些吗?我在多伦多家里大吼一声,怎么温哥华的一只蝴蝶就会掉下来?温哥华太近了吧?你不如说那只蝴蝶在北非!

还有,你才壮得像母老虎,我生完兜兜不到六个月就瘦回来了,天生丽质没办法。

"最佳停止理论"是什么鬼东西?

我二十六岁结婚,是因为我想安定下来生孩子。

女人的卵子不像男人的精子,可以不断制造,我们从出生那天就带着这些卵子,它们是有数量的,越年轻的时候,卵子的质量也越好,在卵巢里待太久只会一天天变老,你读医的难道不知道吗?妈咪是三十岁之前生我,三十岁之后生你(据说是意外),你看到这中间的差别有多么大吗?所以,我怎么敢过了三十岁才生孩子呢?我也希望你二十六岁能嫁出去,要是你能嫁出去,你想要什么礼物我都送你好了(估计这份礼物我是送不出去的)。

我怎么为祸人间了?我和每个前男友都能做朋友,爱我的人太多了,就算我收山了退出江湖,他们也不肯忘记我。我这辈子其实都忙着叫人别那么爱我,别再对我死心塌地,可他们就是不愿意。你能想象我有多么累吗?你那个大头要是见到我,说不定药到病除呢。

吊儿郎当的男人就算了吧,你以为我没喜欢过一个吊儿郎当的男人吗?二十五岁之前,你觉得和这种男人恋爱才是恋爱,他们太有趣了,光芒万丈似的;二十五岁之后,还是和这种男人在一起,已经没有什么光芒了,你看到的是黯淡的未来,他们是不会和你结婚的,就算结了婚也不会是好丈夫。

我怎么会无情啊?你这忘恩负义的东西!但凡有我的,不都有你的一份吗?我穿过的裙子都留给你!(你没我穿得好看,这能怪谁?)你六岁那年有一次发高烧是谁担心你会死掉,在被窝里抱着你给你取暖直到天亮?你这个没良心的女人!

兜兜很爱我们新买给她的围兜,连睡觉都不肯脱下来,所以你姐夫就叫她兜兜。她长得可美了,跟我小时候一样,有两个小酒窝,完全是美人坯子,不像她阿姨,长得怪模怪样,不知道是从哪里捡回来的"天外飞仙",眼睛像狐狸,鼻子是猪胆鼻,嘴巴十足像金鱼,可以当作吸盘用。

永远的美女窝窝

## 6

善忘的窝窝：

　　什么芝麻绿豆的小事？是你和妈妈带回来的那只哈巴狗，叫白兰地是吧？还是威士忌？长得很白痴，整天流口水的那只，它把我的书和笔记咬个稀巴烂，我可是要温习考试的呀！

　　我六岁那年感冒发高烧是被你传染的呀！我发烧你还抱着我，到底是谁拿谁来取暖了？

　　我为什么要二十六岁嫁出去？我的人生很漫长呢，我又不想生孩子。妈妈三十岁之前生你，三十岁之后生我，我还真的看到这中间的差别有多么大，第二个孩子更完美呢。真的没想到，在我们家里就上演了一段人类物种伟大的进化史。

　　天外飞仙？眼睛像狐狸？猪胆鼻？嘴巴像金鱼，可以当作吸盘用？你说的是我吗？一段时间没见，你连自己亲妹妹长得多美都不记得了。你这个没良心的女人！

正在伤心的毛豆

## 7

臭毛豆：

　　可爱的哈巴狗不是叫白兰地，也不是叫威士忌！它的名字叫马天尼，有灵有性，长得可爱极了，人见人爱，花见花开，早上看一眼，心软到夜晚。

　　我的马天尼为什么有天突然不见了呢？我一直怀疑是你怀恨在

心，偷偷把马天尼杀了。一个会拿起手术刀把人解剖的女人，还有什么冷血的事做不出来？

将来会为马天尼报仇雪恨的窝窝

## 8

马天尼它主人：

　　我不但杀了马天尼，我还把马天尼的一只爪子割下来制成标本，做了一支"不求人"拿来挠痒痒呢。你知道的，我有办法弄到一些毒药和防腐剂。

　　我没把人解剖，我解剖的是尸体，不是活人，明白吗？

　　我觉得我上次对你有些误会，狐狸的眼睛是多么深邃？金鱼嘴是多么性感？猪胆鼻旺夫益子，天外飞仙分明就是赞美，没错，你说的就是我！

　　Always卫生巾真的有那么好用吗？能寄一打过来给我试试吗，我的好姐姐？

正在挠痒痒的毛豆

　　那年代还在用传真机。信写好了，我传真过去。看看手表，时间差不多了，我脱掉身上的睡衣，洗了把脸，换上毛衣和牛仔裤，准备去接李洛和苏杨。

## 9

李洛和苏杨是同一天搬进来的,那天可热闹了,两个人各自拎着大包小包从出租车上走下来,一下车就跑到后备厢那儿,让出租车司机把她们的行李箱扛出来放到地上。苏杨穿一件淡粉红色兔毛外套,推着个紫色的箱子;李洛穿着帅气的连帽迷彩军装长夹克,拉着她那个黑色尼龙大箱子。李洛首先看到我,当时我站在三楼的阳台上等着她们,然后苏杨也看到我了,两个人兴奋地朝我大力挥手,李洛大声喊道:

"我们来了!"

我挥挥手,匆匆跑下楼去接她们。

在阳台上和她们挥手的那几十秒的光景,我觉得除夕\*晚上我肯定是喝太多了,不然怎么会糊里糊涂答应这事呢?那天之前,我根本不认识她们。

事情是这样的,十二月中,徐继之完成第一期化疗,杀掉了身体里好些癌细胞,化疗的效果总算是让人鼓舞,他可以出院回家了。那天下午,阳光明媚,我来到病房的时候,徐继之早早就收拾好东西,背包放床上,换好衣服,坐在床边那张塑料椅子上等着回家。他穿着一件墨绿色的立领羽绒夹克,头戴深蓝色的棒球帽,帽子上面有个由纽约的英文缩写组成的标志绣。

主诊医生早上查房的时候已经签好出院的文件,徐继之出院前,我只需要确定他一切都好。当然,他人还是有点虚弱的。

看到我,他对我微笑:"你来啦?"

我笑笑:"今天可以走了啊,觉得怎么样?"

---

\* 编者注:香港将 12 月 31 日称作除夕,与内地的除夕概念稍有不同。

他看着窗外："我好像从来没见过这么好的阳光。"

阳光那么好，因为他活下来了。

"帽子很好看呢，这个什么标志？"我问他。化疗期间他掉了很多头发，得戴上帽子。

"啊，这个……是纽约杨基队的棒球帽。"他脱下帽子给我看看，摸了摸薄薄的一层头发，又重新戴上，"有一年暑假去纽约玩，去看了杨基队的球赛，在球场买的，没想到有天会用得着。"

"你喜欢打棒球？"

"小时候因为哥哥喜欢，他打得很好，我也跟着去玩，后来就没有再玩了。"

我心里想，多半是他哥哥离开之后他就没再玩了。

"今天是不是程飞来接你？"

他愉快地点头："已经来了，还有两个舍友，他们去帮我办出院手续和拿药……啊，他们回来了。"

我转身看向病房入口，程飞领着两个男生兴高采烈地走进来，两个男生都穿黑色夹克，第一个男生的脸很长，第二个的脸更长一些，两个人就好像从一个叫"长脸星球"的地方来的。程飞身上穿的依然是那件破旧的蓝色西装外套。这件外套，他后来一直穿了好多年。

"医生，你在呀？昨晚睡得很好吧？"程飞冲我笑，他手上拿着徐继之的药单和药。

"你怎么知道？"我前一天的确睡得很甜，很久没睡那么好了。

"你今天没有黑眼圈啊……"他说。

我正有些得意，程飞接着说："今天……只有两个眼袋。"

"有吗？"我连忙摸摸两边眼肚。

"没有。"程飞马上做了个鬼脸。

我真想踢他一脚。

"从下个月开始,我会转到急诊室实习。"我告诉他。

"哦?啊……就是像《急诊室的春天》那样?会很刺激吗?"程飞有点摸不着头脑我为什么突然跟他说这个。

"对,就是跟《急诊室的春天》一样……万一你突然肚子痛……"我指了指他右下腹那儿说,"就是这里,要是痛得很厉害,那可能是阑尾炎,要去急诊室,到时说不定会见到我呢。"我一本正经地说。

程飞两条眉毛拧成一个小疙瘩,啧啧两声:"不是说医者父母心吗?医生你怎么这么黑心?"

我欢快地说:"啊……我还不算是正式的医生,我只是实习医生。"

大小长脸在病床边张开嘴大笑,两个人的脸显得更长了。

我回头对徐继之说:"回去多吃点东西,多休息,要长胖些。"

徐继之冲我点点头,笑笑说:"知道了,我有很多想吃的……想吃炸酱面,要吃很大很大的一碗……"他说着做了一个双手捧着一个大碗的手势。

"哈哈……看来你真的很想吃炸酱面……有什么不舒服马上打电话告诉我们,啊……你也可以打给我。"我把程飞手里的药单拿过来,在空白的地方写上我的手机号码,想了想,我把传真号码也写了下来,然后塞给程飞,说,"你帮他拿着吧。"

我多机警啊,这样他也会看到我的号码。

程飞打开背包,把药和药单塞了进去,对徐继之说:"手续办好了,可以走啦,要不要拿张轮椅过来推你到楼下?"

"不用,我自己可以走。"徐继之慢慢站起身。

程飞扶着他,把他一条胳膊绕过去搭在自己另一边肩膀上,问他:"行吗?"

"行。"

"走喽。我们没事不要随便回来,这里有个实习医生很黑心。"程飞对我翻翻白眼。

徐继之对我微笑道:"啊,还有不到两星期就过圣诞啦,圣诞快乐,新年快乐。"

"你也一样,圣诞快乐,新年快乐。"我说。

我陪他们走到病房门边,大小长脸拿着徐继之的背包走在前头,徐继之和程飞两个人肩搭着肩慢慢地走。

程飞边走边唱起了《潇洒走一回》。

"……恩恩怨怨,生死白头,几人能看透……红尘呀滚滚,痴痴呀情深,聚散终有时……"

"你走调了。"徐继之说。

"是吗?我哪一句走调?"

"每一句。"

"会不会是化疗影响了你的听力?"

"我耳朵好得很。"

"啊,那可能是你的化疗影响了我的听力。"

"你这是哪一条物理定律?"

我笑弯了眼睛,双手插在白大褂的口袋里,目送着他俩的背影渐行渐远。从明天开始,当我走进病房,再也不会见到他俩了,那一天、那一刻,我并不知道我们还会再见,只是,我以后再也没看到这么温暖并行的两个背影。

日光穿过几个大玻璃窗落在长长的走廊上,天很蓝,走着走着,程飞和徐继之同时回过头来和我挥手道别,他们的动作是那么一致,两个人脸上的笑容就像那天的阳光一样灿烂。

‖ 爱过你

"再见，熊猫，后会有期。"程飞愉快地说。

我挥挥手说再见。他俩的身影在我的视线里变得越来越小，然后消失。

* * *

十二月中还是阳光普照，到了冬至那天，却是香港有纪录以来最冷的一个冬至。气温急降，哮喘发作和心脏不舒服的病人一个个不停被从急诊室送到内科病房，够我们忙的。直到半夜十二点，我才终于可以躲进医生休息室里吃我自己的"药"。

我拿出我那只胖嘟嘟的马克杯，烧开水，调好一杯热可可，加点牛奶，然后打开储物柜，把一包彩色棉花糖拿出来，慷慨地倒了半包到杯里，小小的、粉嫩的棉花糖漂浮在一大杯又香又浓的热可可上面，就像我儿时半夜躲在被子底下读过的所有童话书加起来那么梦幻、那么幼稚，却也那么幸福，甜到罪恶，一向是我熬夜和心情沮丧时的良药。

我像个半夜走下床溜到厨房偷吃的孩子似的，挨着电冰箱，呷一口热可可，往嘴里塞了几颗棉花糖，这时我的手机不停振动。

"喂？是熊猫吗？"

是程飞的声音，只有他会这样叫我。

"喂……"我说着话不小心呛到。

"喂？你在吗？你是不是在吃东西？"

"咳咳……我在吃棉花糖，差一点就窒息。"

"你还活着吗？"

"死了，是我的鬼魂在跟你说话。"

"那你能穿过电话看到我吗?"

"我不能,但我能穿过墙去看你。"

程飞在电话那一头咯咯大笑。

"这么晚,不是徐继之有什么事吧?"我问。

"他好着呢,今天吃了三顿火锅,跑了三千公里。"

"胡说。"我哈哈笑了起来。

"你三十一号除夕那天要当班吗?"

"那天有事吗?"

"我们想在宿舍替大头办个派对,庆祝他出院,顺便也一起迎接千禧年。之前不确定他的身体状况,怕他累,他这两天精神不错,所以就这样决定喽。"

我连忙在储物柜里找出排班表看看,我走什么运啊?十二月三十一号我居然是上白天的班。

"嗯嗯……可以的,那天我八点下班,我下班后过去吧。"我故意说得平淡些,没让程飞听出我很高兴可以去参加他们的派对。

"那太好了,到时见。"

"我要带些什么过去吗?"

"不用了,吃的喝的都有,别带棉花糖来就好,我们这里每个人都长大啦。"程飞可恶地说。

"哼哼……呸呸……"我挂断电话之后依然抿着嘴笑。

把排班表放回储物柜之前,我又溜了一眼,突然感到一阵晴天霹雳,我发现我看错了,除夕那天我不是上白天的班,而是夜班。

天哪!那可是二〇〇〇年前夕啊,我该不会……该不会孤零零一个人过那么悲情吧?下一个千禧年是一千年之后,到时候我怎么可能还活着?

我拿起手机，只能告诉程飞我不能去了，我不能和他一起倒数……慢着……《教父》第一集开头，那个殡仪馆老板不是请求教父维托为他女儿出头吗？教父一口答应，他怯怯地问教父需要什么回报，教父豪气地说："只要你以后把我当作朋友就好了。"后来，教父的长子桑尼被仇家枪杀，浑身上下全是子弹洞，像块血淋淋的破布似的，教父把桑尼的尸体送到殡仪馆老板那儿，伤心的教父跟那个老板说："葬礼那天，我不希望他妈妈看到他这个样子。"

　　我不是曾经替史立威顶班吗？要不是我，他就去不了他姐姐的婚礼。滴水之恩，尚且涌泉相报，何况我因为他而连续六十小时不眠不休，只差一点点就成为第一个英勇殉职的实习医生。这就是他回报我的时候。我用手背擦掉沾在嘴唇上的可可泡沫，愉快地按下史立威的手机号码。

　　史立威能对我说"不"吗？当然不能，否则他第二天一觉醒来会在被子底下发现一个鲜血淋漓的马头，还是暖的，一整晚都躺在那儿。

　　"喂，史立威吗？我是方子瑶。"

　　"什么事？"他好像被我吵醒了。这小子居然那么早就上床睡觉，难为我还有漫漫长夜。

　　"你有没有看过《教父》？"

　　"呸，谁没看过？"

　　"那我就放心了。"我情不自禁地哈哈笑了起来，既然史立威看过《教父》，我可以长话短说了，也无须暗示他要懂得知恩图报。

　　"你笑什么？干吗这么好笑？放心什么？哈哈……哈哈……你精神病啊？这么晚打电话来问我有没有看过《教父》，《教父》是我最喜欢的电影，我的英文名字麦可就是因为《教父》。"

　　"啊……对啊，习惯了叫你史立威，都忘了你叫麦可呢。麦可……

史立威……哈哈……"我简直笑弯了腰。

"方子瑶,你为什么这么好笑?是不是太忙,忙到傻了啊?今晚是不是收了很多病人?倒霉的你,每次轮到你当班,'生意'都特别好……哈哈哈哈……"他好像被我的笑声感染了,在电话那一头笑个不停。

等下他就笑不出来了。

* * *

做医生从来就没有准时下班这回事,除夕那天,虽然史立威知恩图报跟我调班,但我直到九点才得以脱身。我匆匆冲了个澡,洗掉身上那股消毒剂、药物和病房里各种排泄物夹杂的味道,把自己洗得香香的,换过一身衣服出去。前几天只要有点时间我就会想想这天要穿什么,到最后根本没有时间去想,早上出门抓起什么就穿什么。我穿了妈妈寄给我的那件酒红色卫衣、白色羽绒背心、牛仔裤和一双米白色的匡威布鞋,拎起帆布袋快步走出医院。

一辆载客过来的出租车刚好停在医院正门,我上了车,抱着我的帆布袋坐在后座。司机是个中年大叔,边开车边问我:"你是医生吧?"

"哦,你怎么知道?"

"你一上车我就闻到消毒剂的味道,你走那么快,不像病人;现在已经过了探病时间,你应该不是来探病的。"大叔说。

大叔是福尔摩斯吗?我连忙闻一下自己两边肩膀,又闻一下头发,消毒剂的味道来自我的头发,我只洗了澡,来不及洗头。我摇下车窗,让外面的风吹散头发上的味道,但我知道这股味道早晚会深入骨髓,也会伴随我一生。

他们住的那座宿舍在一个山坡上,是大学里最古老的宿舍之一,离医学院很远,大学四年,我从未经过这里。这是一栋红砖房子,挨着另外几栋宿舍,只有四层楼高,外面有个篮球场,门前有一棵比房子更高也更老的无花果树。我下车,抬头看了看,每层楼都亮起了灯。

我走上台阶,按下门铃。

来开门的正是李洛和苏杨。

李洛和苏杨两个人都戴着棒球帽,手上拿着一杯酒,两颊红红的,身上穿的跟后来搬家那天穿的一样。

我以为自己找错地方了。

"对不起,这里是男生宿舍吗?"

苏杨喝着酒,笑嘻嘻地说:"对呀,否则我们来这里干吗?"

"进来吧。"人高马大的李洛一手把我拉了进去。

程飞这时刚好从楼梯上走下来,他把一顶灰色棒球帽倒转扣在后脑勺。

看到我,他冲我笑:"你来啦。"

李洛和苏杨看见他下来,手拉着手跑上楼去了。

程飞歪着头看了看我,说:"你不穿白大褂,差一点认不出你来,原来你很小啊。"

"天哪,我才二十二岁。"我翻翻白眼。

"那你现在看起来只有十七岁。"

"我十七岁的时候,我姐姐说我看上去有二十五岁那么老。"我咕哝道。我从小就被窝窝不断打击自信。

"哦,你有个姐姐?"

"我看起来像个无亲无故的'孤独精'吗?她远在多伦多,美得像天仙,早上看一眼,心软到夜晚。"最后两句是窝窝在写给我的信里拿来形容那只走失的哈巴狗的,我就拿来形容她。

程飞吹了声口哨,笑眯眯地问:"你们是同父同母吗?"

"什么意思?"这次我的白眼翻得更厉害了。

程飞笑着摆摆手:"上来吧,大家都在楼上。"

程飞跑上楼梯,我跟在他后面。

毕竟是男生宿舍,我都可以闻到汗水、球鞋、未洗的球衣、球裤、袜子、刮胡膏和男性荷尔蒙的味道了。

"你为什么戴着帽子?那两个女生也……"我话还没说完,刚爬上二楼就发现每个人都戴着棒球帽。

"今晚我们陪大头啊。"程飞挪了挪头上的帽子说。

长长的走廊两边是一排排的房间,门都打开或者半开着,程飞走进其中一个房间,出来的时候拿着一顶红色的棒球帽,直接扣到我头上,看看我,然后说:"你戴这顶挺好看。"

我摸摸头微笑着,跟着他走。

这天晚上的派对来了很多人,大部分是男生,也有些女生,三三两两挤在走廊上聊天和嬉闹,有几个男生在几层楼之间跑来跑去。

走着走着,程飞在一个房间外面停下,说:"这就是我和大头的房间,我刚刚还看到他在这里。"

我往里看,两张床各自贴着一面墙,一张床很整洁,另一张乱七八糟,一看就知道哪一张床是哪个人的。

房门上贴着一张《哈啦玛莉》的电影海报,一头金发的女主角卡梅隆·迪亚茨穿着性感的细肩带红色短裙,双手搭在两个膝盖上,俯身向前,笑得很灿烂,她在戏里是个医生。

看到我在看门上那张海报,程飞说:

"在这里,自己房门上的海报都不是自己贴上去的,自己的都贴到别人的房门上去。"

我看向他们隔壁的房间，房门上贴的是《搏击俱乐部》的电影海报，对面那个房间贴的是辣妹合唱团的唱片海报，另一个房间是超级男孩的，我好奇哪一张海报才是他的，会是《搏击俱乐部》吗？

这时，我终于看到徐继之。他戴着那顶纽约杨基队的蓝色棒球帽，坐在一把转椅上，那天在医院见过的大长脸推着他从走廊另一端走过来。

徐继之朝我挥手，大长脸飞快地把他推到我面前停下。

"咦……你没事吧？"我低头看着他。

"没事啊。"徐继之从转椅上站起来，顽皮地说，"我就享受一下被人推来推去，挺好玩的。"

"啊……"我笑笑，"这几天身体还好吧？"

程飞坐到那张转椅上，跟大长脸说："推我！"

大长脸推着他在走廊上冲来冲去，我和徐继之站到一边说话。

"比起在医院好多了，至少没有再吐，也有胃口吃东西。"他说。

"那就好。啊……这个送你。"我从帆布袋里拿出预先准备好的礼物给他。

徐继之显得很意外，拿着包裹着的礼物，问我："什么来的？"

"你打开来看看。"

《教父》续集里，罗伯特·德尼罗饰演年轻时的教父维托，维托在戏里常常戴着一顶棕色的鸭舌帽，挺好看的，我本来想买一顶类似的送给徐继之，后来想到他头有点大，鸭舌帽可能太小了，而且天气也凉了，就决定买一顶深蓝色的毛线帽送他。只是没想到这天晚上每个人都戴着帽子，我的礼物可能没什么惊喜了。

"很漂亮。"看到毛线帽的时候，他满脸惊喜。

"希望你喜欢。"我说。

"喜欢啊,谢谢。"他马上把棒球帽从头上摘下来,换上我送他的毛线帽,然后把帽子拉低些,裹着整个脑袋。

大长脸这时推着程飞从我们身边飞过去,程飞回头说:

"天呀!你好像银行劫匪。"

徐继之跑上去追打他们,又走回来,喘了口气说:"别理他。"

"真的像劫匪吗?"我皱眉看了看他戴着毛线帽的样子。

"不会吧?"徐继之傻乎乎地摸摸自己的头。

"不会呀!我可不会穿成这样去打劫。"我耸耸肩说。

徐继之咯咯笑了起来。笑完,他挨着墙,把帽子戴好,说:"我并没有想过可以活下来,那时候,我只希望不会死得太辛苦,不会像我爸爸妈妈和哥哥那样,吃很多苦才走。"

"在疾病面前,人太渺小、太无知了。"我说。

"你有听说过明天是世界末日吗?"徐继之忽然问我。

"是吗?早知道我今天就不上班了。"

"早知道我也不做化疗。"

我们都笑了。

这次换了大长脸坐在转椅上,程飞推着他在我们面前飞了过去。

"如果明天就是世界末日,你今天会做什么?"徐继之问我。

"我真没想过,所以,明天最好不是世界末日,我还没准备好。"

"对我来说,每一天都好像是最后一天,不知道明天会不会来。"

"那就假设它会来吧,这样才有希望。"我说。

"要是它不会来呢?"

"那至少也是怀着希望离开的,我无法想象没有希望地活着。"

"对了,你为什么想做医生?"

"我啊……我喜欢拿刀把一个人的皮肉慢慢切开来,然后把那个人的心脏呀、胃呀、肾和肺,还有肚里的肠子……所有能拿出来的器官都拿出来看看,然后放回去,或者索性不放回去了。你知道最棒的是什么吗?只有成为医生,我这样做才是合法的。"我认真地告诉他。

"呃?真的?"徐继之吃了一惊,瞪大眼睛看着我。

他竟然相信我,我忍不住笑了。要是程飞,肯定不会相信,只会很好玩地说:"我早知道你是变态,可没想到你这么变态。"

我笑了:"不是啦,小时候每次见到医生都觉得医生很酷,所以我也想要那么酷。你呢?你想做什么?毕业之后有什么打算?"

"我曾经想要做物理学家,可是现在,我想做老师,我一直觉得做老师很酷。"徐继之微微一笑。

"物理学家也很酷啊,像爱因斯坦、霍金,还有牛顿。"

"我知道我成不了很棒的物理学家,但我说不定可以教出一个物理学家,一个霍金,或者两个爱因斯坦……假如那个孩子将来变成霍金,写出了《时间简史》,甚至解开了宇宙之谜,他会说,他小时候的物理老师是我。"说完,他自己哈哈笑了起来。

我点点头:"这个听起来挺酷的。"

程飞和大长脸早就不见了,李洛和苏杨不知道从哪里蹦出来,催我们说:"快上来倒数吧。"李洛拉着我的手,苏杨拉着徐继之的胳膊,把我们拉到天台上去。

原来所有人都在天台,一张长餐桌摆在那儿,上面放满食物和饮料,程飞跟大小长脸和几个男生围在一起聊天,看到我和徐继之,他招招手叫我们过去。

他看看我,又看看徐继之,作弄的语气:"你们两个打劫完银行回来啦?"

我故作认真状:"银行今天休息。"

程飞大概没想到我会这样回答,怔了怔,然后大笑出声,徐继之也跟着笑。

"而且我们要等你一起去呢,总得有个人负责望风吧?"我白了程飞一眼。

程飞眨眨眼睛,有点无奈地说:"那你要等等我,我要倒数啊。"

十二点整,"新年快乐!"的欢呼声此起彼落,所有人都把头上的帽子摘下来扔向天空,我们喝着冰冻的气泡酒,互相祝福。

二〇〇〇年元旦,世界末日并没有来临,我和程飞之间隔着徐继之。程飞首先举起手里的酒杯,我们三个碰碰杯,把酒干了。

"新年快乐!"我说。

"身体健康!"徐继之说。

"友谊万岁!"程飞说。

后来,我不知怎么落在了李洛和苏杨手里,跟她们坐到一块喝酒吃肉。那个晚上,她们差不多把自己一生的故事都跟我说了,幸好,那时她们年轻,一生不长。两个人背井离乡来香港读书,李洛是东北人,金融财务系三年级,眉毛又直又黑,说话直爽,皮肤白皙,喜欢大口喝酒,酒量惊人,那天晚上的酒,有一半都是被她喝掉的。

苏杨是重庆的,市场学研究生第一年,一双丹凤眼,人长得俏丽娇小,却很能吃,她嘴巴一整晚都没停过,吃完一大盘烧排骨,又拿着一盘卤鸡翅在吃。只要给她一点时间,我猜她一个人能吃掉一只羊。

"我家就在长江边,你来重庆,我包吃包住。"她搂着我的手臂,挨着我说。

李洛抢着说:"别去重庆!来东北吧,东北有世上最好吃的大米。"

"别去东北,来重庆!重庆有世上最好吃的麻辣火锅,还有小面和毛血旺。"

"呸！东北有最好吃的小鸡炖榛蘑，还有人参，是人参呢。"

"人参又不能天天吃，来重庆吧！重庆有世上最好吃的酸辣粉。"

"呸，为什么重庆什么都是世上最好吃的？！"

"什么嘛……是你先说东北有世上最好吃的大米的呀！"

"别吵了，哪里都别去，香港有世上最好吃的叉烧饭、鱼蛋粉、虾饺、烧卖、芝麻糊、蛋挞、煲仔饭……"我喝着酒，傻乎乎地说。

苏杨手里拿着一只吃到一半的鸡翅，张嘴望着我，一双眼睛好像会发亮似的，我隐约看到一串口水从她嘴角淌下来。这事后来被我和李洛拿来取笑了她许多年。

"啊……我想吃鱼蛋粉……"李洛舔舔嘴唇说。

"要放很多辣椒油。"苏杨流着口水附和。

"还有蛋挞。"李洛说。

"酥皮的。"苏杨嘴馋地说。

"当然，必须是酥皮。"我说。

"香港好吃的太多了，就是住的地方太挤。"李洛说。

原来，李洛和苏杨在学校附近合租一间两室一厅的小公寓，陈设很旧，厨房有蟑螂出没，浴室经常漏水，老房东省钱，总是拖着不找人来修理，最讨厌的还是房东那个油腻腻的儿子，时不时找借口上门骚扰她们，两个人都想搬走，可是一直找不到理想的地方。

"我早晚会忍不住痛打他一顿，让他见识一下东北女人的厉害！"李洛咬牙切齿地说。

喝着酒的我不禁哈哈笑了起来，内心也有点抱打不平，我豪气地摆摆手，对她俩说："不要到处找了，来我家吧，我家有房出租，干净整洁，家具齐备，离学校也近，还带一个阳台呢，唯一缺点是老房子没有电梯,回家得爬三层楼梯。"

"真的吗?爬三层楼没关系啊,每天来回几次,可以减肥呢,连健身房都不用去。"苏杨兴奋地捉住我的手臂说,"遇到你真的太好了。"

"峨眉山我都能爬,爬三层楼梯算什么啊?明天就搬!我们以后就住在一块吧。"李洛跟我干杯。

苏杨整个人挨到我身上说:"和医生住在一块有安全感呢,万一吃坏肚子也不用怕。"

元旦那天我到底喝了多少杯气泡酒啊?幸好我也收获一生的挚友,两个人都跟我一样有点不正常,一个把胸罩穿在睡衣外面,说这样既可以对抗地心引力,睡觉的时候脱下来也方便些;另一个的床边一直放着一个小小的果汁糖铁罐,里面的糖早已经没有了,我一度以为铁罐里装着的是某个人的一撮骨灰。

## 10

那原本是一罐果汁硬糖,长方形的扁扁的罐子上面印着凡·高那幅著名的《鸢尾花》。搬来的那天,李洛从行李箱里把铁罐拿出来的时候我刚好看到了。

"是糖吗?这个铁罐很漂亮啊。"我说。

"不是糖啊,你看——"她拧开小圆盖子让我看看,我眯起眼睛看了看,里面装着些灰灰的泥土,看起来像骨灰。

"这是我家乡的泥土……家里人说,带上家乡的泥土,可以治水土不服,我来香港真的从没拉过肚子呢。"她嗅了嗅,又说,"这里有家乡的味道,如果想家,就闻闻家乡的泥土,心里会踏实些,可是，我千不该万不该挖了学校的泥土。"

"为什么会是学校的泥土啊？"我问她。

"我上的中学和我家在同一条路上，有一大片草地，我那天离家时顺路停车挖了一把土装进罐子里就匆匆去机场啦。来到香港之后，有几次拿出来闻一下，除了家乡的味道，好像还闻到某个人的味道。"她笑着拍了拍额头。

"是她的初恋情人秦岭，他们是同学。"苏杨说。

"那也不至于有他的味道啊。"我说。

"可是我能闻到哦，我追他追了三年，我整个初中每天想的都是他。"李洛苦哈哈地坐到客厅那张粉绿色的布沙发上说。

"那后来呢？"我好奇。

"直到高中二年级，他才肯做我男朋友。那时他刚失恋，我天天晚上陪他喝酒，听他诉苦，甚至替他送信给那个已经不爱他的女孩，一天夜晚，我借着几分酒意脱光衣服爬到他床上，就是这样啦，以前他都不让我爬到他床上……"她搂住两个抱枕趴在沙发上示范给我看，"然后第二天我们就在一起了……十七个月零三天之后，我们分手了。"

"我看过秦岭的照片，长得挺帅的。"苏杨说。

"他不帅我怎么会爱他？我又不是瞎的，可追到又怎样？他就是不稀罕我。"她用手比画着，"我爱他这么这么多，他爱我只有这么这么少，噢不，他根本就不爱我。一直都是我一厢情愿，很难为情啊。"

"哈哈……你脱光衣服爬到人家的床上倒不会难为情？到手了才说难为情？你也占了很多便宜呗。"苏杨说。

李洛从沙发上跳起来抓住苏杨的头摇了几下："你信不信我掐死你？"

苏杨用手指梳了梳被李洛弄乱了的头发，笑嘻嘻地说："你应该掐死的是他啊，为什么是我？我太无辜了。"

"我才不要掐死他，他要是死了，我以后就得告诉别人，我第一个男人……他已经死了……这让我听起来像个多么沧桑的女人啊。我留他一条小命，让每个人都知道，我第一个男人长得多帅啊。过了很多年之后，我也不希望他变得又老又丑，那我多没面子哦，他最好能够像个标本那样给我活着。"

我哈哈笑了起来，问她："那他现在怎么样？"

"听说他去年去留学了呢，没联系啦。"李洛耸了耸肩。

"我不带家乡的泥土，我带家乡的花椒和火锅底料，照样闻得到家乡的味道。"苏杨坐在客厅的地板上，把她行李箱里的东西翻出来摆在地上，除了衣服、书和日用品，还有很多吃的：火锅底料、牛肉干、榨菜、罐头、零食、辣椒和花椒。

"呸，你就知道吃，泥土可以一直留着，你这些吃完就没有了。"李洛说。

"吃完下次回家再带来呗。下个月回家过年，有妈妈亲手做的豆瓣酱、泡椒和腌咸肉呢。"

苏杨说完把吃的统统放到厨房里，其他的放到她的房间里，李洛让她先挑喜欢的卧室，她挑了有一盏长颈鹿落地灯的那间。李洛挑的那一间，落地灯配的是一个浪漫的羽毛灯罩。

我跟李洛和苏杨并不算是住在一块，我住A室，她俩住B室。

我家在皇后大道西二百二十二号，这栋只有六层楼高，一梯两户，每户两百平方米、三室两厅、带一个小阳台的老房子是西区最粉嫩的一幢房子，外墙是淡淡的粉红色，看上去像颗巨型的棉花糖。

自我有记忆以来，我们一家子就住在三楼A室。我刚上初中那年，妈妈存了些钱，把隔壁B室也买了下来，然后租出去，拿租金补贴房贷。

身为小学老师的母亲很会持家,有时却也会大手大脚乱花钱,她就像大部分爱买东西的女人一样,相信"工欲善其事,必先利其器"。虽然她常用的是几口不粘锅,却偏偏买回来许多昂贵的锅碗瓢盆,可惜,那些锅碗瓢盆也没能力挽救她的厨艺。

她的厨艺糟糕,这她自己应该是知道的,牛肉炒得太老嚼不烂、炒菜放太多盐、新鲜买回来的鱼煎焦了、炖汤炖了三个钟头之后才发现忘记往锅里加水……这些时候,她会在厨房里大吼大叫,或者她是仰天长啸也说不定,总之,我们谁都不敢进去,当她若无其事地把做坏了的菜端出来给我们吃时,我们也很配合,若无其事地吃就是了。实在太难吃的时候,机灵又体贴的爸爸就会尽量多吃,把我们那一份都吃掉,然后说:

"今晚的菜太好吃了,不够吃啊,我去买些叉烧回来好不好?"这时,我和窝窝会先看看妈妈的脸色,看到她一副无所谓的、很平静的样子,我们就会立刻举手赞成。我从小喜欢吃叉烧就是因为和我妈妈做的菜相比,叉烧真的是天堂的美食。

妈妈也有节俭的时候,她舍不得花钱买衣服鞋子,家里每个人的睡衣和两户屋子的窗帘都是她用缝纫机做出来的,我们的毛衣和围巾全是她亲手织的,她这方面的天赋比她的厨艺好多了。她喜欢看家居杂志和宜家家居每年的产品目录,然后依样画葫芦地装修和布置两户屋子。她也很喜欢买漂亮的灯,屋子的大门顶上有一盏小灯,那是等我们回家的灯,晚上会亮着,直到每个人都回家了。

歇斯底里的妈妈,骨子里是个感性浪漫的人,我曾以为我很了解她,可直到许多年后,我才知道,我了解她太少了。

我们家的客厅挂着一盏气泡玻璃球吊灯,也是我最喜欢的一盏灯,看起来就像许许多多小小的气泡在空中飘舞,有时我觉得它更像一串串吹出来的亮晶晶的肥皂泡。B室客厅悬着的是一盏流星雨吊灯，高高低低的几支灯从天花板垂吊下来，像洒下的一场流星雨。李洛和苏杨一进屋就爱上了她们这个新家。

"这里有三个房间，你住隔壁，还有一间给谁住呢？"李洛问我。

"迟些也要租出去的，不急，等我有时间去登个广告。"我说。

"我们也打听一下有没有同学想租屋。"李洛说。

"必须找个女孩子啊。"苏杨说。

"要是租给男的你们也不愿意。"我笑笑说。

"那也不一定，长得帅的可以。"李洛咧嘴笑了。

"怎样才算是长得帅呢？程飞算吗？"我问李洛。

"他呀？还可以吧，但是太瘦了。"李洛说。

"我不喜欢他的发型，每次看到他，我都想吃泡面。"苏杨说。

我哈哈笑了起来，问她："你们跟他是怎样认识的？"

"我们有个内地同学会啊，时不时一起泡吧，程飞不是常常出现，但每次来都会请我们喝酒。"苏杨说。

"所以，他挺受欢迎的啊，女孩子都喜欢找他玩。"李洛说。

"啊，是吗？"我咬咬牙。

"你喜欢他？"李洛问我。

我脸红了："我没有啊，只是好奇，他人很聪明。"

"我只知道他是安徽芜湖的，我们几个从内地来的常常会说起家里的事情，但程飞不怎么爱说，所以大家都不知道他的事。"李洛说。

"安徽的臭鳜鱼好吃呢。"苏杨说。

"天！你的地图是不是都是由各地的食物组成的？"李洛对苏杨翻了翻白眼。

"你怎么知道的？这当然啦。"苏杨笑眯眯地说，接着又问我，

"隔壁是什么样子的?我们可以去你那边看看吗?"

"可以呀。你们真的想看吗?"我看了看她俩。

"是不是不方便?不方便就不要了,别理她。"李洛瞥了苏杨一眼。

"不会不方便呀,走吧,现在过去。"我说。

苏杨和李洛丢下手里的东西,很兴奋地跟着我走出大门。

"等下别害怕,他叫查理,有点忧郁,但是很乖,很安静。"我说。

"你的狗叫查理?"苏杨问我。

"不是狗。"我说。

"是猫吗?"李洛问道。

我摇头。

"难道是一只叫查理的蜥蜴?"苏杨又猜。

我又摇头。

"不会是蛇吧?蛇我也不怕。"李洛说。

"谁会在家里养蛇啊,恶心死了。"苏杨笑着推了李洛一下。

我拿出钥匙开门,屋里漆黑而宁静,随后我按下门边的开关,客厅那盏玻璃球吊灯亮了起来,她俩好奇地探身进去,一看到查理就连忙退了回来,躲到我身后。从那以后很长的一段时间,两个人再也没嚷着要到我屋里来了。

## 11

头一次把查理带回家,妈妈就歇斯底里地对着我和查理大吼,吓得我急忙把查理藏起来。

每个医科生都有一副骷髅骨,我不知道其他人会不会也给他们那副骷髅骨取个名字，我的查理生前是个男的，一看他的骨头就知道。既然以后要常常和他一起，我决定给他取个名字——一个亲切而温暖的名字。有了这个名字，妈妈和窝窝就不会害怕他，他看起来也不会显得那么可怕。然后，我想起《花生漫画》里的主人公查理·布朗。

查理·布朗是个善良又乐观的倒霉鬼，他暗恋红发女孩，却从来不敢表白，他也是小猎犬史努比的主人。自从我叫他作查理之后，妈妈和窝窝好像没么抗拒他了，只是依然坚持查理只能留在我的卧室里。有一回，我偷偷把查理放到窝窝的房门口，她半夜起床上厕所，一打开门就看见查理，窝窝为了这事有两个星期都不肯跟我说话。

窝窝以前常常说我是这家里最不正常的人，我对于她这种"洞见"非常吃惊，她居然认为经常大吼的妈妈比我正常。她说我是个内心孤单的小孩，这一点，她的"洞见"或许是对的。毕竟是和我一起长大的姐姐，虽然说不上是个心思细密的人，倒是了解我。

有时候，有些话不能跟别人说，我会跟查理说，他只有一副千年不变的表情，这也是我喜欢他的理由，他不会批判我。我熟读他身上每一根骨头的名字和位置，他是可以一眼看穿的，他那个复杂的头颅骨陪我度过许多个伏案温书的漫长夜晚，我甚至曾经累得抱着他的头骨睡了过去。他是我的亲密战友，他是最能够为我保守秘密的。黑社会电影里不是常常有下面这句经典的对白吗？

"只有死人能够守住秘密。"

查理是第一个知道我喜欢程飞的。

徐继之在医院的时候曾经告诉我，女孩子都喜欢找程飞玩，当我听到李洛也这么说时，我突然有点讨厌这个人。

可那种讨厌并不是咬牙切齿的讨厌，而是鼻子酸酸的讨厌，然后我告诉自己，这个人不可靠，不要相信他，不要对他有什么幻想和期望。

可是，二〇〇〇年的第一道晨光，我是和他一起看的。

除夕那天，在男生宿舍天台的派对上，大家互相祝福之后，徐继之就被大伙送回房间去睡觉，下楼之前，他特地跟我再说一声"新年快乐"，说我们下次见。他向来是个体贴的男孩子。

徐继之去睡了，我跟李洛和苏杨一直喝酒喝到凌晨，我好几次试着寻找程飞的身影，但他早就不知道跑哪里去了。我有点气他把我一个人丢下，可我很快就笑话自己，我并不是他的谁，他把我请来派对，但是并没有责任照顾我。

我跟李洛和苏杨约好了搬新家的日子就独自离开宿舍。

走出宿舍的时候，我终于见到程飞，他和大小长脸在宿舍外面的篮球场打篮球。我站在路边等车，他看到我，丢下手里的球跑过来。那一刻，我大概是在心里偷偷微笑吧。

"你走啦？"

我点点头："很晚了。"

"这个点不容易打车。"他说。

"那我走路回去吧，我住西环，离这里不远。"

"这一带很静啊，山路又黑，我送你吧，山边很多蛇虫鼠蚁，说不定还有野猪出没。"

"你知道我不怕。"

"但是我怕。"他说。

我哈哈笑了起来："你怕你为什么还送我啊？"

"一个女孩子凌晨走下山太危险了，我送你，遇到蛇虫鼠蚁，你保护我，你看怎么样？"

"成交。"我说。

程飞像个孩子似的咧嘴笑了:"你等我。"

说完,他走到球场边捡起他那件蓝色西装外套穿上,又跑回来我身边说:"走喽。"

大小长脸朝我们这边挥挥手说再见。我俩沿着狭窄的山路走下去,沿途没发现蛇虫鼠蚁,那时是冬天,即使有蛇,也都在冬眠,更没有野猪,只有沙沙的风声和车子偶尔驶过的声音。

"今天要上班吗?"程飞问我。

"要的,不过还可以回家睡一会儿。"

"你这个月在急诊室吧?"

"不是呀。"

"你那天不是说从这个月开始转到急诊室实习吗?"

我笑了:"我那天骗你的,实习医生不会被派到急诊室去,急诊室里都是正式的医生。不过,我现在去的这个部门,你也有可能会来。"

程飞猜到我会捉弄他,歪头看看我:"精神科是吧?"

我笑着摇头:"不是啦。"

"妇产科?"

我又笑着摇头:"你去妇产科干吗?你又不是女人。"

"不是法医部吧?"

我大笑:"我可没这么黑心,是外科,这个月中我会转到外科实习。所以,万一你肚子很痛,然后发现是阑尾炎,急诊室会把你送到外科,然后由外科医生做手术,到时候说不定我会在场呢。"

程飞啧啧两声:"你为什么老是希望我得阑尾炎啊?你很喜欢我的阑尾吗?"

"你的阑尾有没有可爱到让我喜欢这我不知道,我做医生是因为我喜欢做阑尾炎手术啊。"我憋不住笑了出来。

笑完，我认真地说："如果我说我想要悬壶济世，是不是很土？"

程飞点点头："是很土。"

"如果我说我想治好别人的病呢？"

"没那么土。"

"但还是有点土啊，所以我也不会这样说，我只会说我觉得做医生很酷。"

"这也土。"程飞说。

"天哪，要怎么说才不土啊？"

"就说因为你喜欢做阑尾炎手术，这个不土。"

我们两个都笑了。

然后我说：

"我爸爸是药厂的推销员，他们公司的药不是卖给一般人，而是卖给医院和诊所。小时候不用上学的日子，爸爸常常带着我去不同的医院和诊所，每次我会坐在一边等他，在那儿看着那些医生进进出出，穿着白大褂，脖子上挂着听诊器，看起来很棒、很伟大的样子。有一次，我刚好看到一个医生帮病人急救，大概是从那时候开始吧，我也想要做医生。"

"真的不是因为喜欢做阑尾炎手术？"

"哈哈，当然不是，我到现在还没做过任何手术，转到外科才会有机会见识一下。你呢，毕业之后有什么打算？"

"我没想那么多，我拿的是学生签证，要是一年之内找不到工作，我就不能留下来，到时就去别的地方吧。"

"去哪里呢？回安徽？"当时天黑，程飞没看到我脸上失望的神色。

他踢开路上的一颗小石子说："不会啦，去哪儿都好，啊，古巴也不错。"

"古巴?"

他点头:"去哈瓦那喝海明威喜欢喝的莫吉托和代基里。"

"这些酒都甜死了。"我说。

"如果喜欢哈瓦那就留下来,在旧城开一家小小的中餐厅,卖咕噜肉和扬州炒饭,老外都喜欢吃这些,啊……也卖春卷、锅贴、烧饼、炒面和白切鸡。"

"古巴人才不爱吃白切鸡。"我说。

"卖给中国游客呗。然后娶个古巴美女,她负责看店,我坐在餐厅门口抽雪茄,听说古巴有个雪茄的名字叫'罗密欧与朱丽叶',我就抽那个吧。"

"从没听说过古巴的女人漂亮。"我说。

"嘿……你为什么老说古巴不好?你去过古巴吗?"

"没有。你为什么老说古巴好?你去过吗?"

"没有。"

"那就是呀。"

程飞看了看我,说:"你难道是……不想我去古巴?"

我的心扑通跳了一下,狡辩说:"我真没觉得古巴有什么好。"

"对我来说,去哪里都一样,我习惯了,我从来就没有家。"程飞微笑着说,那微笑却不是由衷的。

"如果要去,去些气候宜人的地方吧,古巴很热啊。"我说。

程飞咧开嘴笑了:"但是,在古巴可以吃到科佩里亚冰激凌啊,据说那是世界上最好吃的冰激凌之一。"

"据说那是因为要排队排很久才能吃到。"

"你跟古巴是不是有不共戴天之仇?"

"要是有个地方吃一只锅贴要排队等两个小时,你也会说那是世界上最好吃的锅贴。"

"那肯定是我将来要在店里卖的锅贴喽。"

"说得好像你会做锅贴似的，你会吗？"

"现在不会，到时再学呗。古巴人从来就没见过锅贴，连锅贴是圆的还是扁的也不知道，做得差不多就可以。"

"不是说要卖给中国游客吗？"

"那就跟他们说这是古巴锅贴呗。"

"你这样我很担心你那家餐厅的生意。"

"世界这么大，万一在古巴混不下去，到时再想办法吧。要是我有间餐厅，我的餐厅永远留一张桌子给你，我请你吃一辈子的饭，你没饭吃就来古巴找我。"

我心里感动，嘴上却说："我为什么会没饭吃？"

"哦，对，你不会没饭吃。"

"要是我连饭都没得吃，哪里还有钱买机票去古巴找你呢？古巴又不是坐火车就能到的地方。"

"别担心，机票的钱我来出，不一定是没饭吃才来找我，要是有天你失恋，想出去散散心，你来古巴吧，我特地为你做一个伤心欲绝饭。"

"什么伤心欲绝饭？"

"这个菜名是我刚刚想到的，哈哈，我太有创意了。"

"可你为什么诅咒我失恋？"

"谁都会失恋啊。"

"我大好一个人为什么会失恋？"

"你这样很难跟你说下去啊。"

我禁不住哈哈大笑。

"我不要吃什么肝肠寸断饭。"

"是伤心欲绝饭。"

"好吧,是伤心欲绝饭,你也别做古巴锅贴了,学做叉烧饭吧,我喜欢吃叉烧饭。"

"行,一言为定。"

"要是你在古巴混不下去就回来吧,我请你吃香港的锅贴,我知道哪里有最好吃的锅贴。"

"好,一言为定。哪里有最好吃的锅贴?"

"到时候你就知道了。那你什么时候走?"

"你刚刚好像很反对我去古巴,怎么现在又好像巴不得我明天就上飞机呢?女人变得真快啊。"

"你把古巴说得像天堂似的,我当然鼓励你明天就去啊。十年之后,或者十五年之后,当我去古巴看你……不是因为失恋啊,而是去看一个很久没见的旧朋友……当我见到你,你看上去像个古巴佬,头戴一顶大草帽,皮肤晒得又黑又皱,比实际年龄老多了,同时因为喝太多酒,也吃太多冰激凌,满口都是蛀牙,雪茄抽太多,肺也不好,我都认不出你来了……"

"你小时候是不是受过严重的虐待?你为什么这么不正常?十年或者十五年后的我,可能比现在更帅啊。"

我瞥了程飞一眼:"到时走着瞧呗。我的那张桌子你是会一直留着给我的吧?"

"当然,有我一口饭就有你的。"

"叉烧饭的叉烧不要太瘦,太瘦不好吃。"

"半肥瘦?"

"像人一样,微胖是最好的。"

"什么是微胖?"

"瘦肉跟肥肉七三比例就是微胖啊,另外,叉烧不要太甜,也不要烤得太焦。"

"天哪,你很难招呼。"

"你知道我最讨厌什么吗?"

"你自己?"

我踢了他一脚。

"哎呀……好脚法。"

我掰着手指头说:"我讨厌三样东西:不脆的苹果、凉了的比萨、太肥和太瘦的叉烧。"

"不脆的苹果的确很难吃。"程飞说。

"我觉得……我的肝肠寸断饭听起来比你那个伤心欲绝饭好多了。"我说。

"是吗?肝肠寸断饭……光听名字好像吃完就会立即死掉啊。"

"那每人让一步吧,肝肠欲绝饭你觉得怎么样?"

"这个听起来死得更快些。"他说。

我们两个对望一眼,同时大笑出声。

"那不如做一个微胖叉烧饭吧,总比吃伤心饭好啊。"我说。

"哈哈,这个名字好,听着就觉得幸福,失恋的时候来个微胖叉烧饭,会不会一边吃一边哭啊?"程飞冲我笑。

"一个人失恋的时候,无论吃什么都会哭吧?"我说。

"你失恋过吗?"

"我?我怎么会呢?"我白他一眼说,"通常是谁爱我谁失恋。"

"我觉得你将来肯定会是个好医生。"他说。

"哦?为什么呢?"

"你那么开心、那么阳光，就算是绝症病人见到你，也会想多活几年。"他说。

我笑了："那多好啊，我不需要做什么，病人只要见到我就已经想活下去。"

为什么直到许多年后我还是记得那个早上的每句话，记得我和程飞一起发明的微胖叉烧饭？我忘不了的除了二〇〇〇年的日出，也许还有那时候他眼中的那么阳光的我。那时年轻，无忧无虑，不曾因为爱一个人而伤心沮丧，也未曾知道我人生中最阴暗的部分。

*** 

走着走着，我和程飞不知不觉已经从山上走到海边。一辆送报的小货车停在海边那家便利店外面，一个工人走下车，把一摞摞新鲜出炉的报纸扔在地上。

"走吧，去吃冰激凌。"程飞说。

"这么早？"

"早餐吃冰激凌浪漫啊。"他说着走过对街。

"浪漫是从早餐开始喝香槟呢。"我说。

小小的便利店里，看店的大叔把工人送来的报纸放到报纸架上，一对情侣站在小桌子那儿默默吃着刚从微波炉里拿出来的热腾腾的杯面，骨感的女孩化了个夸张的眼妆，身上穿一条黑色蕾丝短裙，脚上配同色高跟鞋，手边那个银色的手拿包上面系着两个红气球，瘦男孩穿着黑西装，一副累坏了的样子，两个人似乎是刚刚从派对走出来的。

程飞在冰箱里拿了两杯柠果冰激凌，然后去找香槟。便利店哪里会有什么香槟？我也不曾在早餐时喝香槟，只是在电影里看过，随口说的，他却真的在酒架上找香槟，而且居然给他找到一瓶婴儿香槟，是最后一瓶了，绿色的小瓶子只有巴掌大，酒名就叫Babycham，酒标上有一只可爱的小仙鹿。

"嘿，有了。"他愉快地说。

我笑了："你来真的？"

"这个会不会是给宝宝喝的？"程飞把酒瓶递给我，笑着说。

我笑了："哪里会有宝宝专喝的酒呢，五点五度的酒精，大人喝的。"

"太好了。"程飞拿着酒去付钱，然后问看店的大叔要了很多冰块把小香槟冰着。

从便利店走出来时，天已经蒙蒙亮了。

"天亮了啊。"我看着天空，对程飞说，"二〇〇〇年的第一天，得许个愿，我在天台的时候忘了许愿呢。"

我们坐到便利店旁边那张对着大海的绿色长椅上。

我把手里的帆布袋放到一边，对他说："现在可以许愿啦。"

说完，我十指交叉，闭上眼睛，默默许了个愿。然后，我偷偷睁开一只眼瞄瞄程飞有没有在许愿，他就坐在那里看着我，什么也没做。

"你刚刚许愿了吗？"我问他。

"没有呀。"他应道。

"呃……为什么呢？"我禁不住有点失望。

"我刚刚十二点的时候已经许愿了啊，一天许两个愿太多了吧？人不能太贪心。"程飞说。

我气死了，他接着说的一句话却又让我笑出声来。

"而且我喜欢对着月光许愿，不是日出。"他笑嘻嘻地说。

"你就是个怪人。"我说。

手边没有杯子，我们吃了几口冰激凌，在冰激凌中间挖了个洞，然后拧开香槟盖子，把刚刚用冰块冰过的婴儿香槟一半倒到他那杯冰激凌里，另一半倒到我杯子里，冰激凌中间那个洞随即升起了梨黄色的小小的气泡，我们愉快地碰杯。

　　程飞吃了一口加了小香槟的冰激凌，竖起大拇指说："咦……好吃啊。"

　　"对呀，没想到可以这样吃。"我微笑着看向程飞，想知道他以前都过着什么样的生活，为什么会说自己没有家。

　　这时，程飞没说话，定定地望着我。

　　我摸摸两边脸颊，又擦擦嘴巴，以为是冰激凌沾在我脸上了。

　　"啊，你的眼睛很像小狐狸……那种沙漠小狐狸，好像是叫耳廓狐。"程飞说。

　　我眨了一下眼："说一个人的眼睛像狐狸是赞美吗？"

　　"我前几天刚好看到一部纪录片，怪不得我当时就觉得那只小狐狸看着有点眼熟，哈哈，原来像你……好像也叫大耳小狐，这种小狐狸在撒哈拉沙漠生活，全靠耳朵散热。它脸小，耳朵又长又大，就好像一个小圆饼上面插着两朵剑兰花，很傻的样子……天哪，你也有两只大耳朵，很挡风。"

　　我白了他一眼："你才挡风，我的耳朵再大也不能散热，你没看出我是人类吗？"

　　程飞哈哈笑了起来："我以后不叫你熊猫了，叫你狐狸。"

　　"不行，狐狸听起来像老奸巨猾，对我形象不好。"

　　"狐狸仔？"他望着我，一脸作弄的神情。

　　"好些，但还是不行。"我想起窝窝曾经也说我的眼睛像狐狸，我以为她是故意戏弄我，可为什么连程飞也这样说呢？我的眼睛真的像狐狸吗？我家里可没有一个人的眼睛像狐狸啊。

"叫大耳狐？大耳狐医生？"程飞说完自己笑了。

"其实我有个乳名……"我告诉他。

"真巧，我也有个乳名，你乳名叫什么？"

"你先说。"

"一起说吧。"

我点点头。

"一、二、三，毛豆。"

"一、二、三，帅哥。"

我踢他一脚。

他咯咯大笑："原来你叫毛豆？你是不是很喜欢吃毛豆？"

"我是早产儿，爸爸说我小时候像一颗毛豆那么小。"我用大拇指和食指比画着，"所以家里人都叫我毛豆。"

"你现在是颗大豆了。"他说。

我又踢他一脚。

"我家里有副骷髅骨跟你有点像。"我说。

"什么？真的假的？"

"真的，骷髅骨是真的，真的是人骨。"

"谁的骷髅骨？"

"查理，我给他取了《花生漫画》主角的名字。"

"他本来叫什么名字？"

"这我不知道。"

"你为什么会有副骷髅骨？读医用的？"

我点点头。

"既然是骷髅骨，怎么会像我？"程飞轻轻打了个哆嗦，看起来很害怕。

"骨骼像啊,身高像啊。"我转过去摸摸程飞的头盖骨、眉骨、颧骨、鼻骨、上颌骨和下颌骨,他的鼻子有点冰凉。

"啊,骨头还挺像的。"我戏弄他说。

"不会吧?"他又打了一个小哆嗦。

"你为什么发抖?你害怕?"

"才没有。"他微微抖着脚。

程飞不是害怕,而是冷,海边的风大,他身上那件蓝色西装太单薄了。

我从帆布袋里拿出我的羊毛围巾给他。

"你不冷?"

我摇头:"我穿的是羽绒服呢。"

他把围巾系在脖子上,那条灰蓝色的围巾是妈妈很久以前织给我的。

他没再抖了。

"查理他几岁?"

"他的骨龄是二十五岁到三十岁。"

"那么年轻就死了?"

"有些人就是很年轻就死了啊,谁又敢说自己会一直活到明天?对于只能活到十岁的人来说,三十岁就是活很久了。"

"我都快三十岁了。"程飞说。

"远着呢,你才二十四岁。三十岁之后,你想成为一个怎样的人?"

程飞想了想,说:"一个自由的人……"然后又说,"一个快活的人。你呢?"

"其实我没有想过，三十岁好像还离我很远，到时候，我希望会是个一切都不错的人吧。"我说。

"你现在已经不错了啊。"程飞说，接着又问我，"你刚刚许了个什么愿？"

"就是希望吃到世上最好吃的叉烧饭呗……"我站起身，喝光杯里的最后一口小香槟，把空空的冰激凌纸杯扔到垃圾桶里，说，"得回去啦，没时间睡觉了。"

那么多年了，我从来没有告诉程飞二〇〇〇年的第一天我许了个什么愿，要是未能如愿，那将会是我永远埋藏在心里的一个秘密。

## 12

那天早上，程飞一路陪我走回家。

到家了，我指给他看："看到三楼没有种花的光秃秃的那个阳台了吗？我就住那里。"

程飞抬头往上看，跟我说："两个阳台都没种花啊。"

"左边那个。"

"啊，围巾还给你。"他把围巾解下来。

"你留着吧，我家里还有很多围巾，都是我妈妈织的。"

"哦，怪不得这么暖，谢谢啊。要送你上去吗？"

"不用了，我自己上去就好，再见啦。"

"再见。"他微笑着挥挥手。

我从帆布袋里找出钥匙，一步两个台阶跑上楼回家，一进屋里就甩掉鞋子走到阳台看看程飞会不会还在楼下。他在对街，正往回走，脖子上系着我送他的那条好看的灰蓝色围巾，围巾上留着我的味道。

我双手支在阳台的栏杆上，默默在心里说："回头看过来吧。"

可他没回头。我站在那儿，看着他渐渐走远了，离开了我的视线。我回到屋里，坐到软椅上，对查理说："嘿，他送我回来呢，没想到吧？"

查理脸上还是那副忧郁的表情。

窝窝在多伦多大学毕业之后留了下来，跟大学时的同学结婚，生了兜兜，爸爸和妈妈退休之后也搬到多伦多，他们走了，家里只剩下我一个人，我把查理从房间里拿出来，放到客厅那张深蓝色沙发软椅旁边，李洛和苏杨那天一进门就看到他，吓得跑掉了。

这张软椅是爸爸最喜欢的，他常常坐在软椅上看书和读报，爸爸也是我的亲密战友，他永远站在我这一边，就像妈妈永远站在窝窝那一边。

家里只有我和爸爸不害怕查理，他会打趣说：

"自从查理来了我们家，蚊子没有了，厨房那只壁虎也不见了，真好。"

人们说，女孩子喜欢的男人都像她爸爸，我不知道这话说得对不对，可是，当我们第一眼爱上一个男人，那一刻无论如何也不会看到自己爸爸的影子吧？程飞一点都不像我爸爸。

抑或，我们寻找的，是生命中所缺失的？是曾经渴望却未得到的？是人与自己的相遇？我的爸爸不像他那么浪荡，而是个爱家的好脾气的男人。

跟查理说完话，我很快就在软椅上睡着了，睡着的时候脸上也许还带着微笑和微醺。

我们一生会遇到几个喜欢的人？数学也许能够计算出那个概率。可是，这几个喜欢的人也同时喜欢我，时间又刚好对上了，他身边没有别人，而我也没有，这样的概率又剩下多少？这渺茫的概率是不是就好像等一只小鸟正好飞过我的肩头?等一颗星星恰恰坠落我手里?等第一道晨光乍现,而我刚好和喜欢的人坐在海边,那时我也正年轻?

二〇〇〇年的这一天应该是个好的开始吧?我和程飞度过了一个特别的早上,喝着小香槟,吃着冰激凌,说着我们都懂的笑话,我们斗嘴,我踢他、欺负他,说他像我的骷髅骨查理,他也欺负我,骗我说他有个乳名,说我的眼睛像小狐狸。我们漫无边际地说着遥遥远远的未来,说着我俩都从未踏足过的海明威的古巴……这一天,只有我和程飞,没有别人,程飞好像也喜欢我,在我闭上眼睛许愿的时候偷偷望着我,从天黑到天亮,一夜没睡坚持送我回家。我们愉快地挥挥手说再见,我带着甜蜜的微笑跑上楼,在阳台上目送着他高大的身影在清晨安静的人行道上渐渐走远,那一刻,那么幸福,我告诉自己,我要开始恋爱了。

## 13

李洛和苏杨定定地望着我,我眼也不眨地望着她俩。

她们两颗头同时歪到左边,然后又同时歪到右边,看着那古怪的模样,我忍不住眨了一下眼。

"嘿,别眨眼。"李洛说。

"怎么样,像不像?"我问她俩。

"像。"苏杨说。

"不像。"李洛说。

"那到底是像还是不像呢?"我皱眉。

"你的眼睛看上去有些迷惘,哪里像什么小狐狸呢?狐狸才没那么迷惘,除非是迷了路吧,哈哈。"李洛说。

"是有些迷惘,可是,再看深一些,你看到了吗?"苏杨拍了拍李洛的手臂。

"看到什么?"李洛问她。

"她有一种很坚定的眼神,这个人必要时会很执着啊。"苏杨说着伸出手按了按我两边眉骨,嘁嘁嘴,"噢……"

"怎么了?"我和李洛同时问她。

"你的眉毛得修一下了。"苏杨说。

"你这个人怎么老是跑题呢?"李洛没好气地白了她一眼。

"我没跑题,我顺便嘛。"她说。

我在餐桌边哈哈笑了起来。新年后的第一个星期天早上,我在下班回家的路上买到热腾腾的白粥、炒面和刚炸好的油条带回去和她们一起吃。

自从爸爸和妈妈搬到多伦多,有三年的时间只有我一个人住,窝窝比爸爸妈妈更早就去了多伦多,在那边大学毕业之后跟同学结婚了,有许多年,我连一个可以说心事的人都没有,我人生大部分的时间就是读书和考试。李洛和苏杨搬来之后,我的生活又重新热闹起来,她们会找我吃饭,我上夜班,她们会留饭给我,有什么好吃的,也会有我的一份。她们害怕查理,不敢来3A我家,但是会贴小字条在大门上,提醒我去3B拿吃的。

"是谁说你的眼睛像小狐狸?"苏杨咬住油条问我。

"就是有个人。"我说。

李洛朝我挤挤眼:"肯定是个男的吧?他是不是在追你?"

我摇头:"只是大家好像都有些感觉,不确定啊。"

"这个阶段最好玩了,快说来听听。"苏杨催促我。

"真的还没有什么,他又没约我出去,到现在还没有。"我说。

"啊，男人就是喜欢玩暧昧。"苏杨说，"明明是他首先来撩你，然后，他什么都不做，等着你去撩他。"

程飞也会是这样的人吗？一个星期过去了，他连个影都没有，而我依然沉浸在我们独处的那个早上的每一个细节里，玩味又玩味，期待着和他再见。

"最好不要爱上不爱你的人。"李洛说。

"我才不呢。"我说。

李洛吃了一口炒面，接着说："要是爱上了，给自己一个期限，期限一到，那个人还是不爱你，那就打包走人吧，别再等啦，感动天感动地感动谁啊？最后只是感动了自己。"

"可是，我觉得呢，因为爱过一个不爱自己，或者爱过一个没那么爱自己的人，才会明白爱情啊，就像一个人只有吃过苦才知道珍惜。"苏杨说。

"这种苦你吃吃看，可难吃了。千古艰难是什么，你说说看……"李洛问苏杨。

"千古艰难唯一死啊。"苏杨答道。

李洛摇摇头说："千古艰难唯单恋啊。"

我抗议："你们怎么说得好像那个人并不喜欢我呢？我没那么糟糕吧？"

"噢，怎么会呢？谁不爱你谁就是八辈子瞎了眼。"李洛说。

"谁不爱我们三个谁就是八辈子自虐狂。"苏杨说。

我吃着粥，笑着说："可我哪里知道有没有遇上自虐狂呢？"

这样又过了一个星期，我一遍又一遍地检查我的手机，一开始满怀期待，期待程飞打给我，在那么美好的早上之后，就算见不到，聊天也是好的，可是没有。当时间一天一天过去，我不是不想期待，而是不敢期待，害怕等不到会失望。我甚至傻得有好几次站到阳台上看看程飞会不会就在楼下偷偷来看我，可哪里会有这么浪漫呢？他好像把我给忘了。

是我想多了吧？程飞不过把我当作一个谈得来的朋友，他果然是个自虐狂的瞎子，并没有喜欢我。

## 14

这一年的一月中，我从内科转到外科实习，太多新的东西要学了，我也终于有机会见识阑尾炎手术。看着主刀医生在手术台上挥洒自如、号令天下的自信和威仪，我知道，我还有漫长的路要走。我的人生，也许真的只有读书、考试和工作吧？全班一百二十个同学，正各自在不同的医院、不同的岗位上努力完成这一年的实习，希望做出最好的成绩，只有这样，到时候才可以顺利进入自己喜欢的专科部门，我也决不能松懈。

我没有太多时间去想程飞了，我也曾问自己，是不是可以主动打个电话给他？看看他最近都在忙些什么，索性就拿阑尾炎手术来做开场白，告诉他，我终于有机会做这个手术了，虽然我只是在主刀医生为病人缝合伤口的时候负责把缝线剪断。

这都什么年代了？主动些又怕什么？我只需要放下一点点矜持，就可以放下心里的疑惑，了却这桩心事，再也不需要盼着程飞来找我。可是，对我来说，被自己喜欢的男孩子追求，接到他打来的电话，在电话那头拐弯抹角地探听我是不是也喜欢他，然后找个理由约我出去，看电影、吃个饭，或者去什么地方逛逛，那样才算是恋爱。只要他愿意跨出这一步，那我也愿意下一步由我来走。

要是程飞连这一步都不走,我又怎么能够相信他是喜欢我的?

## 15

西区医院主楼的地下有一家便利店,每天晚上医院食堂和餐厅打烊之后,这里就是夜班医生买吃的和喝的的地方。这天半夜,我饿坏了,在店里买了一碗咖喱鱼蛋,拿着塑料碗,边吃边看看店里有没有 Babycham。医院的便利店连啤酒也没有,更别说其他的酒了,也许是不想病人偷偷来买酒喝吧,可是,这样的话,医生也无法喝点酒放松一下绷紧的神经。这里有一样东西倒是外面的便利店不会卖的,那就是成人纸尿片,人生的归宿啊。

正当我吃着鱼蛋,翻着杂志架上的杂志时,背后突然有个人跟我说话。

"鱼蛋好吃吗?"

我转过头去,看到史立威。我们本来都在内科实习,一月中,我转到外科,他去了妇产科。

吃外面卖的鱼蛋而被史立威逮到,是一件挺尴尬的事,西环有名的"史波记鱼蛋大王"就是他家的,我们班上的同学去店里吃东西是从来不用付钱的。史立威是潮州人,有三个年纪比他大一截的姐姐,家里只有他一个儿子,史波就是他爸爸,史爸爸很以这个医生儿子为荣,爱屋及乌,史爸爸和史妈妈都很喜欢我们几个常常去蹭鱼蛋面吃的同学,并且认定我们是社会未来的栋梁,不日就会悬壶济世。

"味道不怎么样,没有史波记鱼蛋,只好吃这个啦。"我说。

史立威没精打采地吃着热狗说:"今晚忙成一条狗了。我为什么要做医生?回家卖鱼蛋面不是更好吗?这个时候早就已经上床睡觉了。"他红着眼睛。

我以为他是累了,后来我才听到其他同学说,那天晚上有个产妇分娩,那是史立威第一次看到女人生孩子。看着初生婴儿那颗沾满胎水和血丝的黏黏湿湿的头从妈妈张开的两腿之间挤出来的一刻,史立威两眼发直,昏了过去,结果,医生接生之后还得去急救他。

是啊,我们刚来到这个世界的时候,没有一个人是好看的。

这事对史立威打击挺大的,十年后,甚至二十年后,曾经有个实习医生在产房晕倒依然会是医院里每个人茶余饭后的笑话,幸好,到时他们早就不记得这个可怜的实习医生的名字了。

难怪史立威半夜在便利店碰到我的时候不像平日那样谈笑风生,而是有点沮丧,只是当时我没看出来。

"是月圆之夜呢。"我透过便利店的大窗户看向夜空中的一轮圆月,想起程飞说,他喜欢对着月光许愿,而不是日出。

史立威咬着热狗,探身看了看天上的月亮,说:"噢,今晚有得忙了。"

我们在内科的时候就发现了一个现象,每逢月圆之夜,病人也会多起来。

"你记得那个'人狼'吗?"我问他。

"怎么可能不记得?"他说。

我们两个在内科实习的那时候,内科病房有个老伯伯因为肝病而住院,这个老伯伯白天很安静、很乖,可一到半夜就会大吼大叫,喊痛,喊医生救他,喊护士救他,吵得旁边的病人都无法睡觉,我们也被他吵到快要崩溃,可是,到了白天,他又若无其事,变回那个很乖也很安静的人,完全不记得自己前一天晚上做过什么。

这个病人并不是真的痛,是他的病导致他的脑袋有点混乱,以为自己很痛。护士们早就见惯不怪，背地里叫他"人狼"，意思是他到了晚上就会从人变成狼，不断嚎叫。大家知道他是这样，无论他喊得多么凄凉，也不会去管他，事实上，医生和护士也没有什么可以做，只好由得他喊。

史立威却不忍心，他会走到那个人狼老伯伯的床边，握住他的手，安慰他，哄他说已经帮他打过针，不痛了。

史立威在我们班里的成绩不算出众，也不属于最努力的那几个人，他长得有点轻佻，完全不像医生，倒像个小混混，可这个人的内心善良而温暖。

他曾经追求我们同班同学刘明莉，刘明莉的爸爸是妇产科名医，据说她妈妈的娘家在南非拥有一座钻石矿，她在医学院的时候常常戴着一副钻石耳钉，每一颗都像聪明豆那么大，在她两边耳垂上闪闪生辉，看得我们傻了眼。

刘明莉人长得漂亮，又会打扮，我们那么忙，几乎连睡觉的时间也挤不出来，她却可以每天换一个不同的发卡，她白大褂里面穿的都是名牌衣服，鞋子是菲拉格慕的蝴蝶鞋。追她的男孩子很多，我们班里就有几个，都是家里有钱的，她嫌史立威家里是卖鱼蛋面的，太草根、太土包子了，史立威邀她出去吃饭，她竟然带着几个女同学一起去，最后还拿出她爸爸给她的信用卡抢着请客。那一次，史立威确实受到一点伤害，幸好他这个人很乐观，多大的事，睡一觉就可以忘记；如果不行，那就睡两觉。

我和他比较谈得来，许是因为我们都那么草根，和刘明莉比，我们都是土包子。我是直到毕业之后好几年，才咬着牙买了人生第一双菲拉格慕的蝴蝶鞋，穿几次就没有再穿了，纯粹出于虚荣，那原来并不适合我。可是，假若不曾拥有，又怎会懂得？后来又怎会舍弃呢？

像我们这样的女孩子，一生中总有许多东西，鞋子、包包、衣服、爱情……是得到过之后才知道不适合。

渴望爱情的到来，等待着喜欢的人向我表白，是否也出于虚荣？二十二岁的我，在忙着为前途打拼的日子里，内心却是那样虚荣地向往一场不一样的甜蜜的恋爱。

"你小时候有没有看过一部日剧？"我问史立威，"男主角是个有着双重人格的大国手，他白天是个仁心仁术的大夫，每逢月圆之夜，他会变成一个恶魔，穿上长风衣，到街上寻找猎物，在日出之前杀一个人，带回医院，毁尸灭迹。以前每次看这个剧，尤其是夜晚看，我都觉得寒风凛凛。"

"你说的是《变形侠医》吗？"

"不是呢，故事不一样。"

"读医太孤独了，那个魔鬼怪医可能就是因为孤独，所以才会人格分裂，一个变成两个，有个人跟自己聊天，就没那么孤独了。"他喃喃地说。

"我觉得这时候好像应该开一瓶酒。"我有感而发。那天我只是觉得他莫名其妙地特别感性，并不知道他在产房昏倒的事。

"就是。"他望着月亮苦笑。

"可惜这里不卖酒。"我叹了口气。

他指了指身后那一排货架说："那瓶酒精消毒液含百分之七十的酒精。"

我俩相视，哈哈大笑。

这时，我们身上的呼叫器几乎同时"哔哔哔"地响起来，是护士召我们回去。

我从口袋里拿出呼叫器看了看，跟他说："唉，果然是月圆之夜，做不完的工作,走喽。"

我们走出便利店,忘记疲累,忘记挫败,忘记心里正在牵挂的某个人,甚至来不及说"再见",各自飞奔回自己的岗位。

天亮之后,上班的、看病的陆陆续续来到医院,便利店又热闹了起来。这时,我也终于下班了,拎着帆布袋,穿着大衣,系上围巾,又回到便利店买了一杯橙汁和一个甜面包,边走边吃。

我肚子饿得咕噜咕噜响,喝了一口橙汁,大口咬着面包,往车站走。

厚皮的橙子没人爱,可是,脸皮厚一些,说不定可以节省很多时间。

我为什么不打一通电话给程飞,跟他说:"嘿,你有没有想我?天哪……不知道为什么,我很想你。"

假若能够不害怕被拒绝,任性又勇敢地说出"不知道为什么,我很想你"这句话,是不是简单直接得多,能省却很多磨人的猜测和等待?而且也充满激情,谁都会被我融化。

可惜,我的脸皮不仅没有橙子皮厚,倒是比橙子皮更薄,这个想法只在我脑海里一闪而过,我回到家里,什么也没做,一头扎进被窝里,没多久就睡着了。

## 16

转眼到了三月底,春天快要过去了,实习医生的一个月就好像别人的一年,我们被迫快点长大,要假装成熟和不笨,要承担更多责任和压力,要不眠不休地奋斗和坚持。

史立威看到产妇分娩再也不会昏过去了,我在手术室里仍然只是当助手的助手，但我也见识了很多手术。偶尔我还是会想起程飞，也会想起徐继之，想想他们两个现在都怎样了。我甚至希望徐继之提早回来接受第二期化疗，虽然我不在内科，但我可以去病房看他，那样，说不定我就可以见到程飞。

曾经有一天，在回家的路上，我在便利店买了两盒四瓶装的Babycham，本来打算晚上自己喝，最后却带着酒走去隔壁找李洛和苏杨一块喝。我们在沙发上一边喝酒，一边掷飞镖，有一搭没一搭地聊天，她们嫌小香槟味道太淡。

"这酒分明是给小宝宝喝的。"李洛说。

结果，李洛开了一瓶给大人喝的"蓝仙姑"气泡酒。

我笑着抗议："'蓝仙姑'这酒名也太禁欲了吧？是给修女喝的呢。"

那时候，我们喝的都是这些便宜却也好喝的汽酒，舍不得喝香槟，也还不会喝香槟。

喜欢某一种酒，常常是因为和某个人在某一天喝过，从此以后，喝的是回忆。我喝了一杯"蓝仙姑"就没喝了，倒是喝了几瓶小香槟喝得肚子胀胀的，好像喝下去的全是气泡。它其实并不算是香槟，而是梨子气泡酒，最早出现的时候是给英国的家庭主妇喝的，每天下午，当她们做家务做累了，就可以喝一杯轻松一下，假装自己是在畅饮香槟。而我喝它是为了回忆，也为了忘记。

要是程飞没有再出现，我或许真的就能忘记，毕竟，我们只是偶然认识的朋友，偶然一起度过了千禧年，可他偏偏在我快要忘记的时候又出现。

前一天大夜班，第二天早上回到家里，我倒头就睡，睡到迷迷糊糊、半梦半醒之际，我好像听到有人在楼下喊我，是做梦吧？我翻过身去没理会，过了一会儿，我似乎又听到那声音。

我揉着眼睛，惺惺忪忪下床，到阳台看看到底是不是有人喊我。

"毛豆，你在家啊！"程飞在楼下喊上来。

天哪！我身上只穿着单薄的T恤衫和长睡裤，脚上穿着彩色波点图案高筒袜，头发就像刚刚被捣了的蜜蜂窝，朝四方八面飞了起来。

当我没有任何准备，也不抱任何期望的时候，程飞就这样出现了，站在楼下，依旧穿着那件蓝色外套，背包钩在一边胳膊上，脸上带着微笑。

"找我？"我说着用手指梳了梳头发。

"没事，我刚经过附近，喊你一声，看看你在不在。你在睡觉？这么早？"

"昨晚大夜班呢，今早才睡，现在几点了？"

"噢，我吵醒你了？快四点了。对不起，没什么特别的事，你去睡吧。"程飞摆摆手，示意我进屋里去，不用理他。

眼看着他要离开，我叫住他："嘿，我醒了，你要上来吗？"

"啊，好的呀。"程飞愉快地说。

"三楼A，大门顶有一盏磨砂小夜灯。"我踮起脚，朝他竖起三根手指。

说完，我飞快地回去睡房把T恤衫和睡裤脱掉，换过一条棉裤和套头毛衣，梳好头，使劲往脸上喷些玫瑰水。

可是，过了一会儿，我还没听到门铃声。我打开门出去看看，外面静悄悄的没有人，我探身往楼梯底下看看，又往上面看看，没看到程飞。

他不可能迷路啊，我只好回到屋里去。

等了约莫二十分钟，终于，门铃响了。我跑去开门，程飞就站在门外。

"怎么这么久？你跑哪里去了？"

程飞冲我微笑，双手放在后面："第一次来，得带点什么，我买了花送你。"

我压根没想过程飞会买花送我，是玫瑰吗？郁金香？铃兰？小雏菊我也喜欢。

我羞答答地站在那儿，等着接过他手里的花，可他从身后拿出来的并不是花，而是一个小盆栽，一个小小的奶白色的陶瓷花盆里用泥土养着的不知道是什么的小东西，长着茂密的绿油油的叶子。

我都不知道是好气还是好笑，接过程飞给我的盆栽，说："这是花吗？这是叶啊，是在路口那家小花店买的吗？那家花店是个很帅的大叔和他女儿开的。"

"我可以进来吗？除非你打算拿了我的树就打发我走。"程飞挑起一边眉毛说。

"啊，哈哈，进来吧。这是树吗？"我一直站在门边，都忘了让他进屋里来。

程飞走进来，说："卖给我的那个女孩说这是幸福树。"

"这么小？"我把门关上。

"有大的，也有小的，这是小的，小的可爱，幸福不需要太大呗。"

"说的也是，这个只要一只手就可以拿起来。"我仔细看了看，幸福树每一片叶子也是心形的，这大概就是幸福的理由吧。

我对他微笑："还是头一次有人送一棵树给我啊。它容易养吗？我从来没照顾过花草树木。"我幸福地捧着幸福树，他竟然送了一棵树给我，比任何鲜花都更让我觉得惊喜。

程飞想了想，说："应该比我容易养，我得吃饭，它喝水就可以。"

我笑了:"放哪里好呢?"

"说是要放在窗边,要有阳光,又不能太晒,要浇水。"

"那我放在书桌上吧,你随便坐。"我走进书房。

那里原本是窝窝的睡房,她去了多伦多之后,就变成了我的书房。我把几本书拿开,把幸福树放在窗边的胡桃木书桌上,让阳光照着它。

"这就是查理?可为什么他只有半边身?"程飞指着沙发软椅旁边的查理问道。

"我们用的骷髅骨都是只有半边身的啊,这些都是没人认领的尸体,骨头很多时候都不齐全,我们买到的,有些只得左边身,有些只有右边身,反正两边是一样的,只是刚好反过来,半边的骷髅骨便宜些。"我说。

查理还是那一向的忧郁表情。

"原来是这样吗?他没有我想象的骇人,可是,他一直这副表情吗?"

"啊,他不喜欢笑,况且,他还能有什么表情呢?"

程飞皱眉:"他好像在盯着我们。"

我伸手抠了抠查理两个空空的眼窝,那里曾经有一双眼睛。

"没有,他没盯着我们。"我说。

程飞啧啧两声:"你都这样抠人家眼睛的吗?你太可怕了你。"

"我就是喜欢抠眼睛。"我作势要抠他的眼睛。

他头往后仰,躲开了,看看我,笑着说:

"你刚睡醒的样子真好看。"

我脸红了。

"要过来亲一下吗?"我在心里说。

可我嘴里却说:"我不是一向都像刚睡醒的样子吗?一向都

好看。"

"这倒是，尤其是你的头发，从来没整齐过，好像每根头发都各走各路。"程飞笑嘻嘻地说。

我吃惊地摸摸头："真的吗？哪有啊！嘿，你要喝点什么吗？"

"随便吧。"

"啊，要来些白兰地吗？"

"哦？什么？有白兰地？"

我点头。

"好的呀，这么早喝白兰地？真没想到你这么能喝。"程飞啧啧两声。

我走进厨房，出来的时候用托盘盛着两杯白开水和一盒酒心巧克力，巧克力是前几天苏杨请我吃的，巧克力里面夹的是白兰地酒。

程飞坐在米白色的组合沙发上，我把托盘放在茶几上。

"白兰地呢？"他问道。

我把巧克力递给他说："你挑一颗。"

他随便挑了一颗放进嘴里，咬开，知道被骗了，皱皱眉说："酒心巧克力？这就是你说的白兰地？"

我大笑着坐到沙发软椅里说："里面真的是白兰地啊。"

程飞摇摇头说："你跟其他女孩子很不一样。"

"有什么不一样？"我好奇。

我以为他会夸我有多么特别，就像我觉得他很特别一样，他却说：

"你像个男的。"

那么，他是把我当作哥们吗？

"这是赞美吗？"我难免有点失望。

"你只有外表像个女的。"程飞接着说。

我皱眉:"啊,这是安慰奖吗?还是头一次有人说我只有外表像个女的。"

"外表像个女的也不容易啊。"程飞说。

"啊,太谢谢你了。"我没好气地说。

"我刚刚去面试了。"他告诉我。

"哦?去哪里面试?"

"一家教科书出版社。"

"你开始找工作啦?去面试什么职位?"

"数学书的编辑。"

"顺利吗?"

程飞没回答,默默低头喝水,神情有点沮丧,过了一会儿,他说:"今天是出版社老板跟我面试,但我根本没有太多机会说话,才说了十五分钟,他就不让我说下去……"

"啊,再找吧,一定有更好的。"我安慰他。

"才跟老板说了十五分钟,他就决定用我,后面都是我在听他说话。"程飞从杯子里抬起眼睛偷笑。

我作生气状,瞟了他一眼:"那就是说你会到出版社工作喽?"

程飞点点头:"我会负责编写中学教科书和辅助教材。我一直觉得很多小孩子没学好数学,甚至害怕数学,是因为他们没遇到好老师,许多老师根本是混饭吃的,然后就是教科书写得太烂、太沉闷了。"

我抿嘴笑笑,告诉程飞:"我妈妈退休前就是数学老师,她教的是小学五年级。"

"噢,我不是说所有老师都不好。"他摸摸头,不好意思的样子。

"的确是有很多混饭吃的人,但我妈妈应该还好,小时候,我们都睡了,她半夜还在饭厅改作业,她喜欢一边改作业一边喝点小酒,她说喝了酒精神好些。"

"啊,你妈妈太可爱了。"

"有些成绩不好的学生,她甚至带他们回来,免费替他们补习。"

"那她肯定是个好老师。"

"可是,她脾气挺古怪的,我见过她把学生的作业全部推到地上,大吼一声,然后又像没事一样,蹲下去捡起来再改,一副很平静的样子,就好像她根本没有吼过。"

程飞看着我:"有其母必有其女,你会不会像你妈妈?"

"从来没有人说我像妈妈,都说我像爸爸。你呢?你像爸爸还像妈妈?"

"我大概两个都不像。"他把话题轻轻带过。

"那你什么时候上班?"

"本来我希望是七月,等我毕业之后,但是,老板希望我下星期就开始,他说我可以一边上学一边上班。"

"那不是很好吗?"我雀跃地说。

"看来是的。"程飞有点得意。

"既然找到工作,你可以留在香港喽?"

他微笑点头。

"那得庆祝一下。我去看看有什么可以吃的。"我走进厨房打开冰箱看看有什么,里面只有各种过期的调味料和一条过期一个月的面包。

"你等我一下。"我走出客厅,鞋也没穿,拿了钥匙走过去B室。那边的冰箱里肯定有吃的。

不负我所望,居然给我在冰箱里找到半个栗子蛋糕。我捧着半个蛋糕跑回家。可惜要上班，否则还可以喝酒，她俩的冰箱里总是塞满了酒。

"有蛋糕啊。"我走太急了，忘了自己脚上穿着厚袜子，一进门，脚下一滑，闪到了腰。

"哎哟！"我禁不住痛苦呻吟。

"你怎么了？"

我痛死了，眼泪迸射而出，就像被人点了穴那样，僵在那儿，一只手拿着蛋糕，另一只手扶着腰。我怎么一见到程飞就乱成这样呢？我就不可以冷静些、矜持些吗？

"我扭到腰了。"我咬着牙说。

"呃？严重吗？"程飞连忙走到我面前。

"你扶我过去。"我冲沙发那边点头。

程飞帮我拿着蛋糕，扶我慢慢走过去，每走一步，我都痛到了心里。

"我扭伤了肌肉，睡房里有个白色的小药箱，里面有止痛药，就在边柜上面，你可以帮我去拿吗？"

"哦，好，你别动，我去拿。"程飞扶我坐到沙发上，然后走进睡房把药箱拿给我。

我打开药箱，拿出两颗止痛药，用水把药吞下去，止痛药没那么快就起作用，我摸着腰，挨在那儿，又尴尬又难堪。

"要我帮你揉揉吗？"程飞说。

"你行吗？"

"我试试。"他笑眯眯地说。

"你别逗我笑。"我缓缓把两条腿放上沙发，背向他，脸朝里面躺着。

程飞坐在地上，问我："哪里痛？"

"这里。"我指了指扭到的肌肉。

他把手放在我腰上："这里是吗？"

"嗯。"

程飞两只大拇指使劲按在我扭到的位置，我痛得"哇"的一声叫了出来。

他被我突然的叫声吓了一跳，也同时"哇"地叫了一声。

"很痛？"他连忙缩手。

"不痛，我可舒服了。"我擦着眼泪说反话。

"不如我说个笑话给你听，分散你的注意力，就没那么痛了。"

"不要。"我喃喃地说。

"你听过方便面和午餐肉不合的笑话吗？"

"不要说。"我低声抗议。

"你不要听这个，那我换一个吧。"

"不要。"我几乎是哀求。

"啊，你是说你宁愿我讲方便面和午餐肉不合的笑话？"

"掐死你！"我说。

程飞说话的时候一直帮我揉，果然分散了我的注意力，好像没那么痛了。我可没想过，我们两个人头一回的肌肤之亲是以这样的方式进行的。

"哎，好些了，"我转过身来坐好，揉着腰说，"我觉得你可以去按摩院打工。"

"我在按摩院打过工啊，初中的时候去赚学费，不过不是做按摩，是茶水小弟，那时小费挺多的。"他笑笑说。

我看着他，我初中的时候还是傻乎乎的，只会伸手问家里拿零用钱,程飞却已经在按摩院当茶水小弟,他过的生活也许是我无法想象的。

"嘿,我们吃蛋糕吧。"我说。

程飞打开蛋糕盒子看了看:"啊,幸好蛋糕没事。"

我想用脚踢他,可是,我腰痛,踢不到。

"又来?你现在可是伤残的啊。"他躲开。

我随手拿起身边的一个抱枕砸他的头:"你才伤残呢。你可以去厨房拿刀叉和碟子吗?"

等程飞拿了刀叉和碟子出来,我们把蛋糕切成两半,像碰杯那样碰碟子。

"前程万里,加油!"我说。

"你也是,等我拿到第一个月的薪水,我请你吃饭。"

"说好了啊。"我幸福地说。

"说一是一。"程飞点头。

他吃了一口蛋糕,问我:"你为什么会去隔壁拿蛋糕?"

"李洛和苏杨住隔壁啊。"我说。

我把租房子给李洛和苏杨的始末从头说了一遍。

"那就是说还有一个房间空着?"他说。

"嗯,一直空着,我还没时间去登广告。"

"我有个朋友正在找房子啊。"

"我只租给女孩子。"我说。

"是女的呀,她正在找房子。"

正在吃蛋糕的我突然有点不是滋味,程飞说是个女的,是他女朋友吗?

"是你朋友吗?"我问他。

"是朋友……"他吃着蛋糕说。

"啊……"这意思就是女朋友吧?我微笑,假装不在乎。

"是我朋友以前的女朋友。"他把口里的蛋糕吞下去,把话说完。

原来不是他的,我偷偷笑了,继续假装不在乎。

"他拜托我照顾她,说她一个人在香港。"

"啊,这个男生有情有义啊。"

我看看钟,原来这么晚了。

"你让她明天打电话给我吧,我得上班了。"我匆匆把蛋糕吃完,脱掉脚上的袜子,从沙发上慢慢站起身。

"你这样子没问题吗?"他问道。

"可以的,我去医院可以打止痛针,这里没法打,我去拿外套。"

"我扶你吧。"他扶我进睡房,我在衣柜里拿了外套和帆布袋。

"我来帮你拿。"程飞帮我拿着帆布袋,问道,"要我送你去医院吗,医生?"

我嘁嘁嘴白了他一眼:"哈哈,很好笑,送我到楼下打车就好。"

我一只手搭住程飞一边胳膊走向门口,脑袋偷偷地略微向他的肩膀倾斜,一边倾斜一边在心里偷笑。

可没想到,就在我想把脑袋再倾斜些的时候,我们一打开门就看到李洛和苏杨在外面,她俩刚刚回来。

她们两个看见我和程飞从屋里走出来,怔住了,接着假装用手揉眼睛,猛朝我挤眉弄眼。

17

"程飞就是那个说你眼睛像小狐狸的人吧?"苏杨笑眯眯地问我,"你还说你不喜欢他?你不老实啊。"

"我是没喜欢他,是他喜欢我。"我笑嘻嘻地说。

这天晚上,我们三个在我家楼下的梅莉餐厅为苏杨庆生。我吃着威灵顿牛排点头,笑得眼睛眯成一条缝。

"你们进展得还真快啊。"李洛朝我挤挤眼睛说。

"什么都没发生,只是我扭到腰,他扶我。"我说。

"可你为什么会扭到腰呢?是不是有些动作太激烈了啊?"李洛不怀好意地笑。

"就是我穿着袜子走路走得太激烈了。"我笑着说。

"你跟程飞外形挺匹配的呢。"苏杨说。

"啊,真的吗?他不会太瘦吗?像猴子似的。"我嘴上这么说,其实我一点都没嫌他太瘦。

"是有点瘦,但是,瘦有瘦的好,瘦的潇洒。"李洛掰着手指说,"我一不喜欢男人有小肚子,二不喜欢腿短,三不喜欢嘴巴大的。"

"嘴巴大有什么问题?"我禁不住哈哈笑了起来。

"嘴巴大我看着他说话会反感啊。"李洛吃着一只德国猪手说。

"你不如直接说你喜欢长得好看的。"苏杨用手拿起碟子上的半只法国烤小春鸡直接吃,然后又掰着油腻腻的手指说,"我一不喜欢男人没屁股,二不喜欢大屁股,三不喜欢有胸毛的。"

她咬着一块没有皮的鸡胸肉,打了个小哆嗦说:"我害怕有毛的胸。"

"你怎么不是看屁股就是看胸呢?"我说。

"我也看脸啊,我发觉,我总是爱上那些看起来有点落魄的男人,唉,我每次都死在这种人手上,死了一百次还是没有学乖。"

"我是死在帅哥手上。"李洛狠狠地咬了一口猪手说。

年少的时候,我们总会设定许多条条框框,说自己喜欢怎样的男生，可有一天，某个人出现了，他完全不是你想过你会爱上的那种人，他颠覆了你所有的期待和想象，你却会为他抛开所有的条条框框。

"等下要吃火焰雪山吗？"我问她俩。

"当然。"她们两个同时使劲地点头。无论在男人手上死过多少次，她们对于美食始终不会灰心，也不会死心。

火焰雪山是我小时最喜欢吃的甜点，并不是很多餐厅都会做的，梅莉餐厅一直有这个甜点，而且是由老板亲自在客人面前点火的，我不知道梅莉的火焰雪山是不是最美味的火焰雪山，却肯定是我最熟悉的。吃火焰雪山，看着蓝色的火焰点亮了，吃的不光是冰激凌和蛋糕，也是在吃一份浪漫的感觉吧？

火焰雪山吃到一半，苏杨突然说：

"你们等下陪我去一个地方好吗？"

"不去不去。"李洛说。

"你又不知道我要去哪里！"

"你还能去哪里？"

"去嘛。"苏杨的口气近乎哀求。

"不许你去。"李洛斩钉截铁地说。

"今天我生日啊。"

李洛没好气地说："你生日他都不陪你，还去什么？"

"他忙啊，今天晚上要出外景呢，好像是在飞鹅山，挺冷的，我去把东西放下就走。"

李洛深深叹了口气："你在同一个男人身上就死了一百次。"

## 18

晚上十一点,我和李洛站在尖沙咀山林道一幢老房子对街的一根电灯柱下面等着。

苏杨上楼去了,她男朋友黎国辉住在这儿的七楼,这时候应该不在家。

黎国辉喜欢吃葡萄,却嫌吃葡萄麻烦,苏杨会买些葡萄回家,每一颗细心剥了皮,用牙签把葡萄核剔掉,放在保鲜盒里,然后拿给他,让他放在冰箱里慢慢吃。这都是我们在楼下等她的时候李洛告诉我的,她和苏杨刚刚住在一块的时候,她有天回家看到冰箱里有一大盒剥掉皮、剔了核的葡萄,拿出来吃掉了一半,苏杨回家看到,气得当场就哭了。从此以后,李洛看到冰箱里的葡萄都不敢吃。

黎国辉是电影副导演,也写影评、玩音乐。苏杨和他是在重庆认识的,那一年,黎国辉去重庆拍电影,苏杨的一个朋友在那部电影里演一个小角色,失恋没多久的苏杨无所事事,也跟着朋友去凑热闹,就这样认识了黎国辉。后来电影拍完了,黎国辉留在重庆,苏杨充当向导,带他吃遍重庆最好吃的餐厅。那么爱吃又能吃的她,为了给他留个好印象,在他面前都没敢多吃,每次等到回家之后再自己吃一顿。

黎国辉在重庆住了二十多天,那时,他和女朋友分手半年了,人很沮丧,苏杨差不多每天陪着他,听他说他的梦想,听他发牢骚,听他说他的伤心事。他爱的那个女人爱上了别人,不爱他了,他们彼此安慰,苏杨不知不觉爱上他了,也爱上他出生和长大的那个小城。黎国辉正好就是她一直以来喜欢的那一款,有些落魄,有些忧郁,又有些不得志,屁股不会太大也不会太小。

就在黎国辉离开重庆的前一天晚上,两个人终于上了床。看到他那没有胸毛的、瘦瘦的胸膛,她把那胸膛拉向自己,偷偷地笑了。

那时她没想过以后还会跟黎国辉再见,她以为可以忘记他,她跟自己说,那不过是两个伤心寂寞的人互相取暖,从今以后,既不再见,也不想念。他在香港,离她那么远,又那么陌生,偶尔共度了一个晚上,但是,彼此的人生是没有任何交集的。

送黎国辉到机场的那天,她一直很轻松,两个人就像什么事也没发生过那样,道了再见,彼此也没有任何的承诺。他说:"你来香港玩的话,找我吧。"

她微笑着点头,心里想:"那是个什么样的地方啊?是不是像她在电视剧里看到的一样,是个五光十色的繁华都会,人都很漂亮,也很会打扮,歌都很好听?"

那天,她挥手跟他说再见,看着他挤进安检的长长的队伍里,她等着他回头再看她一眼,她心里想:"黎国辉,你会回头吗?"

可是,他没回头。她唯有跟自己说:"也许他以为我走了呢。"

黎国辉走了之后,两个人偶尔会发个短信给对方,他继续拍戏,她继续上学,他打过两次长途电话给她,最后一次,是夜里打来的一通电话,他喝醉了,在电话那一头说:"我很想你。"

听到这句话,苏杨哭了,第二天就去办手续来香港找他。

终于见到面了,那个星期,黎国辉对她可好了,跟她说了许多绵绵情话,弄得她独自回重庆那天一坐上飞机就哭得一塌糊涂。

可是,黎国辉后来再也没有打过这么缠绵的电话了。那一通电话,也许只是因为一时寂寞而打的,人总有脆弱而多情的时刻,然后就恢复本性的冷淡了。

后来她又来过香港几次看黎国辉,他并没有要求她留下不走,他对她总是若即若离，可她偏偏越来越在乎他。她知道，要是她回去重庆，离他太远的话，她终归会失去他，于是她咬着牙，只身背井离乡来香港读书，就是为了留在他在的城市。

"她这个人就是死心眼。"李洛说。

"你见过黎国辉吗？"

"见过两次，没说过几句话，他不爱说话，都是我和苏杨两个人叽叽叭叭地在说话，有机会你见见他，看看他那副德行，我真看不出他有什么魅力。有一种男生就是这样，老觉得自己怀才不遇，觉得这世界亏欠了他，这世界才不欠他什么呢。"李洛翻翻白眼说。

我笑了："只要苏杨喜欢就行了，喜欢一个人的时候，眼里都是星星呀、月亮呀，哪里看得见灰尘？"

"苏杨并没有告诉黎国辉她来香港读书是为了他，就算她说了，我估计他也不会太感动，当你那么主动，他就会觉得理所当然。"

"黎国辉对她好吗？"我问道。

"他好的时候可能还不错吧，至少他是没有别的女朋友，只要苏杨自己觉得好就可以啦，别说看不见灰尘，我猜就算是蛆虫她也看不见。"她皱眉笑了，又说，"今天她生日，他也不陪她。生日要工作也就算了，那可以提前庆祝啊，也没有，礼物当然更没有。可是，有时候他会在半夜打电话给苏杨，苏杨接到电话马上就跑来这里陪他，快递都没她送货送得那么快。"

李洛抬头看了看七楼的一个窗户，屋子里亮着灯。

"不是说把葡萄放下就走吗？她为什么上去那么久啊？不会是黎国辉在家里吧？那就惨了，他们两个不知道在干什么，会不会把葡萄带到床上去啊？我们在这里等他们做那事不是很傻吗？"她说。

"不会吧。"我笑了起来。

"唉,很难说,可能黎国辉今天提早拍完戏回家洗澡,苏杨开门进去,发现他回来了,正在浴室洗澡,苏杨看到他没有胸毛的胸就把持不住了。"李洛做了个鬼脸。

"你太坏了。"我咯咯大笑。

这时,苏杨终于下楼了。

看到我们在笑,她问我们:"你们笑什么?"

"你怎么上去那么久?"李洛反过来问她。

"家里有点乱,我就顺手帮他收拾一下,反正都来了。"苏杨说。

"你不会是在楼上洗厕所吧?"李洛质问她。

苏杨好像被看穿了似的,躲到我身边说:"走吧,回去啦。"

"被我猜中了?你连厕所都帮他洗?你要我们两个站在这里等你洗厕所?"李洛看看手表,悻悻地说,"算你命大,现在十一点三十八分,你生日还没过,要不是你生日,我掐死你!"

"他一个人住,乱七八糟挺可怜的。"苏杨怯怯地说。

李洛盯着她说:"你别以为我不知道你,你想看看他会不会有一份生日礼物放在家里给你一个惊喜,是吧?"

"天哪,你是我肚里的虫子吗?"苏杨喃喃地说。

"那么,有礼物吗?"李洛追问。

苏杨带着微笑说:"他那么忙,哪有时间买礼物呢?做电影这一行,忙起来真的是六亲不认的啊。"

她脸上那微笑分明是带着几分失望的,我完全没想过平日没心没肺的苏杨竟是这么痴心的一个人。

"我们去吃消夜吧,我请客,今晚我不想那么早睡觉。"苏杨钩住我和李洛的手臂,边走边说。

"嘿,你们很快会有个新房客。"我告诉她俩。

"谁呀？"李洛问道。

19

"我叫俞愿，愿望的愿。"俞愿在电话那一头自我介绍。她有一把很好听的、感性而温柔的声音。

接到她打来的电话时，我正在街角那家花店里请教卖花的女孩幸福树该怎么养。

"昨天有个男生来买了一盆幸福树，原来是送给你的吗？"女孩微笑着问我。

女孩跟我年纪差不多，留着齐耳的刘海短发，样貌清秀，常常穿着一条麦子色的帆布围裙，工作很勤快。她的眼睛看起来水汪汪的，其实她得了视网膜色素变性，只余下两到三成的视力，将来有一天会完全看不见，可她脸上总是带着微笑，更神奇的是，她说得出店里每种花的颜色。我不知道她是怎样做到的。

"幸福树很容易养，水不要太多，它一般不开花，但是也有例外的，如果开花，你可以带来给我看看吗？我也想看看是什么样子的。"女孩一边跟我说话一边包花，三两下就包好一大捆漂亮的桔梗给一个客人。

"好呢，我只希望它不会在我手上挂掉。"我说。

"如果发觉它看起来不怎么好，家里有过期的维生素就给它吃一点吧，把药丸捣碎，用水稀释一百倍，放冰箱里，每隔三到五天拿来施肥，一般都会好的。"女孩说。

"原来可以吃维生素啊！"我禁不住笑了，心里想，可以急救，这不就像打强心剂吗？那就是我的范畴了。

"是的呀。"女孩愉快地说。

那边厢，俞愿甚至没有要求先来看看房子，我在电话里告诉她租金多少，她说没问题，然后问我她可不可以下星期搬过来。

她搬来的那天，还真的让李洛和苏杨大开了眼界，这是后来李洛告诉我的。

李洛和苏杨那天留在家里负责迎接她们这位新来的室友，她们没想到，扛着行李箱爬上三层楼的，不是俞愿，而是花店那位帅大叔。俞愿留着一头齐肩的栗色鬈发，这天戴着一顶贝雷帽，穿一件白色贴身衬衫和一条红色碎花裙子，搭配一件黑色的开胸毛衣，脚蹬一双黑色芭蕾舞鞋，一只手拎着一个托特包，另一只手拿着玫瑰花，轻轻松松地走在大叔后面。

原来俞愿在路口下了车，找不到二百二十二号，看到花店就停下来问路，看到玫瑰花很美，就买了几朵，帅大叔看她那么娇媚玲珑的一个女孩子拉着那么大的一个行李箱，我见犹怜，居然请缨帮她拿箱子，还额外送她几朵玫瑰。

我直到俞愿搬来差不多一星期之后才见到她。那天早上，我下班回来，她匆匆忙忙地从家里走出来，我们就在走廊上碰到了。

我首先开口问道："你是俞愿？"

"你是方子瑶？终于见到你了。"她笑笑说，温柔的声音跟我在电话里听到的一样。她一副聪明相，鼻子高高的，眼神淡淡的，不笑的时候显得有点冷漠，笑起来却又带着几分妩媚。

她那天穿一条鲜黄色碎花连衣裙和一件米色毛衣，脚上穿一双尖头平底鞋，每边耳垂戴着一只白水晶小圈耳环，闪亮闪亮的。

"哦，我这星期都是大夜班，你呢？住得还习惯吗？"

"很好啊。"她说。

后来我才知道，一开始她跟苏杨和李洛相处得并不算好，她第一天搬进来就关上门躲在自己的房间里呼呼大睡，然后每天早出晚归，见到她们两个人也只是打个招呼。

她放在浴室里的洗漱用品都比李洛和苏杨用的昂贵和讲究得多，洗面奶、玫瑰水和沐浴液是法国的，除了脸部的磨砂膏，还有含玫瑰花瓣的身体磨砂膏，连头发也有专门的含海盐的头皮清洁磨砂膏。她也带来了自己的花瓶、厨具、餐具和咖啡壶，还有一块极臭的法国青纹干酪和一瓶糊糊状的看起来很恶心的不知道什么东西。她每天早上泡咖啡，吃干酪和面包，看的是法国时尚杂志。

李洛和苏杨一致认定她高傲又造作，决定不理睬她，可是，一个星期后，她们就被她征服了。

星期天早上，她们闻到面包的香味醒来，去厨房看看，发现俞愿刚刚做好了一盘迷你的法国棍子面包。原来，俞愿搬家那天带来放在冰箱里的那瓶糊糊状的东西是酵头，这瓶酵头跟着她已经有两年。前一天晚上，她用一点点酵头揉面和发面，把发好的一坨面团搁在冰箱里，第二天早上拿出来做面包。

在那天之前，苏杨和李洛从来就不认识一个会自己在家里做面包，而且做得那么好吃的人。

俞愿问她俩要不要一起吃早餐，这两个人的口水早就流到脖子了，完全没有拒绝的能力。三个人吃着新鲜出炉的面包、干酪、火腿和煎蛋，喝着热腾腾的咖啡，很快就成为好室友了。

俞愿告诉她俩，这星期早出晚归，是要把前任的事情解决。这个前任叫胡家仁，不是程飞那个朋友，而是刚刚成为前任的一个。

她和胡家仁同居一年了，可是两个人常常吵架，他喜欢管束她，她这人最害怕被人管束，受不了了，一找到地方马上就搬走。他沮丧极了,刚搬走的那星期,俞愿常常去看他,陪他吃个饭,告诉他,他值得一个比她好的女人,而他和她永远是肝胆相照的好朋友。

"我和每个前任都能做朋友。"俞愿引以为傲地说。

"不要了,即使全世界没朋友,也不要跟前任做朋友。我无法跟那么差劲的人做朋友。"苏杨说的是她的初恋情人何滔,一个花心萝卜。

"我也不要,即使我所有朋友都死光了,我也不要他这个朋友,他不是个坏人,但是没必要做朋友。"李洛说的是秦岭。

"可是,有些人最后只能做朋友,也只适合做朋友。"俞愿说。

"有些人只适合老死不相往来啊。"李洛说。

"所以关键就是分手的时候分得好不好,有没有好好道别,那就相当于你要把一个死人埋掉,你是随便把他扔到荒郊野外,任由他被野狗吃掉,还是会找一块好地方把他好好埋葬,并且在他坟上撒花?那是不一样的。"俞愿说。

这个比喻听着很残忍,李洛和苏杨不由得打了个小哆嗦,却也由衷地佩服。是啊,每一次分手,无论是哪一个先不爱对方,都是一次小小的死亡。

然后,俞愿说了那句很经典的话,以后我们四个人还常常拿出来说。

"前任是最坚实、最温柔的后盾。"她说。

以她所拥有的前任的数量来说,俞愿很有资格说这句话,而且,在她说了这句话之后,她的前任还一直在累积。许多年后,她不但有了许多前任,还有了一个前夫。

俞愿是在绍兴出生和长大的,三年前,她离开了那时的男朋友大汪,一个人去了巴黎念商科。大汪就是程飞的那个旧朋友。

她去巴黎的学费和生活费是两个人一起存了几年准备将来结婚用的钱，大汪自己一分钱也没要，全部送她，他知道她一直想出去看看这世界，知道留不住她，因为爱她，他愿意放手。

"他是个顶好的男人，太好了，只可惜我变了。"俞愿每次说起他，还是对他赞不绝口。

在巴黎三年，俞愿换了两个男朋友，两个都是法国人，一个是路易，另一个是雨果，路易比她大十二岁，雨果比她大五岁。做面包就是雨果的妈妈教她的，雨果的妈妈是一位家政老师。

路易离过婚，是专门写美食评论的杂志记者，风度翩翩；雨果则是个舞台剧演员，他在《罗密欧与朱丽叶》里演过罗密欧——的侍从。没有戏演的时候，雨果就在酒吧打工。

在路易和雨果身上，俞愿学会了浪漫。路易常常送她花，喜欢和她一起泡澡，喜欢替她擦背，也喜欢把鱼子酱和香槟搬到浴缸旁，两个人躺在浴缸里一边泡澡一边喝香槟，他会用一只贝壳小勺子喂她吃鱼子酱。他是那样满足她那个年纪对爱情所有的想象与渴求，她一度想嫁给他，但他似乎无意再一次跳进婚姻的墓穴里。

"宝贝，我已经死过一次了。"他对俞愿说。

雨果买不起鱼子酱，但他亲手做了一颗宝石戒指给她，那颗小小的宝石是他九岁那年跟家人去南非玩，在参观一个钻石矿的时候挖到的，他一直藏着，想着长大后有一天能够送给他心爱的女人。

"法国男人太会谈情，但也太会偷情了；浪漫，但也散漫。路易就算到了七十岁，还是会有很多女朋友，我永远不会是唯一一个；雨果呢，他就像马卡龙，甜死人不偿命，可是，人不能每天都吃这么甜的东西啊，何况，谁知道他那一次在南非的钻石矿总共挖了几颗宝石呢？说不定他是挖了一小袋。"俞愿微笑着叹气。

离开雨果，她也离开了巴黎，来香港读一年的硕士研究生，她十几岁的时候就常常憧憬着将来有一天穿着黑色的洋装和黑丝袜，踩着高跟鞋，拿着香奈儿的包包在香港的中环上班，早餐会议是在文华酒店的 Clipper Lounge，边吃着司康饼边开的，午餐吃的是法国菜或者日本寿司，晚上下班回到半山的家里，会有一只毛茸茸的小狗欢天喜地扑过来拼命亲她，她把小狗抱起来，踢掉脚上的高跟鞋，手伸进裙子里解开穿了一整天的性感的黑色蕾丝胸罩，站到窗边看着维多利亚港美丽的夜景，然后她跟自己说，对于人生，再也不应该有些什么抱怨和奢求了。

"那是 La Perla 的蕾丝胸罩啊。"接着她又补充说。

"我来香港只为了能够和某个人在一起，没想过有没有小狗和维多利亚港的夜景啊，如果有的话，也是好的。"苏杨说。

"我来香港是为了离开某个人，没想过晚上回到家里脱掉的胸罩是什么颜色、什么布料的呢，性感蕾丝也是好的，要是用不着自己动手，有个人帮我解开扣子，那就更好。"李洛说。

离开巴黎的那天，是雨果送俞愿去的机场；然而，最后的晚餐，她是跟路易吃的。

"在巴黎的最后一顿饭必须跟路易吃，他爱吃又会吃，而且能够在最难订到位子的餐厅弄到一张桌子。"她笑着说。

有些友情，只要一天就可以建立起来。我是在那个星期天的晚上加入她们的。我回来的时候，她们三个已经喝光了一瓶红酒。

俞愿做了比萨、西红柿肉酱意大利面和煎鸭胸。

苏杨一见到我回来就兴奋地说："以后我们有口福了。"

苏杨这时已经换上了睡衣，没有钢圈的粉红色碎花棉布胸罩穿在睡衣外面。她胸大，不穿胸罩的话，她担心地心引力早晚会把她美丽的乳房拖垮，可是，胸罩穿里面她又觉得睡觉的时候得要先脱睡衣再脱胸罩太麻烦，于是发明了这种穿法。她这副古怪的模样，我和李洛早就见怪不怪了，她要是哪一天夜晚没把胸罩穿在外面，我们才觉得不习惯呢。

有一张我们四个人的照片，这么多年来我一直留着，是有天晚上在B室那张粉绿色的布沙发上合影的，我们四个人挨在一起，裸着脚丫，身上穿着睡衣，里面都没穿胸罩，只有苏杨穿在了外面。我们不许她脱下来。

俞愿被巴黎的水土滋养了三年，她爱美，热衷研究时尚的东西，又受过路易和雨果的调教，在追求美好生活这方面常常有些心得，苏杨和李洛很快就被她迷倒了。我一向不会化妆，窝窝会化妆，但她懒得教我，嫌我手笨，倒是俞愿教会了我怎样化妆。

那个教你化妆，或者，在你人生第一个重要的场合，譬如前男友的婚礼或者头一次见男朋友的父母的那天帮你化妆，用心把你变美的好朋友，你永远也会记得她和感谢她的吧。

这天晚上，我们喝着第三瓶红酒的时候，李洛问俞愿：

"你看什么颜色的口红最适合我呢？"

"哦，我也想知道，我买了很多口红，买的时候觉得很好看，回来之后用了一两次就觉得不好看。"苏杨说。

俞愿仔细看了看苏杨和李洛的脸，又看看我，她嘴角扬了起来，说：

"有个很简单的准则啊，口红的颜色跟你乳晕的颜色一样就对了。"

她这么一说，我们几乎是同时低头看看自己的胸部，然后禁不住哈哈大笑。

李洛转过身去拉开衣领瞄了瞄，又转回来骄傲地向大家宣布："我的是樱花色，我以后就买樱花色吧。"

"是吗？给我看看。"苏杨说着伸手去拉开李洛的衣领。

李洛躲开，笑着打她的手："去！"

"乳晕的颜色是会改变的，少女和成年之后，会有些微的改变，生过孩子之后，变化就更大了，颜色会变深。"我含着一片鸭胸，发表一下我的专业意见。

"那如果晒太阳呢？会晒黑吗？"苏杨问我。

"谁会去晒乳晕啊？"我笑得肚子都痛了。

"我以后不要生孩子了，反正我也不喜欢小孩子，我才不想我的樱花色到时变成奶茶色。"李洛双手按在胸前说。

"要是跟乳晕的颜色一样，那不就是只能用一种颜色的口红吗？"苏杨问道。

"只是说乳晕色的口红最适合自己，也最自然，可以扩展到同一个色系啊，譬如奶茶色和大地色也是同一个色系，有很多选择呢。并没有说一个女人只能有一支口红啊，人不一定喜欢自己乳晕的颜色，就好像我们不一定都喜欢自己的脸和头发，要是来来去去只能用一支或者几支口红也太沉闷了，乳晕的颜色无法改变，但是口红可以把嘴唇变成不同的颜色呢。"俞愿笑着说。

"就是呀，要是我涂了紫色的口红，你们可别以为我的是紫色的。"苏杨说。

"天哪，原来你乳晕是紫色的！"李洛说。

"才不是。"苏杨说。

"不行，我要看看。"李洛伸手想要扯开苏杨的衣领。

苏杨连忙起身逃跑，边跑边用双手护着胸口，李洛笑嘻嘻地在后面追她，一直追到苏杨的睡房里。

我和俞愿喝着酒，两个人都有点醉了，我问俞愿：

"你跟哪一个前男友最好呢？哪一个是真的能够做到好朋友？"

"那肯定是大汪啊，我们无所不谈，已经变成像兄妹那样的感情，每次我有了新男友会告诉他，跟男友吵架什么的，我也会跟他说，他有了新女友也会告诉我，不过，他最近失恋了，太可怜啦，老是被甩。"她哈哈笑了起来。

笑完，她很认真地说："只要能为我做的，甚至不需要我开口，他就会尽心尽力去做，这次我和胡家仁分手，跟他说我想找地方搬走，没想过要他帮忙，毕竟他又不在我身边，不可能帮我找房子。没想到大汪马上联系到程飞，要他帮我留意一下，又拜托他照顾我，说我一个女孩子在外面漂泊，怕我被人欺负。我一个人在巴黎三年，怎么会害怕漂泊呢？我不欺负人已经很难得，谁可以欺负到我？"

"你跟程飞熟吗？"我问俞愿。

"不熟呀，就最近在学校食堂吃了顿饭，是第一次见面，他跟大汪也好些年没见了，两个人都到处跑，大汪拜托他照顾我嘛，所以程飞还是要见见我的，他人挺害羞的呢。"

"害羞？"我禁不住笑了，"怎么我从来不觉得程飞害羞呢，他不知道多么喜欢说话。"

"这么奇怪？可能程飞跟我没什么话说，或者他对着你不害羞吧，他跟大汪有些地方还是挺像的，表面上很快活的一个人，对朋友很好，朋友很多，其实内心挺孤单的，你以为他玩世不恭，那只是掩饰，只是害怕认真就会受伤，其实他害羞又没有安全感，却不想承认，也许孤儿都是这样吧。"俞愿说。

"孤儿？"我吃惊地问道。

## 20

"我还以为你知道呢,他和大汪小时在芜湖一所孤儿院里住过。"俞愿说。

"我不知道。"我难过地说,心中不由得升起了对他的一缕柔情。

"我都是听大汪说的。"俞愿喝着酒说,"程飞进孤儿院的时候约莫是六岁吧,有好心人看到他衣衫褴褛、瘦骨伶仃地在街上捡东西吃,于是把他送到派出所,警察找不到他的父母,也没有人报失小孩,后来他就被送到孤儿院去了。他在孤儿院住了五年,一天,有个女孩子来把他带走,是他姐姐。"

"他还有姐姐?"

俞愿点头:"是同父异母的姐姐,没比他大很多,听说是个跑夜场唱歌的歌手。"

"那他爸爸妈妈呢?"

"这就不清楚了。"

"程飞也真的很讲义气,他回去之后老是求他姐姐领养大汪,他姐姐当然不肯,一个跑江湖在酒吧唱歌的年轻女子现在要养一个弟弟,哪里还有能力再养一个非亲非故的男孩呢?"俞愿说。

"他们两个在孤儿院里很惨吧?"

"孤儿院当然不会是迪士尼乐园,有一回,大汪和程飞一起逃跑,两个人逃到山里,大汪告诉我的,他还挺怀念那次出走。他们在山上住了大半个月,自由自在,玩得不亦乐乎,饿了就吃野果充饥,夜晚爬到树上找猫头鹰呀、数星星呀,累了就睡在山洞里。有天半夜,他们听到'嗷呜嗷呜'的叫声,好像是狼嚎,而且不止一只,可能是一群狼,两个人吓死了,挨在一起一直抖一直抖,其中一个吓得呜呜地哭了起来，你猜是谁？"俞愿笑着问我。

"是程飞吧？"我说。

俞愿眨眨眼："哦，你怎么知道？"

我笑着说："因为这是大汪的版本啊，如果是程飞的版本，他肯定会说哭的那个人是大汪，他自己最勇敢，没哭。"

俞愿哈哈笑了起来："男人啊，就是这样，可能连记忆都骗了自己，有机会你问问程飞，我想听听他的版本。"

我笑着问："那后来他们是怎样给抓回去的？"

"他们是自己回去的。话说有一天，程飞爬树的时候从树上掉下来撞到头，流了很多血，后脑勺穿了个洞，血一直流，大汪见他这样，提议回孤儿院，程飞怎么也不肯回去，最后是大汪眼看他变得迷迷糊糊的，担心他会挂掉，硬是背着他回去的。他在医院住了许多天，后脑勺有个疤，从此以后那个位置都长不出头发了。"俞愿揉着眼睛说，"在孤儿院里结识的朋友，都是生死之交，后来程飞被他姐姐接走，还常常写信给大汪，叫大汪等他，等他成年以后就回去领养大汪。"俞愿笑了起来。

我听到这里也笑了，程飞太可爱了。

俞愿继续说："大汪和程飞同年，等程飞成年，大汪也成年了，可以离开孤儿院啦，哪里还需要找人领养？后来程飞跟着他姐姐离开了安徽，到处跑场唱歌，就没法写很多信了。"

夜已深了，苏杨和李洛早就已经睡着，我和俞愿在阳台上一边喝酒一边聊天，我喝了很多酒，却比谁都清醒。回到自己家里，我把程飞送我的幸福树从书房搬到睡房，放在窗边，心里想：

"以后还是放在这里吧。"

程飞从树上掉下来的时候流了那么多血，一定很痛吧？他童年过的是什么样的生活，我也许永远无法想象。

那个看上去那么洒脱的人，原来只是对着我有说不完的话吗？那个想要领养好朋友的小傻瓜，是怎么熬过到处漂泊的漫长日子的？那个曾经瘦骨伶仃、流落街头的可怜男孩，后来是怎样来到我的城市的？

21

"在哪儿呢？忙吗？"几天后的一个傍晚，我在医院走廊打了一通电话给程飞。

这是我头一次主动找程飞，他大概没想到我会打电话给他，接电话的时候，口气听上去有些惊讶。

"啊，我在出版社。"程飞说。

"这么晚？你已经开始上班了吗？"

"在看些资料，希望尽快上手，你腰好些了吗？"

"没事了，居然这么勤奋？难得啊。"

"收人钱财啊。"程飞咯咯地笑，问我，"找我有事？"

"没什么的，就想看看你在干吗。吃饭了吗？"说完这句话，我觉着耳根有几分发热。

"嘿，你是不是想约我吃饭？"程飞笑嘻嘻地问。

"谁约你吃饭？我在医院，饭都还没吃，今天两台大手术呢，刚走出来喘口气，没什么的，八卦一下你在干吗，想听你说个笑话，你知道的，你笑话很多。"这时，我身上的呼叫器突然响了起来，是护士找我。

"再说吧，估计今晚十二点前是不可能吃到饭了。"我说完匆匆把电话挂断，直奔病房。

## 爱过你

凌晨一点，刚刚完成一台紧急手术，一个年轻女孩晚上加班，下班回家的路上遇上严重的车祸，送来医院的时候全身血肉模糊。主刀医生为她输血，把她碎裂了的那部分肝脏切除、缝合，她奇迹般地活了下来。知道她可以活下来的那一刻，手术室里全体医护人员一起为这个顽强的生命鼓掌，所有疲累都值得了。

主刀医生回家睡觉去了，我们几个实习医生负责把病人送到加护病房观察。终于轮到我可以休息了，我走出病房，想去躺一会儿，这时却接到程飞打来的电话。

"你还在医院吗？我在急诊室。"他的声音听起来很痛苦。

"你怎么了？"我吃了一惊。

"看资料看到一半，肚子突然很痛，就像被刀插一样，痛死了，不知道会不会是阑尾炎，在等医生来。"

"噢，你等我，我现在过来找你。"太累了，我的声音有点沙哑。

外科部在主楼十二楼，急诊室在旁边另一幢大楼地下，两幢楼之间有一条连接的通道，我急匆匆地从主楼跑到急诊室，那儿坐满了等着见医生的病人，程飞不在那儿，我转到病房去看了看，他不在任何一间病房里。我问了护士，并没有用"程飞"这个名字登记的病人。

"在哪儿啊？"我心里嘀咕。

我走到急诊室外面，那儿停着几辆救护车，车上没有人。我掏出手机打给程飞，手机铃声随即在我附近响了起来，我惊讶地循着声音看去，这时，程飞慢条斯理地从两台救护车之间走出来，一只手藏在身后，歪嘴笑着。

这一刻，我才知道受骗了。

"原来你没事。"我装着生气的样子。

"看到我没事不是应该很高兴吗？"程飞得意扬扬地说。

"怎么会高兴？今天我当班，本来以为有阑尾炎手术可以做呢，真是空欢喜一场。"我翻翻白眼。

程飞看了看我，说："你又有眼袋了。"

"这么黑也能看到吗？"我瞥了他一眼，装着一副我才不相信他的样子。

"那么大当然能看到。"

我想反驳，一时之间却又想不到说什么。

"吃饭了吗？"程飞先开口问我。

"还没。"他不说，我都忘了我一整天都没吃饭，只吃过几块饼干充饥。

"我也还没吃。"这时，程飞从背后拿出一个塑料袋来，里面装着热腾腾的便当，闻起来很香。

我打开其中一个便当的盖子看看，咧开嘴笑了：

"噢，是叉烧饭。"

"是微胖叉烧饭。"程飞更正我说，"还有菜干汤。"

"看起来很好吃啊。"我说，累得嗓音都破了。

"吃起来更好吃。"程飞说。

我笑了："一起吃吧。"

这个晚上，天很黑，几颗星星在天边闪烁，主楼外面有一个小小的庭院，我和程飞挑了一张长椅坐下来吃饭。

"这么晚了，你在哪里买到叉烧饭？"我饿坏了，大口大口地吃饭。

"从湾仔的办公室一直走到铜锣湾，终于给我找到一家还未打烊的烧味店。"程飞吃着饭说。

我把一块叉烧送进嘴里："是三分肥肉七分瘦肉呢，好吃。"

程飞皱眉看我:"你是不是三天没吃饭了?你看你,一点仪态都没有,可以吃慢点吗?"

"我现在只想吃饭和睡觉。"我说,"你知道吗?在外科这几个月,我学会了一项新的技能。"

"什么技能?"

"我能一边吃饭一边睡觉,前几天就是这样。"我说。

"哈,这有什么难?我能一边睡觉一边不睡觉。"

"有可能吗?鬼才相信你。"我笑着用手肘捅了一下他的腰,问他,"出版社的工作怎么样?还好吧?"

"很好玩啊,这家出版社是行内做数学课本的老大哥,第一名的。"

"啊,那就好。"我替他高兴。

"学星出版社,你听过吗?"

"我小学和中学的数学课本就是'学星'的呀,当年用过的课本和练习簿我应该还留着。"

吃完饭,我喝了一口菜干汤,擦擦嘴,定定地望着程飞。

"什么事?"程飞好奇地问我。

"你头痛不痛?"我问道。

"我头没痛啊,为什么这样问?"

"怎么会不痛呢?每个人都会头痛的啊。"

"呃?但我现在没痛啊。"他喝着汤说。

我皱眉:"你会不会连痛楚都感觉不到?"

程飞笑了起来,那笑容看起来就是觉得这事很荒诞:"感觉不到就是不痛呗。"

我很严肃地说:"你感觉不到痛楚,会不会是麻风病?麻风病人是感觉不到痛楚的。"

程飞捧着喝到一半的菜干汤,看着我,五官扭成一团:"我好端端一个人为什么会得麻风病?"

我凑近他,和他相距只有几英寸:"天哪,你左边脸有点塌下来,你真的一点感觉都没有?"

程飞做了个鬼脸:"不是吧?我还是很帅的,对吧?"

"我不是跟你玩,你快点转过身去,我帮你检查一下。"我说着把程飞一边肩膀扭过去,拨开他后脑勺的头发,那儿果然有一个小圈是没头发的,俞愿说得没错。

我骗程飞说他头痛,只是想看看那个伤疤。

"你没病。"他的头发被我弄乱了,我用手揉了揉他的后脑勺,我有许多问题想问他,想知道那些年他是怎么过的,想了解他的孤单和漂泊,那是我永远无法想象的一段童年。

"我现在没麻风病了?"程飞被我弄得哭笑不得。

我把剩下的菜干汤一口气喝完,憋住笑,说:"看起来没有。"然后,我用手把程飞的脸轻轻拨向左边,又拨回去右边,"啊,你脸也没塌下来。"

"你是不是太累了?"程飞反过来问我,"你今天很古怪,胡言乱语的,会不会是中了毒?要不要送你去医院?"

我咯咯地笑:"我今天做了三台大手术,哦,不是我做,是主刀医生做,我只是站在一边看,站了一天,腿都软了,但也学到很多。"

"噢,今晚可以休息了吗?"程飞问我。

"应该可以停一下了。"我疲惫地说,"我一直都很怀疑自己。"

"怀疑什么?"

"怀疑自己是不是适合做医生,是不是能够成为好医生。你知道吗？每次走进手术室，我都害怕，害怕自己不小心做错了什么，会害到病人，那是一条生命啊，可我们毕竟也是人，而不是上帝，怎么可能完美无缺、从不犯错呢？但是，作为一个医生，你只能努力成为最好的，不能够做一个平庸的，因为你只有足够好，才可以救到更多人。这多么可怕啊！做人，你可以做一个平庸的。"

"我可不想做一个平庸的人，活着不容易，为什么要平庸？"程飞说。

"嗯，一直不想做个平庸的人，我是太贪婪了吧？"

"才不，这不是贪婪，这是梦想，人要是没有梦想……"

"噢，千万别说人没有梦想跟一条咸鱼没分别，太陈词滥调啦，我可喜欢吃咸鱼了，咸鱼蒸肉饼很下饭哦，煎鳟白咸鱼也是天下美味。"

"我是想说，人要是没有梦想，就无法走过最黑暗的日子，到时候，即使有很好吃的咸鱼也吃不到了。"程飞撇嘴笑笑。

我哈哈笑了。吃饱之后，人就更瞌睡，我挨着椅背，伸长两条又酸又软的腿，抬头看着夜空上的星星，眼睛都快睁不开了。

"嘿，可以帮我一个忙吗？"我问程飞。

"没事吧你？要我做什么？"他看着我。

"我眼睛很累，想合上眼睛，你可以帮我数星星吗？我想知道天空上有几颗。"我揉着眼睛，喃喃地说。

程飞朝我微笑，那微笑像星星。

"好的，我来帮你数。"他说。

程飞这么说的时候，我已经在他身边慢慢地闭上了眼睛。

过了一会儿，我低声问道："我没听到你在数。"

"我在心里数。"程飞说。

"很久没看过星星了。"我说。

"我也是，今晚的星星算是比较多，香港的天空没有很多星星。"

"嗯，光污染啊，星星越来越少了，香港的夜景那么美丽，也是有代价的。"

"去沙漠看吧，那里有最多的星星，就跟沙子一样多。"

"嗯，以后一起去好不好？"我睁开眼睛微笑着看了看程飞，然后又闭上。

"数到六颗了。"程飞轻声说。

"要不要在一起？"我低声问程飞。

我为自己竟然这么勇敢地表白而偷笑。

"好的啊。"程飞应了一声。

"一言为定，打钩钩。"我说。

"你睡觉不要张开嘴，会流口水。"程飞伸出手和我打钩钩。

"我还没睡，我醒着呢，我才没张开嘴。"

当我再次睁开眼睛，程飞依旧坐在我身边，他挨在椅背上，抬头望着天空。

"你醒啦？你刚刚是不是做梦？你一直呲着嘴，喃喃自语。"程飞说。

喃喃自语？最后那几句话我是在梦里说的吗？难道只是梦呓？我和他到底有没有打钩钩？要是我再问程飞一次我们要不要在一起，他是不是同样会说"好的呀"？那句"好的呀"是我在梦里听到的，还是程飞真的有说过，却是回答我上一个问题？我问他以后一起去沙漠看星星好不好，那是在我睡着之前。

"我说了什么？"我问程飞。

"我没偷听。"程飞朝我微微一笑。

我看着程飞，他是听到了还是没听到？同一个问题，我没有勇气再问他一遍，何况，对我来说，那并不是一个问题，而是表白，是只有闭上眼睛看不到他才能毫不羞怯地说出口的表白，也只会说一次。

到底是什么阻挡着我们？那个真正的他，那个内心害羞而没有安全感的他，就连一句"我喜欢你"都不能够对我说吗？

## 22

那是六月中的一天，刚好是星期天，我难得有一天假期，早早就答应了带俞愿、李洛和苏杨去上环太平山街的济公庙看看。许多单身男女来这里祈求姻缘，据说很灵验，所以香火鼎盛。我倒是从未来过，可是，求姻缘为什么要找济公？他明明是因为逃婚而出家的啊。

当我们四个走进庙里，我才知道，虽然是济公庙，里面也供奉着一尊月老，还有和合二仙，祈求姻缘是跟月老、和合二仙祈求，不是济公。来这里祈求美好姻缘的男男女女，得买一个像蚊香一样的香塔，拿一根红线系上，然后交给庙祝，庙祝在一张黄色的纸牌上写上名字和当天的日期，跟香塔一起挂到屋顶上去。

高高的屋顶那儿挂满了点燃的香塔，我抬头看了一会儿，名字里有嘉怡、惠仪、玉珍、淑敏、美玲、冰冰、婷婷，等等，几乎全是女的，这些名字的主人今后真的会遇到真命天子吗？

"我已经有黎国辉了，是不是就不用再求姻缘了？还是需要巩固一下？"苏杨问道。

我们三个听了禁不住咯咯大笑，这真的只有苏杨才想得出来。

"你站一边去吧，你不需要了。"李洛没好气地说。

"追我的人蛮多的，那我需要吗？"俞愿笑着说。

"可你还没遇到真命天子啊。"李洛说。

"也是，那我也买一个香塔吧。"俞愿说完又问我，"子瑶，你要买香塔吗？"

我耸耸肩："不了。"

假如已经遇到那个人，就不用再祈求了吧？

李洛和俞愿买了香塔，庙祝帮她俩把香塔挂到屋顶上，她俩抬头望着写上自己名字的那个香塔，闭上眼睛，十指交叉，诚心诚意地祈求遇到生命中那个会和她们终老的人。

二十岁出头的时候，女孩子是不是都相信这些？即使明明不是个迷信的人，也会把愿望、爱情，试着托付给某个神明、术数、占卜，或者托付给一些虚无缥缈的东西，想知道哪一天会遇到命定的那个人；那个命定的人，又是不是一定会来到。可是，从来就没有人可以告诉我们，一生中要遇到多少人，要失望和伤心多少次，要醉酒后跌倒多少回，才会终于遇见那个让自己嘴角含笑、眼睛发亮，把自己捧在手心里疼着的人，从此以后，再也不需要在情路上颠簸。

然而，能够盼望和相信，也许是幸福的；因为相信，才会遇到。当你笃定地相信自己会被爱、会遇到命定的那个人，那么，说不定天空上所有的星星都会为你照亮那灯火阑珊处，让你见到那个人；而这个世界上所有的玫瑰也会为你绽放。

离开济公庙，我们在附近逛了一会儿，然后去檀岛咖啡吃新鲜出炉的烫手的蛋挞，喝红豆冰和冰奶茶。竟然从来没有人告诉她们，这里有香港最好吃的蛋挞。妈妈不爱吃甜，窝窝情愿吃甜甜圈，小时候，爸爸常常带着我来吃，我喜欢用一只小勺子先把蛋挞中间的蛋浆一小口一小口地吃光，然后才拿起整个酥皮慢慢吃，这是最有滋味的吃法。

"只有这里的蛋挞每一个都是用一百九十二层酥皮做的，不多不少。"我说。

"怪不得那么松脆，太好吃了。"苏杨一个人吃了四个，比我们都吃得多。

"我不吃不是酥皮的蛋挞。"我说。

"我不吃不辣的鱼蛋粉。"李洛说。

"我不爱不爱我的人。"俞愿说。

"哦，你是不是扯远了？"我笑着说。

天色渐晚，我们离开餐厅，在百货公司专柜买到乳晕色的口红，然后跑到洗手间里，擦掉本来的口红，涂上刚买的乳晕色的口红。

涂完口红，我们看看镜子里的自己和其他三个人，禁不住哈哈大笑起来。

"果然是最好的颜色。"李洛拿着樱花色的口红，噘噘嘴，很满意地说。

苏杨把脸凑近镜子，禁不住发出"啵"的一声："我这唇色太性感了，我想吻我自己。"

我抿了一下嘴唇，笑笑说："真没想过可以把乳晕放到脸上去啊，而且一点都不觉得羞耻。"

那天俞愿并没有买乳晕色的口红，她已经有太多了，她买了鲜红色的。

俞愿涂了一个性感的红唇，对着镜子皱起眉头："大家就记住这最初的唇色吧，乳晕的颜色以后会变深的啊，我觉得除了是因为年轻和生孩子外，男人也是元凶。"说完，她咯咯地笑。

随后，我们四个从百货公司走出来，扬起嘴巴，昂首挺胸，在中环的大街上边走边笑，只有我们知道自己在笑什么。

那原本是美好的一天，直到我经过拐角一家西班牙首饰店的时候，回头的一刻无意中看见程飞和他身边那个年轻漂亮、高挑而精致的长发女孩。那个穿着白衬衫和浅蓝色牛仔裤，脖子上戴着一串长项链的女孩，是那样出众，又那样甜蜜地看着他，似乎是问他项链好不好看；也是在这一刻，我嘴上的乳晕色的口红突然使我感到无比的失落与难堪。

## 23

"嘿，狐狸仔，吃饭了吗？"程飞在电话那头俏皮地问我。那是我在首饰店外面见到他的第二天晚上。接到电话的时候，我刚从外科病房出来，准备搭电梯到楼下。

我冷冷地答道："还没。"

"哦……在忙？"他问。

"嗯。"我淡淡地应了一声。

一时间两人都没说话，程飞首先开口说：

"哦，那我不打扰你了。"

我多么想负气地说："是的，你是不该再打扰我。"可我舍不得这么说，我好像也不该这么说，他答应过我什么呢？他又没骗我，他也不是我的什么人，我们不过是朋友，顶多只是谈得来的朋友。

"嗯，再说吧，再见。"我挂断电话，突然觉着鼻子酸酸的。

那天在首饰店里，程飞显然并没有看到我，有几十秒的时间，我就像个偷窥者那样，鬼鬼祟祟地隔着首饰店的落地玻璃门偷看他，想看看他和那个女孩在干什么，想看看他俩接下来会不会牵手。可就在那当儿，俞愿折回来找我，问我在看什么。

"没什么。"我说完匆匆拉着她走。

可能因为我在电话里那么冷淡，接下来的两个星期，程飞再也没有找我。他不找我,我倒是想念起他来,带着醋意却也意兴阑珊,然后跟自己说:"他不是我的。"

再一次见到程飞,是在 6A 内科病房外面。徐继之回来接受第二期的化疗,入院的那天,他打了一通电话给我,告诉我,他住院了。那天我工作一做完,马上就去看他。

那天一整天都下着滂沱大雨,上午的时候,西半山发生了一起严重的交通事故,丈夫开车送太太上班的途中,车子因为闪避迎面撞过来的一辆失控的车子而冲下山坡,消防员花了足足一个半小时才把两个人从完全变了形的车厢里救出来,由救护车送到西区医院。经过漫长的手术,丈夫被救回来了,太太因失血太多,救不回了。

我在手术室里,身上沾满了那位太太的血,看着她死去。她只有三十四岁,那么年轻、那么漂亮,稍有意识的时候,还抓住我的手,不停地问我她丈夫怎么了,结果,离去的是她。

那一天,我们每个人都很沮丧。时间是多么无情而又吊诡的东西。她要是晚一点出门就不会遇上那辆失控的车子,即使不幸遇上了,她只要早一点被送来医院,也许就不会死。

生命如此脆弱,总是让我们伤心难过。

晚上十点,我来到内科病房。自从转到外科实习,我就没有再来过这里。徐继之的病床在最里面那一排的窗边,我看到他时,他身上穿着病人的衣服,正坐在病床上看书。自从除夕的派对之后,我们就没见过面,他皮肤晒黑了些,没那么苍白,人也胖了些,长出了许多新的头发,比起上次见面时好看多了。

"嘿,很久没见了。"他看到我,面露微笑。

"你在读什么?"我好奇问道。

徐继之把书翻过来让我看看书封面,说:"是乔治·西默农的侦探小说。"

"啊，我也喜欢读侦探小说，《福尔摩斯》我全读过，阿加莎·克里斯蒂和劳伦斯·布洛克我读了很多，西默农和雷蒙德·钱德勒我也喜欢，但是没有全部读过。"

"我带了很多书来，侦探小说最好了，再怎么辛苦，我也会想爬起来追结局。"他说着拉开床边柜的第二个抽屉，里面有很多本侦探小说。

"噢，真的很多。"

"欢迎借阅。"他笑笑说。

"不看棋谱了吗？"我问道。

"不看了，看棋谱会失眠。"他皱眉说。

我挑了钱德勒的《漫长的告别》。

"我喜欢性格有缺憾的侦探和多情的罪犯。"我说。

"我喜欢聪明的罪犯和更聪明的侦探。"他咯咯地笑。

虽然我们几个月没见，不知道为什么，我就好像昨天才跟他见过面那样，也许是因为我们有个共同的朋友程飞。

"明天开始化疗，准备好了吗？"我问徐继之。

他点点头："今天做完了所有检查啦。"

"你头发现在变得好长啊。"我指了指他的头。

他用手挠了挠头："几个月来都舍不得剪短，明天开始又会掉光光啦。"

"会长回来的啊，重新长出来的头发会更漂亮呢。"我安慰他说。

"好像真的是，我以前明明是直头发的，重新长出来的头发好像有点卷曲。"

我看了一下，他耳边的头发好像真的有点波纹。

"所以不用担心掉头发啊,这次化疗之后,再长出来的头发可能更卷曲呢,说不定会像混血儿。"我冲他笑笑。

"别像程飞那样变成泡面头就好。"徐继之笑着说。

我没笑,咧咧嘴,说:"不会啦,像他有什么好啊。"

"啊,你来之前他刚刚走。"

"是吗?"我没有表情地说。

"噢,他忘了拿雨伞。"徐继之指了指床脚,一把湿淋淋的黑色雨伞搁在那儿。

我看向窗外,雨很大,噼里啪啦地打在窗子上,不带雨伞根本走不出去,程飞很快就会跑回病房。

"我还有工作要做,明天再来看你,你早点休息吧。"我急匆匆地说。

"哦,好的,你忙,你不用特地来看我。"徐继之体贴地说。

"没关系,我们在同一家医院啊。"我笑笑说,"明天见。"

说完,我拿着书快步走出病房。

可是,太迟了,我刚走出病房,就在走廊上碰见程飞。他头发和肩膀都被雨淋湿了,背包挎在一边肩膀上,一副狼狈不堪的样子。

"嘿。"他冲我笑。

"嘿。"我咧咧嘴,下巴绷得紧紧的,笑与不笑之间。

"雨太大了,走出去几步就淋湿了,想偷懒不回来拿雨伞也不行。"他笑笑说。

"我刚看过大头。"我不怎么起劲地说。

"你今晚夜班?"

"嗯,我得回去了。"我干巴巴地说。

这么说了之后,我和他两个人面对面窘了一会儿。

对于我突然的冷淡，程飞脸上浮出困惑不解的神情。可为什么困惑的会是他？我也同样困惑啊，那个女孩子到底是他什么人？他喜欢和我耍嘴皮子，跑来我家找我，送我一棵幸福树，深夜送饭给我，这些都代表什么？他跟其他女孩子也是这么好的吗？

明知道他一定会来看徐继之，我为什么还要来呢？我到底是想见他，还是不想见他？终于见到了，心里却又有个疙瘩，既恼火也不舍。然而，这一刻，站在我面前的程飞，那么好看、那么困惑，甚至突然之间有点脆弱，就好像他受到了伤害似的，我多么想假装没事发生，假装我什么都没见到，然后继续和他好，或者，继续做他的朋友。他会是个很不错的朋友。

我对他动过心，如此而已。他知道或者不知道，也不重要了，最好还是不知道吧。

"晚了，护士不让进去的啦，快去拿伞吧。"我口气软下来了。

"哦好。"他咧咧嘴。

"再见。"我说完从他身边走过。

走了几步，程飞突然回头跟我说：

"我发了第一个月的薪水啦。"

他说过发了第一个月的薪水就请我吃饭。

这时我白大褂口袋里的呼叫器响了起来，及时解救了我。我看看呼叫器，是外科病房的护士找我。

"你去忙吧。"他冲我微笑。

"嗯，再说吧。"我说完，转身大步往前走，我不知道我到底还想不想跟他吃饭。

走了十几步，确定程飞已经不在走廊上，我放慢了脚步，拿出手机，回了电话给病房护士，拐了个弯，走到另一条走廊，回去外科。

雨越下越大,我拿着《漫长的告别》穿过长长的走廊、漫长的雨夜,幽幽地想起那个早逝的少年。他是那样喜欢过我。

## 24

林靖是在一个大雨如注的初夏傍晚来到我家的,那年他十岁,和我同年。

妈妈带他回来的时候,两个人都被雨淋湿了,脚上的鞋子都能挤出水。林靖穿着校服,背着沉甸甸的书包,短裤下面露出来的两条腿瘦巴巴的,背有点驼,黑溜溜的小眼睛,留了个滑稽的冬菇头,文静又羞怯,一看到我就脸红。

他跟妈妈以前带回来的学生不一样,那些男生是数学不好,我妈妈义务替他们补习,林靖成绩很好,他来我家,是因为他妈妈得了乳癌进了医院,无法照顾他,而他爸爸有另外一个家,不方便照顾他。

我的妈妈在家里是个神经质的主妇,在学校里是个严肃的老师,骨子里却是个侠骨柔肠的女侠,知道了林靖的情况,二话不说就把他带回来,让他暂时跟我们住在一块。

比我大五岁的窝窝那时已经是少女,不大和我玩,林靖成了我的玩伴。每个星期天,爸爸带着我和他去游泳。我们一块游泳,一块读书,一块骑车,一块去买金鱼,然后各自给自己的金鱼取个名字,结果,我的金金没多久就毫不客气地把他的小飞侠吃掉了。

林靖在我家住了两个月,他妈妈出院回家,他也回去了。可惜,那个可怜的女人虽然失去了两个乳房却还是只能多活一年。林靖的妈妈死后,他爸爸把他接回去和新老婆一家一起生活,那以后,他从港岛西区搬到新界北区，我再也没见到他。

我再见到林靖的时候，他已经十五岁。那个忽晴忽雨的周末早上，我约了同学打羽毛球，打完球，回家的路上，突然下起了倾盆大雨，我没带伞，匆匆走到一家花店的屋檐下躲雨，这时身边忽然有人喊我的名字，我转头一看，竟然是他。

五年没见，林靖整个人拔高了，背也不驼了，冬菇头变成侧分的清爽的短发，那个曾经的小男孩，已经是个少年。

我们面对面，彼此报以微笑，曾经熟悉却也有点陌生。

"是你啊。"我用手擦了擦脸上的雨水。

"你好吗？"他冲我笑。

那天以后，我们常常一块出去，去海边散步，去骑车，去吃蛋挞和红豆冰，去深水湾河谷看萤火虫。他告诉我，他爸爸的新老婆和两个同父异母的姐姐对他很好，可那当然无法跟他死去的妈妈相比。

"在那个家里我就像客人一样，每个人都对我很客气，可我知道我并不属于那里。"他说。

大概是因为内疚，他爸爸很宠他，常常给他很多钱花，所以，林靖花钱也大手大脚。一九九二年的圣诞节晚上，我们在梅莉餐厅吃饭，那是我们共度的最后一个圣诞节。

那天晚上，林靖点了我爱吃的火焰雪山，吃到一半，他神神秘秘地拿出一个小小的蒂芙尼的碧蓝色盒子放在我面前。

"圣诞快乐，送你的。"他微笑着说。

我打开盒子一看，是一条很漂亮的蒂芙尼圆环 T 字扣纯银手链。

"好看吗？"他得意扬扬地朝我眨眨眼睛。

"好看。"我把手链放回盒子里还给他说，"但我不能要。"

"为什么呢?"他皱眉看我。

"这太贵了。"我说。

"不贵啊。"他不解地说。

"这可是蒂芙尼啊,怎么会不贵呢?我不能收,要是我收了,妈妈会骂我。"我说。

"啊,你真幸福,有妈妈骂你。"他挖苦地说。

我直直地望着他,没说话。

"你今年不收,我明年圣诞再送你,明年你不肯收,我后年圣诞再送你,一直送到八十岁,直到你肯收下为止。"他执拗地说。

林靖也许以为我会被他这番话感动,可是我没有,那一刻,我跟他同样执拗。

"别花时间了。"我说。

林靖被我的话伤到了,脸色登时白了。

"别乱花钱了,我不需要这些东西。"我倔强地说。

他偏偏好胜地说:"啊,有一天你会需要的,女孩子都喜欢蒂芙尼,我那两个姐姐就买很多。我喜欢一个人,就会把最好的送她。"

我直勾勾地望着他,那一刻,我突然有点讨厌他,不知道从什么时候开始,他再也不是五年前我认识的那个安静羞涩、爱读书的小男孩,他变得专横霸道又自以为是,总是要做一些事情让自己看起来很了不起。

他这么说了之后,我咬着牙不看他,好一会儿都没说话。

林靖看得出我不高兴,换了个话题,说:"我爸爸想送我去美国读书,也许明年就去。"

"哦。"我淡淡地应了一声。

他看了我一眼,说:"你不想我去,我就不去。"

我赌气地说:"不,你应该去。"

他失望的眼睛看着我,嗫嚅嘴,问道:"你想不想和我一起去?你想读医,去美国也可以读,美国医科才厉害啊,况且,在美国你随时都可以去多伦多探你姐姐。你和我一起去吧,别在这里读了。"

我瞪着他,没回答,他也瞪着我,我们两个就像小孩子吵架那样,僵在那儿,互不相让。

"我哪里都不去,你好好读书吧,快考试了,别只顾着玩。"我首先开口说。

他嘴角一歪,嘲讽的语气:"你说话怎么越来越像你妈妈?啰里啰唆的。"

我气得声音颤抖,恼火地说:"林靖,你为什么会变成这样?你现在又自大又刻薄,你变得好讨厌,你自己知道吗?我妈妈对你很好,她一直都很关心你。"

他看起来就像一只挨了骂的小狗,咬着唇,坐在那儿,垂头丧气,默然不语。

"我不再喜欢你了。"我冲着他说。

"我才不相信你。"他嘴角浮起一抹冷笑,就像是受伤之后的反扑。

"那你等着瞧吧,我会证明给你看。"我站起身,把他一个人丢在餐厅里,自己跑回家。

我走了,他也没追上来。再见到他,是除夕的夜晚。

爸爸妈妈去了多伦多探窝窝,家里只有我一个人,我挨在客厅的沙发上看书。这时,林靖从楼下喊上来,喊了好几次,我本来不想理他,可是,我怕他吵到邻居,只好放下手里的书,走到阳台。

他穿着一件灰色套头毛衣和牛仔裤，站在楼下。

"嘿，你还在生我的气吗？"他问我。

我抿着嘴，没回答。

林靖低声下气地说："是我不对，你别生气好吗？"

我双手抱在胸前，看着他，还是不说话。

"我那两个姐姐和她们的朋友今晚去兰桂坊玩，在那边倒数，你要一起去吗？"

我看着他，继续不说话。我真的不知道我还想不想跟他一起。

"别这样，今晚可是除夕啊。你要我留下陪你吗？我才不想和他们去玩，没什么好玩的，我现在上来找你好吗？"他冲我笑，等待着我点头。

"不，你去玩吧。"我冷着脸说。

说完，我裹紧身上的毛衣，转身背对他，回屋里去。

"那我们明天见好吗？明天我打电话给你。"他说。

我没回头看他。

那是他跟我说的最后一句话。

几个钟头之后，一切都结束了。

一九九二年的除夕，成千上万的人涌到兰桂坊参加电台举办的跨年派对，却没有人想过那么小的地方根本挤不下那么多人。十二点一过，所有人都玩疯了，泡沫彩带和啤酒在人们头顶上乱喷，想进来玩的使劲往前挤，想走的却走不出去，几个人首先跌倒，后面的人猝不及防，一个个仆倒，踩住前面的人，大家开始恐慌，更多的人想要离开，然后就像骨牌一样，纷纷踩在已经跌倒的人身上，人们叠在一块，谁都走不出来，逃生的路都没有了。短短的几分钟，那里变成了一片炼狱。

林靖的姐姐和朋友及时逃开了，林靖被四层人墙压在最底下，无路可逃，他被救出来的时候已经没有了呼吸。

那是香港有史以来最严重的人踏人意外。

那一天，我永远失去了他。

我无法原谅我自己。我为什么不肯让他留下陪我？他本来可以不去的，他本来是可以逃过一死的，是我狠心拒绝了他。

林靖对我说的"明天见好吗？"永不可能实现了，那并不是他留给我的最后一句话，除夕那天晚上，当我丢下他，转身回到屋里时，他把那条手链和一封信放在我的信箱里。我是两天之后才发现的。

亲爱的子瑶：

十岁的时候，我喜欢上一个女孩子，虽然她的金鱼吃掉我心爱的金鱼，但我不恨她，我想买更多的金鱼给她的金鱼吃，吃多少都可以。啊，我还记得我给那条温驯的金鱼取了个名字叫小飞侠，她的金鱼叫金金，非常凶猛，发起脾气来有点像它的主人。

十五岁，我在花店的屋檐下躲雨，她再一次闯进我的生命，手里拿着球拍，长长的头发扎在脑后，鼻尖上挂着几滴雨水，明媚的眼睛对我微笑，她是我最美的遇见，我会永远感谢那片屋檐和那场雨。

子瑶，如果你看到这封信，就是表示你不肯陪我过除夕，还在生我的气，你会答应明年和我一起过除夕吗？不是明年，而是以后的每一年。

不要生我的气好吗？我只是想成为第一个送你首饰的男孩子。这条手链，你愿意先收下来吗？你现在觉得贵，当你二十岁，或者三十岁时，它就没那么贵了。

你做什么我都陪你,你想做医生,那么,我也会努力成为医生,和你一起上医学院,医治那些和我妈妈一样受苦的人。我哪里都不去,我会留在香港好好读书,到时我们两个一起穿上白大褂,好吗?你穿着白大褂的样子一定会很严肃,啊不,是很好看。

还记得那天我们在深水湾河谷看萤火虫吗?你是那样快乐,一再惊叹那些萤火虫就像是一颗颗从天上掉下来的小星星,有一刻,你站在我面前,成群的萤火虫在你背后飞舞,那么闪亮,像点点繁星,你看上去美极了。

你知道你也点亮了我孤单的心灵吗?

假如生命如蝼蚁,不值得我留恋,你是我不那么悲伤的理由。

那个我十岁那年认识的女孩,无论她喜不喜欢我,我会永远爱她。她不需要回报我,只要她永远都那么快乐,只要她像星星那样对我微笑,不再生我的气,我就满足了。

亲爱的,新年快乐,永远快乐。我们明天见好吗?

爱你的林靖

我读着信,泣不成声。

我为什么那么残忍,不肯回头看他一眼,看他最后一眼?我为什么那么差劲,故意惩罚他?要他再一次道歉,我才会原谅他?我没回头的那一刻,他是多么失望和沮丧?

我为什么要对他那么苛刻?我又凭什么责备他呢?他只是一个从小失去母爱的可怜的孩子,一个孤单的小飞侠。假如他真的在我面前专横霸道,也只是为了掩饰内心的不安与悲伤,不想让我看到他脆弱的一面,而我再也不会看到了。

他是因我而死的。

在那个遥远的地方,在那一方无尽的黑暗里,是不是会有一片屋檐给他躲雨?是不是也会有许多萤火虫陪着他,在他身畔翻飞,如同晚星闪烁?我的小飞侠,他将不再孤单。在我心里,在我心里最幽深的一角,永远有他的位置,那张年少的脸,那张曾为我微笑的脸,是多么匆促的时光也冲散不掉的。我们从来不曾告别。

## 25

连续下了两天两夜的大雨终于停了,这天早上,我去内科病房看徐继之的时候,天还没亮,病房里亮着晚灯,病人都还睡着,偶尔传来几声咳嗽声,只有一个小护士在护士站值班,我跟护士打了个招呼,悄悄走到徐继之的床边。他睡着了,床边放着一个呕吐盆和一本夹着书签的小说。

我望着窗外,静静地听着那鸟鸣。

"嘿。"他迷迷糊糊地睁开眼睛。

"嘿,吵醒你了?"我轻声说。

徐继之摇摇头。

"雨停了。"我说。

"嗯。"他虚弱地应了一声。

我不知道他是醒着还是梦着。

我靠近他一些,问道:"怎么了?还好吧?"

"想吃炸酱面……"他喃喃地说。

我看着他,禁不住笑了出来。活着多好啊,每一天都是馈赠。我抚抚他的手臂,说:"睡吧,我下班了再来看你。"

\*\*\*

这天傍晚下班后,我特地跑出去买了一碗炸酱面给徐继之。化疗期间得吃清淡些,是每个医生都会对病人做出的建议。炸酱面的味道太浓,面条在胃里也不好消化,可炸酱面就是好吃啊,如果不能吃到自己做梦都想吃的东西,所受的苦又有什么意义?即使只能吃到一口,也许就有了继续活下去的斗志。

我走进病房的时候,徐继之坐在病床上看书,他头发睡乱了,脸色苍白,身上穿很多衣服,看上去很孤单。

"嘿,你来了?"他放下手里的书,咧了咧破皮的嘴唇,疲惫地对我微笑。

"看我带了什么给你?"我把炸酱面和筷子拿出来放在病床的餐桌板上。

徐继之好奇地打开塑料盒的盖子看看。

"炸酱面!"他惊喜交集地看向我。

他的病床在最里面,离护士站有点远,我瞄了一眼护士站那边,护士都在忙。

"这个是不该吃的,趁护士看不到,快点吃几口吧。"我用身体挡着护士站那边的视线。

"哦。"他坐直身子,拿起筷子开始吃面。

"真香!"他边吃边说。

"什么真香?"程飞突然在我背后说话,吓了我一跳。

"子瑶买了炸酱面给我。"徐继之满足地吃着说。

原来程飞比我早到,刚刚走开去帮徐继之换了一瓶温水。他把暖水瓶放在床边的小柜上,隔着病床对我微微一笑,我抿抿嘴,没笑。

"呀……你吃炸酱面没问题吗?"他问徐继之。

"嘘……"

"嘘……"

我和徐继之同时把食指放在唇上要他小声点。

"哦。"程飞连忙压低声音。

他看了看那盒炸酱面,皱了皱眉,小声说:"炸酱面是这样子的吗?为什么没有黄瓜跟胡萝卜?跟我吃的不一样。"

"这是香港的炸酱面,只有瘦肉和炸酱。"徐继之吃得津津有味,我从没见过他这么馋。

"啊,不过看起来很好吃。"程飞说。

我回头看了一眼,外号"老虎狗"的护士长这时突然走进病房来,我连忙挪了挪身子遮住徐继之。

"护士长来了,快吃。"我催他。

徐继之怕我挨骂,大口大口地吃面,三两口就吃完了。

"你吃这么快不怕噎到吗?"程飞冲他说。

"没事。"徐继之嘴里塞满炸酱面,飞快地把空空的盒子放进床边的垃圾袋里,拿纸巾擦干净嘴巴。

就在这时,程飞朝我眨眨眼,我不理他;我不理他,他眨眼眨得更厉害了,当我领悟他的用意时,老虎狗已经站在我身后。

我跟程飞和徐继之就像三个做了坏事的小学生,立即很有默契地装出一副若无其事的样子,程飞伸手摸摸头,徐继之也摸摸头,本来也想摸摸头的我,只好半路改为摸摸鼻子,然后装出一副很认真的样子。

老虎狗瞄了瞄我们三个,皱皱鼻子,又皱皱眉头,好像感觉到有什么地方不对劲,却又说不出哪里不对劲。她应该是闻到了空气中的炸酱面的味道。

"方医生,你为什么会在这里?"老虎狗皮笑肉不笑地问我。

"啊,我下班了,过来探朋友,这是我朋友。"我说着看了看徐继之。

老虎狗打量了徐继之一会儿,问道:"徐继之,今天还好吧?"

"啊,我还好。"徐继之一本正经地点头。

老虎狗一走开,程飞对我笑,我不想理他,忍住没笑,当徐继之朝我咧嘴一笑,我就忍不住笑了出来,可他一笑就吐,我连忙抓起床边的呕吐盆给他,他把刚刚吃下去的炸酱面都吐出来了。

"噢,是我不好,不该催你吃快点。"我内疚极了。

"不关你的事,我吃什么都吐,不过,吃了炸酱面吐也是值得的。"他刚说完又吐。

"看来这个炸酱面真的很好吃,他连吐都吐得这么心甘情愿,我也想吃。"程飞冲我说。

"想吃自己买。"我讪讪地说。

"为什么你最近好像变了?"程飞百思不得其解地看向我。

他是想说我对他变得冷淡了吧?

"哦?是吗?为什么说我变了呢?我没觉得我变了,还不是一样。"我故意装傻,冷冷地说。

"你变美了。"他冲我笑。

我怔了一下,完全没想到他会这样说。

我瞅着他:"真够无赖的,这些哄女孩子的话你不是应该跟你朋友说吗?"

"什么朋友?"他皱起眉头看我。

"啊,就是你朋友。"我不肯说是女朋友。

"你说他?"他说着看了看徐继之。

徐继之拿着呕吐盆低着头还在吐,不知道有没有听到我们两个说话。我和程飞各自帮他拍着一边背脊,让他觉得舒服些。

"我为什么会跟大头说这些话?说他变美?"程飞一头雾水的样子。

"我不是说他。"我咬着下唇,气死了。

"你说的是哪个朋友?怎么连我自己都不知道?"他冲我苦笑。

"你女朋友啊。"我终于说。

"女朋友?哪个女朋友?"

"天呀!你有很多女朋友吗?你陪她买项链的那个。"我板着脸说。

徐继之继续吐,我和程飞隔着病床继续说。

"你见到我们?"

我努力笑笑:"嗯,你女朋友很漂亮。"

我们两个同时轻轻拍着徐继之的背,可怜的徐继之,吐得声音哑了,头发也都湿了。

"不算漂亮,只算不错吧。"程飞咧开嘴笑。

我真想说:"这跟我有什么关系?"然后装出一张笑脸和一副无所谓的样子,可我笑不出来,也无法假装大方。

"但她不是我女朋友,是我表妹。"程飞扬起一边眉毛说。

我怔住了。

"你以为她是我女朋友?"他看着我,好像一瞬间全明白了,明白了我为什么忽然对他冷淡起来。

原来那个长发女孩不是他女朋友,那一刻,我心里好像有一群郁郁不乐了许多天的小鸟忽然看到阳光,一阵欢快,纷纷拍着翅膀飞了出去。

程飞朝我咧咧嘴,那模样好像想逗我笑,我撇撇嘴不肯笑,我们对望,我的眼睛差一点就忍不住笑了,我连忙转向徐继之。

"好些了吗?"我将手放在徐继之的肩膀上问道。

"好……些……了……"吐得太辛苦,他一双眼睛红红的,声音也破了。

"给我。"我接过他手里的呕吐盆,给他换一个干净的。

这时,病房的钟声响起,探病时间结束了,护士开始催促来探病的人离开。这里的病人都是做化疗的重症病人,护士们平日会睁一只眼闭一只眼,可这天老虎狗来查房,大家都不敢不守规矩。

"等下喝点温水,慢慢喝,别一次喝太多,喝多了搞不好又吐啦。"我对徐继之说。

"感觉好像是怒海漂流了几天几夜,胃都吐空了,除了吐吐舌头也没什么可以再吐。"徐继之疲累地吐吐舌头,对我和程飞苦笑。

我笑了,说:"歇一会儿吧,有空再来看你。"

"我也走了。"程飞拿起背包跟着我走。

走到病房外面,他说:"以后你说不定会常常碰到我。"

我看了看他:"怎么了?你也要住医院吗?"

他皱眉:"你怎么老是对我这么黑心?"

我笑了:"否则我为什么会常常碰到你?"

"我搬到西环了啊,租了个房间,房子是一个同学的姐夫的,毕业了,不能再住宿舍。"

"西环哪里?"

探完病离开的人这时都在等电梯,我跟程飞说:"来,我带你去搭另一部电梯。"

"就在东边街，是老房子。"程飞回答我说，"上次见面本来想告诉你，但你心情好像不太好。"

"啊，上星期很忙，太累了。"我撒了个小谎，不知道他会不会相信。自从在首饰店外面撞见他，我好像有一世纪没跟他好好说过话了，我是那么喜欢跟他说话。

我带着他穿过走廊来到另一幢大楼搭电梯。

"你说租一个房间，那就是还有其他室友喽？"我问他。

"很多室友啊。"他说。

电梯到了，程飞让我先进去，他随后进来。我按了地下那一层的按钮，电梯门缓缓关上。

"这部电梯为什么没人搭呢？"程飞好奇地问我。

"这里是医院啊，每天有人出生，也有人死去，这部电梯主要是用来把遗体运送去太平间的。"我骗他说，"你不会害怕吧？"

老旧的电梯阴森森的，只有我和他两个人，他对我的话半信半疑，小小哆嗦了一下。

我拼命憋住笑，哪里会有运送遗体的专用电梯呢？这部电梯是给职工用的，只是刚好没有其他人。

"骗我的吧？"他看着我的眼睛。

我眼也不眨："不骗你，这是医院啊，每个人都会有这一天，没什么好怕的。放心吧，据我所知，这部电梯没闹过鬼，你以为我天不怕地不怕，鬼也不怕吗？我也是怕的。"

"鬼怕你才真，你真是个可怕的女人，要是把我吓死了，下次你累的时候，谁帮着你数星星？"

一瞬间，我被他这句话感动得一塌糊涂，心都软了。

"你说有很多室友？不会很挤吗？都是男生？"

"有男的，也有女的。"程飞说。

"男生女生住在一块会不会不方便？"

"啊，应该说有公的也有母的。"

"你是住在宠物店里吗？"我哈哈地笑。

"我带了一个室友来见你。"程飞说着打开背包，神神秘秘地拿出一个东西来。

那是一个透明的塑料袋，袋口扎紧，袋里灌了八分满的水，装着一尾黑白相间的小金鱼，黑色的头，黑色的眼睛，黑色的背鳍和尾鳍，像黑色缎带似的尾巴，雪白的、胖胖的肚子和腰身。

"房东是在附近开水族店的，店里放不下那么多的鱼缸、金鱼和杂物，那房子算是个货仓吧，面积很小，只得一个房间，我一个人住，平日帮他照顾一下那些金鱼，租金可以算便宜些。跟金鱼做室友也挺好的，金鱼不会吵，也不会跟我抢厕所用，只要别让它们死掉就好。"程飞笑着说。

"这一尾送你的，这种金鱼黑白相映，像喜鹊，所以叫喜鹊花，是不是很特别？"程飞拿着那个装着金鱼的塑料袋在我眼前晃来晃去，"本来是打算交给大头给你的，不知道今天会不会见到你。"

那喜鹊花隔着塑料袋，动也不动，好像在盯着我看，看出了我一直封存在心里的那一段过去，那一段我从来不曾说与人听的过去。往事历历在目，我心中一阵酸涩，怎么会是金鱼呢？程飞送给我的，为什么偏偏是金鱼呢？

"你有没有养过金鱼？知道怎么养吗？要不要帮它取个名字？跟你的查理配成一对，哈哈……"程飞冲我笑。

我没说话，嘴角在颤抖，怔怔地望着他，拼命忍住眼里的泪水。

"嘿，你怎么了？你没事吧？"程飞被我吓坏了。

我一只手掩住嘴,往后退了一步。

"天呀!你是不是害怕金鱼?"程飞连忙把金鱼塞回背包里,"你连骷髅骨都不怕,我没想过你会害怕金鱼。"

我看着他,泪水不由自主地涌出来。

"对不起,我不知道你害怕金鱼。"他牵着我的手,把我拉过来紧紧抱着。

那怀抱是那么温暖,是我曾渴望却以为自己得不到的。我紧紧地搂着他:"程飞,你给我好好活着。"

"我尽量。"

"不是尽量,是必须用尽全部的气力活着。"

"好的,就算变成植物人也会努力活着。"

我听着禁不住又湿了眼睛。

"嘿,这么好笑都不笑?"他用鼻子蹭了蹭我的头发。

我抬头看着他:"我是认真的。"

"我也是。假如我变成植物人,你会治好我的吧?"

"我没那么厉害。"我哭着哭着笑了。

"这部电梯真的是运送遗体用的吗?"他问我。

我擦着眼泪点头,没想到他竟相信了我。"我答应你,我不会躺着进入这部电梯。"他说。

*chapter 2*

变迁

爱一个人，你会愿意为他做任何事啊，你会希望自己对他死心塌地，再死心塌地一些，然后再死心塌地一些，永远不要灰心，不要后悔，永远不要醒过来。

1

明天就要成为别人的太太了,那是什么样的心情?我不知道这个决定是浪漫还是冲动,这就好像是自己跟自己的一场豪赌。可是,太深思熟虑了,也许就不是爱情。

"现在反悔还来得及啊。"李洛认真地说。

"就是啊,怎么可以就这样丢下我们三个去嫁人呢?单身不好吗?现在多自由啊。你那么忙,真的有时间做别人的太太吗?"苏杨一口气问了三个问题。

"天呀!你们现在才说这些话是不是太迟了?就是因为忙,所以才不想浪费时间。从明天开始,每天下班之后,无论多么晚,都有个人在家里等你,陪你吃饭,陪你聊天。冬天的夜晚,无论多么冷,也有个人帮你焐脚,做你的人肉暖炉,心甘情愿被你虐待。从今以后,有个人陪你走人生的漫漫长路,这就是幸福吧?"我说。

说完,我转向俞愿,问她:"我说得对吗?"

"说得太对了,还是你懂我。我才不会反悔,孟长东就是我想和他共度余生的那个人,他就是我一直等的那个人。"俞愿甜丝丝地说。

二〇〇五年十一月最后一天的凌晨一点,香格里拉酒店五十二楼的套房里,李洛、苏杨、俞愿和我四个人,穿着睡衣,光着脚,挤在酒店房间的弹簧床上,望着窗外维多利亚港美丽的夜景,喝着香槟,聊着天。

这天晚上是俞愿的单身派对,明天她就要嫁给孟长东了。她认识孟长东只有短短十个月,突然说要结婚,把大家都吓了一跳。

"说真的,除了和大汪那一段,你每个男朋友都不超过一年半,短命得很,我没想过你跟孟长东会安定下来。"李洛喝着香槟吃着草莓说。

"我自己也没想到,可是,我都二十九岁了,我一直想在三十岁前结婚的啊。"俞愿说着放下手里的香槟爬起来,把弹簧床当成弹床,蹦蹦跳跳,然后开始练起瑜伽,"天啊,我不能再喝了,我明天可是要结婚的,我得把自己挤进那条裙子里去。"

四年前硕士毕业之后,俞愿进入一家法国奢侈品牌集团香港分部的市场推广部工作,这个集团拥有时装、珠宝、手表、护肤品和化妆品等几个世界著名的品牌。俞愿会做人,也会做事,在法国生活过,在两个前男友路易和雨果那儿又学会了一口流利的法语,她那位法国上司苏菲亚很喜欢她。就像她曾经憧憬的那样,而今她如愿以偿,每天穿着洋装、黑丝袜和高跟鞋在中环上班,负责各个品牌的宣传推广活动,经常要去酒会和派对,也因此接触了很多不同的人,她跟孟长东就是这样认识的,孟长东比她大十一岁,是个律师。

"我何尝不想三十岁前结婚,然后生一个可爱的孩子,可是,没有人要和我结婚。"苏杨的酒量一向不错,可这天晚上她满怀心事,又混了几种酒喝,好像有点醉了。

"你可别喝醉啊,明天有你忙的。"俞愿用脚踢了踢苏杨的屁股。

"我才没醉,李洛喝得比我更多,那瓶威士忌都是她一个人喝掉的。你们说,我那么好养,黎国辉为什么就不肯养我?只要他开口,我马上嫁给他。"苏杨酸苦地说。

"呸,你怎么会好养啊?你吃那么多。"李洛说。

"可我现在出去吃饭都可以打折啊。"苏杨抗议说。

苏杨毕业之后在一个餐饮集团的营运部工作,集团旗下有很多餐厅和酒吧,她爱吃,这份工作太适合她了,常常可以去不同的餐厅试菜,吃饭也有员工折扣优惠。

苏杨对黎国辉痴心一片,可是,黎国辉并没有像她爱他那么爱她,这她是知道的。怎么可能不知道呢?爱不爱一个人,光看眼神就知道了;她只是以为,总有一天她会感动这个男人。

可我从来不相信没有爱的感动。他爱你,要感动他太容易了,你只要为他做一件很小的事情,他就会感动;他不爱你,无论你为他做什么,到头来只是感动了自己,他坐在那里,无动于衷,他是皇上,你是奴婢,你的好是理所当然,甚至是使他厌烦的,他一点也不会珍惜。

"等到三十岁吧,三十岁他还是这副德行,你不跟他分手,我们就跟你绝交。"俞愿转向李洛问道,"是吧?"

"三十岁我都嫌等太久了。黎国辉以为自己是什么?是没有脚的鸟?拜托,我要是听到他对我这么说,我当场就把他变成红烧乳鸽。"李洛翻了翻白眼。

"烤野生斑鸠也很好吃,我在巴黎吃过,把他变成烤斑鸠吧。"俞愿说。

"你们别这样说他,他对我其实挺好的,他只是有点长不大,不知道自己想要什么。"苏杨柔情万缕地为黎国辉辩护。

"好吧,你说得都对,黎国辉是最好的,只要你喜欢,我们就喜欢。"我摸摸苏杨的头安慰她。

苏杨搂着我说:"所以说医者父母心,还是你心肠最好。"

李洛扯住苏杨穿在睡衣外面的黑色胸罩说:"呸,说什么呢你?我们是为你好,是路见不平,冒死进谏。"

"唉,那你死定了,可怜的小陶,他再也见不到你了。"苏杨挣扎着抓住李洛的头发,两个人在房间里追来追去。小陶是李洛的男朋友,李洛和他在一起一年了。

俞愿在我身边趴下来,双手往后抓住两个脚腕,问我:"大汪和程飞在干吗呢?"

我冲她笑:"你明天都要嫁给别人了,大汪在干什么都跟你没关系了。"

"我就问一下,他就像你们三个一样,永远是我的家人啊。"她笑笑说。

我太佩服俞愿了,她竟然邀请大汪来参加她的婚礼,而大汪竟然答应,本来去了成都工作的他,特地请假来陪她出嫁,这样的前任真的感人肺腑。

"我打电话问一下。"我拿起手机打给程飞。

"你和大汪在哪里呢?"我问程飞。

"我们在大会堂海边啊,看夜景,喝啤酒,看人家钓鱼。"程飞愉快地说。

"噢,我们也在看夜景,在床上,让大汪来说吧。"

大汪接过电话:"嘿,子瑶,你找我?"

"是有人找你。"我把手机交给俞愿。

"大汪,我明天要嫁人了。"俞愿对着手机柔声说。

"我知道,我就是因为这个才会在这里啊。"大汪在电话那一头说。

"谢谢你来,你以后要照顾好自己。"

"你也是。是不是喝了很多酒?明天要嫁人,你别喝太多。"

"嗯,我清醒得很。"俞愿呷了一口香槟说,"你也早点找个人结婚吧。"

"得了,你别担心我。"

"你以后别做和尚哦。"

"我才不呢。"

我在一旁听着他们两个说话,也许,真的就像俞愿说的,前任是最坚实、最温柔的后盾。可是,这么温馨的两个人,当年怎么会分手呢?

俞愿说完,把手机还给我,我拿着手机跟程飞说:"明天我也要嫁人了。"

"不是吧?怎么现在才说?"

"怕你难过。"

"是很难过。"

"你舍得吗?"

"你带着我一起嫁人吧。"他笑着说。

明明是跟他开个玩笑,可是,当程飞说要我带着他一起嫁人的时候,我心里却有点不是味道,他为什么就没想过我要嫁的人是他呢?

"我才不要带着你,你碍事。"我喃喃地说。

"你不会孤单吗?"

"当然不会,子瑶有我们。"俞愿把头凑过来对着手机大声说。

我笑了:"明天见吧,哦,不是,现在已经是明天了,晚点见。"

"嗯,晚点见。"程飞在电话那头说。

"你跟程飞在一起快五年了,没想过结婚吗?"俞愿问我。

"我和程飞现在这样挺好的,我从来没想过几岁要做些什么,也没觉得现在已经准备好,走着看吧。"我伸了个懒腰,转身躺着说。

李洛和苏杨原来已经睡在一块了。

"我一直以为你会是我们四个之中最早结婚的,你和程飞那么好……"俞愿说。

"从小到大,我都不认为爱情必须走向婚姻,这方面,我完全不像我的家人,我爸爸妈妈婚姻美满,两个人最近在多伦多的家附近还大起胆子开了一家杂货店,卖他们喜欢的粮油酱醋、罐头、火腿、饼干、面粉、咖啡、牛奶……好多东西,我都记不起还有什么了,开杂货店一直是我妈妈的梦想,爸爸愿意为她实现梦想。我姐姐和姐夫虽然常常吵吵闹闹,但也挺幸福的,姐夫很迁就她。可是,对我来说,只要能够在一起,形式并不重要。"

"那你会不会觉得我的决定有点草率?"俞愿看着我,微醺的两颊红红的,迷惘的样子。

我看着她:"天啊,你不是想反悔吧?还有几个钟头就要去注册了呢。"

俞愿冲我笑:"啊不,孟长东很爱我,他都四十岁了,他希望他的余生有我,我也希望我的余生有他。有时候,思虑太多,不一定就幸福。他向我求婚的时候,我心里想,我就赌一把吧,别想那么多,好歹也结一次婚,万一幸福了呢?不如早一点开始。"她换了个动作,像婴儿似的整个身体蜷缩着,"我厌倦了一直换男朋友,厌倦了一个人奋斗,漂泊那么多年,突然之间,我就想要一个归宿,而他就在这时候出现。我已经谈过那么多次恋爱,男人也见得够多了,他们全身上下有些什么我都很清楚。"她说着哈哈大笑,"其实,哪有所谓对的人或者对的时间呢?当你对了,时间就对了。"

"你们两个会幸福的。"我说。

"真的?你也这么认为?"

"不然我们三个怎么会全票通过你嫁给他?"

"不是因为他很会哄女孩子吗?头一次跟你们见面就每人一束花,说多谢你们一直照顾我。"

"哦,好吧,我承认我受贿。"我咯咯大笑。

"决定结婚,我没有舍不得爸爸妈妈,这么多年来我都不在他们身边,什么都是自己拿主意,独立惯了,最舍不得的是你们和大汪,我们是四大金刚啊。"

"就算结了婚还是可以经常见面的呀,香港这么小的一个地方。"我说。

"可是,再也不能常常找大汪了,毕竟嫁人了,我也希望他找到幸福,我不能这么自私。"

"如果有所谓最佳前男友选举,大汪肯定能拿冠军。"

"嗯,大汪是个大好人。"

"以前常常听你说他有多好,这次终于见到了,人真好,明明是个大块头,但看上去很好欺负啊。"

"我们以前住的房子离车站很远,每天回家得爬一条又陡又长的楼梯,我常常逼着他背我回家。那时我们多年轻啊,一下子就老了。"

"既然那么好,为什么会分手呢?"我不解地问。

"他没野心,他这个人太没野心了。"

"野心对你有那么重要吗?"

"对我没那么重要,对男人很重要。我想爱一个世界大一点的男人，为了配得上他，我也会努力成为一个更好的我。一生那么短，没有任何一天是可以重来的，怎么能够忍受平淡呢？我从来不是那种想要过小日子的女人，如果只想过小日子，我为什么要离家那么远？"俞愿盘腿躺着。

我看着窗外灿烂的夜色，现在过的人生、此刻爱的人，是我不曾想象过的。对我来说，成为医生，顺利进入我心仪的外科，从第一次拿起手术刀，手一直在抖，到后来不抖了，甚至可以眼也不眨地下刀，每天面对生老病死，从来就没有所谓的小日子。

"看来大汪遇到你，是他的劫难。"我笑着说。

"就是就是，他值得一个更好的女人，他值得更多的爱，他太可怜了，他是个弃婴，一个冬天的夜晚被人放在游乐场里，身上只有一条小棉被，差一点就被冻死，程飞没告诉过你吗？"

我摇头："程飞很少跟我提起以前的事，连他是怎么进孤儿院的我都不知道。"

"也许他不想再提起吧，说出来怕你难过呢。"俞愿转身蜷曲双腿趴在床上，"唉，在孤儿院能过上什么好日子？那些生活是我们无法想象的，大汪说过，程飞刚进孤儿院的时候，瘦骨伶仃的，常常挨打，被欺负得很惨。他跟大汪不一样，大汪这人没心没肺的，所以也没有什么童年阴影，可能因为他是被遗弃在游乐场里吧。"

我听着禁不住哈哈大笑，俞愿也抱着肚子大笑。

"你们笑什么？为什么那么好笑？"苏杨突然拽开被子搭话。

"没你的事，睡吧。"我帮苏杨盖好被子。

苏杨又睡过去了，她皱眉睡着的样子看上去有点悲伤，看来俞愿突然结婚对她的打击还是很大。

"如果有所谓'孤儿性格'，他们两个完全是两种不同的孤儿性格，大汪是天生天养，胸无城府，过一天是一天，程飞好像无忧无虑的样子，可谁知道他心里藏着些什么呢？他也许并不像表面看起来那么快乐。"

有那么一刻，俞愿这些话说到我心里去了，两个人在一起五年不算是个短日子，可是，关于过去，尤其是童年，程飞从来不多说，要是我问起，他也只说几句，渐渐地，我就不问了。俞愿说他有个同父异母的姐姐，是姐姐从孤儿院把他带走的，这么说，姐姐应该是个挺好的人吧？程飞只说她到处跑，两个人很少见面。

"你很会看人。"我对俞愿说。

"你会看病人，我会看人。"俞愿冲我笑，"我长大的环境比你复杂多了，我不可能太单纯，太单纯的话，是会死掉的啊。我希望我没看错孟长东吧。"

"他条件那么好，四十岁了，为什么从未结过婚？"

"我估计他有过很多女朋友，可是，他最后是和我结婚啊，这就已经足够了。我这人有个很大的优点，每次和一个人在一起，我从来不问他的过去，都是对方自己告诉我的，他喜欢就说，他不说我就不问，我爱的又不是他的过去，而是现在的他。所以啊，孟长东常常说我有时候完全不像一个二十九岁的女人，倒是像三十九岁。"

"那他呢？他像几岁？"

俞愿皱起眉头说："男人啊，男人永远都像个孩子，老了也是个老小孩。路易比我大十二岁，他跟我说过一句话，我永远记得，他说，'如果你以为男人会长大，那是你太傻了，男人只是穿上大人的衣服，假扮成大人的样子。'"

我哈哈笑了，想起杨浩教授，他是我的老师，也是肝脏外科手术的权威，五十岁的人了，工作的时候非常认真和严肃，可是，他喜欢打游戏机，喜欢看漫画，喜欢史努比。

是的，男人永不会长大，程飞有时就像个孩子，一个喜欢逃避痛苦的孩子。

"我一向觉得我这个人很冷静，心肠挺硬的，很少哭，可是，和程飞一起之后，我好像变成了一个柔软的人。"我自嘲地笑笑。

"你没有变成另一个人，你本来就有这一面，是因为遇到他，你这一面才会显露出来，这多好啊，这就是爱情应该有的样子。"俞愿说。

"我不知道变得柔软是好还是不好……"

"无论变成怎样，只要不是变成自己曾经讨厌的那种人就好。"说完，她合上眼睛，钻进被子里，睡在李洛和苏杨中间，"啊，我得睡了，我不想明天带着两个黑眼圈嫁人。"

我躺在床边，毫无睡意。

光阴如飞似逝，五年了，一千八百多个日子，有时我觉得我很了解程飞，可有时又觉得我不了解他。他会在我家里过夜，却一直没有放弃东边街那间狭小的"金鱼屋"，在那里，他有自己的一片天地。

他以为我害怕金鱼，直到我告诉他我和林靖的故事，他才知道我害怕的不是金鱼，而是骤然的离别。他答应我他会好好活着，尽量不要死在我前头。

我们说好了，等我们老些，一起去他梦想中的古巴，开一家小餐馆，但是我不许他抽雪茄，不许他看古巴美女，不许他吃太多冰激凌。他听完，抱怨说："那我为什么还要去古巴？"

两年前的夏天，我们背着背包去了意大利的撒丁岛，在岛上住了两个星期，然后我们有了新的想法，不去古巴了，等我们老些，一起去意大利的撒丁岛,那里的海水让你知道什么是真正的最美的蓝色,那蓝色像天空一样。我们在岛上养一群羊,程飞负责赶羊,我负责羊儿的健康,我们在那儿开一家小餐馆,餐馆后院盖一座土窑,用柴火来烤叉烧,在岛上卖叉烧饭和叉烧比萨,意大利人一定没吃过这么好吃的叉烧。

"冬天就关上门休息吧,太冷了,到时我们去教父的老家西西里度假。"我对他说。

"我们去了西西里,那些羊怎么办?"他问我。

"都说冬天,早就卖出去做羊肉了,还赚到些钱呢。"我说。

我们有那么多无边无际的梦想,说着说着有时会以为是真的,竟然盼着快点变老,然后搬到那遥远的岛上过两个人的小日子。我们要恋爱到老,要是他敢爱上别人,我就用手术刀把他那颗心挖出来给羊儿吃。

"难道你不知道羊是吃草的吗?"他得意扬扬地说。

每当我怀疑自己的能力,不知道自己可不可以做一个好医生,是这些虚无缥缈的梦想给了我一个出口。程飞并不完全了解我的工作,就像我也不会完全了解他的工作,有时我说了一大堆名词他不知道是什么意思,他说了一大堆他的工作,我也不是完全明白他的苦恼和困难,可那又有什么关系呢?只要他在身边就好,我俩拥有只属于我们的一个小世界,只是,他同时也拥有自己的一个世界,那个世界是我无法进去的,他会把我挡在门外。

他是不是也是个长不大的孩子?为什么他常常是个微笑背后带着淡淡哀伤的老小孩?

## 2

俞愿和孟长东并没有大摆筵席，他们想要的是一个温馨的婚礼。两个人早上在红棉道的婚姻注册处注册，宣誓成为夫妇。孟长东穿一身黑色贴身西装，一贯地风度翩翩，俞愿没穿婚纱，而是穿一条袖子和领口镂空的白色过膝飘逸长裙和一双亮晶晶的白水晶尖头猫跟鞋，比穿婚纱更清丽。孟长东的眼睛一直没离开过她，大汪也是。

晚餐是在香格里拉五十六楼的法国餐厅吃的，只邀请了双方的父母和比较要好的朋友，二十几个人，分成两桌，我、李洛和苏杨陪着俞愿坐主家席，程飞、大汪、黎国辉和小陶坐另一桌，胖胖的男琴师是个菲律宾人，在房间的一角为我们弹奏钢琴，自弹自唱，都是些抒情的老歌。

俞愿换了一条圆领七分袖玫瑰红色的蕾丝连身裙，一头长鬈发喷上了许多银色的粉末，在餐厅那盏水晶吊灯的折射下不停变换着银白色的光芒，就好像头发里缀满了无数闪烁的十字星，把她一张白皙的脸和乌溜溜的眼睛照亮得好看极了。后来她说，她很怀念那天晚上的自己，那个以为会永远幸福、笑得那么甜蜜的三十岁前的自己。

俞愿的父母特地从绍兴过来参加婚礼，两个人都长得很美，很有夫妻相，一直在笑。孟长东的父母倒是比较严肃，我不知道他们是本来就长得这么严肃还是有什么心事，虽然脸带微笑，但是话不多，两个人都是退休公务员，孟长东是他们的独生子，五官长得很像妈妈。

我们都是头一次见到孟长东的爸爸妈妈，李洛在我耳边小声说：

"你有没有发现孟长东跟他妈妈就像一个模子倒出来似的？他只要戴一个和他妈妈发型一样的假发，穿上他妈妈的衣服，脖子上挂一串珍珠项链，活脱脱就是他妈妈。"

正在喝香槟的我差一点就呛到了,在桌子底下用脚踢了一下李洛的脚。李洛早就偷偷脱掉脚上的鞋子,光着脚吃饭,她毕业后在一家地产代理公司工作,每天带客人看房子,走路走得太多,脚都大了一号,这天因为爱美,穿了双尖头鞋,跑了一天,脚都受不了了。

"听说长得像妈妈的男人都是好老公。"苏杨说。

"是吗?那我改天得见见小陶的妈妈。"李洛说。

"人家妈妈才不想见你,这么凶悍的女人,谁爱上谁遭殃。"苏杨冲她说。

"哼,可是她儿子高兴啊。"李洛翻翻白眼说。

"那以后认识一个男人是不是得认识他妈妈?"我笑着看向坐在另一桌的程飞,他长得像他妈妈吗?我甚至不知道他有没有见过自己的妈妈。

这一刻,程飞看向我,不知道我在笑什么,以为我在对他笑,他于是也对我笑,还对我挤挤眼。他知道自己今天很帅吗?在我眼里,他比新郎更帅。他穿了件深蓝色西装外套,不是我刚认识他时他常常穿的那一件,这一件是前一年他生日我送他的,他每年生日,我都送他一件蓝色外套,许多年后,他将会有很多很多深蓝色的外套。

徐继之也来了,俞愿住我隔壁的时候,时不时会下厨,徐继之住在附近,常常来蹭饭。做完第二期化疗之后,他已经完全康复,在一所男校教高中班的数学和物理,是个很受学生欢迎的老师。

五年了,对他有意思的女孩子还是有一些的,可我们都没见过他有女朋友,俞愿喜欢过他,那阵子常常跟我打听他的事,每次他来蹭饭都会做他爱吃的炸酱面,而且每次都变换花样,大江南北、各种风味的炸酱面我们因此都吃过了。只要徐继之来吃饭,俞愿就会刻意打扮一下,徐继之也许看出来了,后来就再没有常常来吃饭。

俞愿无法想象为什么会有男人不爱她、不对她着迷，邀请徐继之来参加婚礼，大概也有点示威的成分，等于是跟他说："你现在知道你错过了什么吧？"

黎国辉和小陶坐在一块，他最近留了络腮胡，十足一个落魄的艺术家，坐在那儿，好像他是被逼着来吃饭似的，一副斯人独憔悴的模样。我一直觉得他跟苏杨是合不来的，要不是苏杨一味迁就他，这两个人是不可能在一起那么久的，有些男人就是懒惰，连改变都懒。

小陶是个开心果，身材壮壮的，却长了一张娃娃脸，总是笑嘻嘻的，脾气很好，李洛怎么骂他，他都不生气，什么都无所谓，就是衣着品位跟他名字一样，他叫陶清奇，穿衣也很清奇，他这天晚上竟然穿一条橘色的格子图案长裤配米白色衬衫，也太敢穿了。他是李洛在地产代理公司的同事，比她早一年进公司，李洛刚进公司的时候，什么都不懂，小陶常常教她，两个人很快就走在一起了。

上主菜的时候，孟长东敲敲酒杯，站起来告诉大家他和俞愿相识的经过，他说的跟俞愿和我们说的版本差不多。

他们两个是一见钟情，故事是这样的：一年前的一天，俞愿公司旗下一个首饰品牌跟一家画廊合作，黄昏的时候在画廊里有个酒会，同时展出新一季的首饰，俞愿一早就到画廊打点，参加酒会的人很多，大家喝着酒，边看画边看首饰。

孟长东并不是酒会的嘉宾，他只是那天离开法院之后刚好经过那家画廊。

"我肚子正饿着，看到里面有免费的香槟，还有很多吃的，所以就混进去了，本来只是打算白吃白喝一顿，没想到居然在里面找到我未来的老婆。"他说着深情地抚抚俞愿的肩膀。

俞愿甜甜地笑了，大家也跟着笑。

"喝了几杯之后,有一幅画吸引了我的注意,我站在那儿看了很久,这时候,有个年轻的女人经过我身边,我问她:'嘿,你觉得这张画怎么样?'她很认真地看了一会儿,然后小声说:'这个画家是不是不小心在画布上倒翻了一盘菠菜汁啊?'"

俞愿掩着嘴笑了起来:"我真的是这么说吗?"

"啊,老婆,你是的。"孟长东看看俞愿,然后又对大家说,"我就是喜欢她那么老实,其实我也看不懂那幅画。然后我再仔细看看,不是看画,而是看她,这个老实的女人居然还长这么美,我马上就缠着她说话,问她愿不愿意等下和我吃晚饭,她说她要工作,我说我在餐厅等她,会一直等到她来。噢,必要时,我是很缠人的。"

大家又笑了。

"结果,我在餐厅等了三个钟头,以为被她放鸽子了,毕竟,对她来说,我已经是个老男人,没想到她真的会来……"孟长东看了看俞愿,柔情万缕的眼神。

"我得把工作做完才可以走啊。"俞愿笑着说。

"这个女人太特别了,哪里有这样的女人呢?别人第一次请她吃饭,她一直说菜不算好吃,然后说她做的菜比餐厅的好吃多了,天啊!我几乎每晚都一个人在那儿吃饭,我是一个孤独的老男人嘛。"

俞愿笑着看向李洛、苏杨和我,偷偷吐吐舌头,只有我们四个知道这是怎么回事。那天晚上,她和孟长东吃完饭回来,马上就喜滋滋地跟我们从头到尾说了一遍,其实餐厅的菜很好吃,她这么说,只是想让孟长东知道她很会做菜,也很贤惠,她巴不得一个晚上就向他展示自己所有的优点。

"那顿饭吃了四个钟头,我舍不得放她走,我就像跟屁虫那样,坚持送她回家,没想到原来她家是没有电梯的,结果我爬了三层楼,满头都是汗,命都几乎给了她……"孟长东装出喘气的样子。

我们咯咯大笑。

"幸好,我再也不用送她回家了,她以后就住我家,和我一起,我会给她幸福,我的大女孩,我会永远守护她。"孟长东牵着俞愿的手,两个人十指紧扣。

俞愿抿着嘴唇,拼命憋住泪水,苏杨和李洛被感动得眼睛湿湿的。

我忍不住偷看大汪一眼,我看到的不是感动,而是感伤和不舍。哪里会有什么最佳前男友呢?那么长情,终究还是爱着的。

这天晚上,一切本来很完美。

吃完主菜,苏杨陪俞愿去洗手间,俞愿一走开,孟长东就拿着酒到处跟朋友敬酒,可那几个朋友其实都不是他的目标,大汪才是。

俞愿并没有告诉孟长东大汪是她以前的男友,只说是青梅竹马的好朋友,是好兄弟,可是,怎么瞒得过孟长东呢?他毕竟是见惯世面的人,更是个精明的律师。

最后,他停在大汪那一桌。

"谢谢你一直以来照顾我太太,我要敬你一杯。"孟长东说完,把杯里的酒干了,大汪也把酒喝掉,可是,孟长东喝完又给大汪和自己倒酒,大汪不懂推,孟长东倒一杯,他就喝一杯,一杯杯下肚,他脸都红了。每个人都看着他们,场面有些尴尬。

"天呀!他是故意的吗?"李洛在我耳边说。

我对孟长东的印象一向不错,这一刻却有点失望,没想到他这么没风度。

"得有人制止他啊。"李洛说。

孟长东还想再给大汪倒酒,这时,程飞终于看不过眼,笑嘻嘻地拉住孟长东说:"我也要跟你喝一杯,恭喜恭喜。"他和孟长东一连干了几杯，俞愿刚好回来，孟长东这才罢休。

我走过去，心痛地摸摸程飞的脸，问他："你喝那么多，没事吧？"

程飞捉住我的手，笑笑说："没事啊，我很能喝。"

我看了看大汪，他好像醉了。我不知道他会不会后悔来参加婚礼，他太可怜了。

这时，琴师弹起了埃里克·克莱普顿的《泪洒天堂》，俞愿和孟长东首先起来跳舞，苏杨也拉着黎国辉跳舞，没想到黎国辉原来那么爱跳舞，跳得很投入。

《泪洒天堂》本来是为了纪念歌手早逝的四岁儿子的一首歌，可不知为什么，后来许多人都在婚礼上选这首歌，真奇怪啊，可能因为音乐太美了。

程飞不肯跳舞，他说他受不了自己跳舞的样子，大汪更跳不动了，也不可能跟俞愿跳。

李洛光着脚和小陶跳完，又兴致勃勃地拉着我和徐继之出去跳舞，跳完一支舞，李洛和黎国辉跳，剩下我和徐继之两个跳。

琴师弹起了 Dreaming of You，我和徐继之缓缓起舞。

"俞愿今晚很漂亮啊。"我说。

徐继之冲我笑："啊，她一向都漂亮。"

"她喜欢过你啊。"我说。

他脸红了，看着我说："我不适合她。"

"嗯。"我点点头。他们两个的确是不合适。

"你喜欢什么样的女孩子？"

"我没想过。"他羞涩地说。

"你是喜欢女孩子的吧？"

他咧嘴笑了："哈哈，当然。"

"那我就放心了。"

"为什么呢?"

"那你就不会爱上程飞。"

我这么一说,两个人都笑了,我看向程飞,他不会知道我们在笑什么。

一曲终了,俞愿拉着我和她跳舞,她喝了不少,有点醉了。

"你看到孟长东的爸爸妈妈了吗?啊,我不知道他们怎么了,好像很勉强的样子,我有那么配不上他们的儿子吗?"俞愿不高兴地说。

"怎么会呢?"我安慰她。

"他们可能觉得我一个内地来的女人,嫁给他们儿子是想钓金龟,是想要一张香港身份证,天啊,我有一份很棒的工作,再过三年我就能拿到香港身份证了,我稀罕吗?钱当然是好东西,可孟长东也不是什么豪门。要是没有爱,我才不嫁。如果只想嫁给钱,难道我没有更好的选择吗?我嫁给他是因为我爱他,他也爱我。幸好,他都四十岁了,钱都是他自己赚的,律师行也是他自己的,家里人能有什么意见?"她脸上带着胜利者的微笑。

"你要好好的。"我说。

"嗯,你是我在香港最好的朋友,谢谢你照顾我。"她紧紧地抱着我说,脸有点烫。

琴师弹起了卡彭特乐队的 *Top of the World*,这时,李洛和苏杨也走过来抱着我和俞愿,我们四个人一起跳舞。

"我们四个都要好好的。"俞愿说完哭了,她头发里的银色粉末蹭到我脸上。

苏杨和李洛也哭了,四个人脸上都是银色的粉末,擦着脸,哭着哭着又笑了。我们都舍不得俞愿,舍不得把她嫁了出去,爱情总有高低起落，甚至会有消失的一天，好朋友之间的爱却会一直在那儿，守护着我们。

婚宴就这样结束，有的人带着微笑回去，有的人带着泪水离开。

3

回家的路上，我对程飞说：

"你记不记得我们刚认识的时候，你说过你不相信婚姻，你说婚姻是顶没人性的事。"

"我真的有这么说？"

"当然喽，你记得你那套'最佳停止理论'吗？你相信概率，不相信缘分。"

"我是读数学的人，自然是相信概率的，概率可以计算，缘分是无法计算的。"

"知道我为什么相信缘分而不相信概率吗？"

"因为你是女人？女人就是那么不科学。"他皱皱鼻子说。

我摇摇头："如果是概率，那么，来生就不会再见，因为每一次都是重新掷骰子；假如是缘分，来生就或许会再见。"

"抑或不会再见。"程飞说。

"那你想再见到我吗？"

"天呀！来生还要再见到你？"程飞两条眉毛拧在一块。

我做生气状："怎么了？不想见我吗？"

"我听说即使有来生，来生也不一定做人，要是我做了狮子，你做了狗，我哪里还会认出你来啊？假如我见到你，我只会把你吃掉。"程飞说。

我瞅了他一眼:"为什么你是威猛的狮子,而我要做狗呢?"

"你别说,做狗可能比狮子幸福啊,狮子很招苍蝇。"他摆摆手,好像拍苍蝇的样子,"狗就不会,要是遇到个好主人,说不定天天吃神户牛柳和手撕鸡,还有专人伺候呢。"

我笑了:"狗不招苍蝇,但是会有虱子咬啊。"

"或许来生你做狗,我做虱子,虽然再见,但是你会恨我,你会千方百计把我甩掉。"他像刚洗完澡的小狗那样甩甩头。

"啊,如果有来生,我想做一只鲸鱼,"我说,"自己顶着一个喷泉,到哪里都带着,想要什么时候许愿都可以。"

"那我到时候就做一只鸽子吧。"程飞说。

"为什么是鸽子?鸽子有什么好啊?我在海里,你在天上。"

"因为鸽子都爱飞到喷泉边乘凉啊。"他说。

"那好,约定啊,你不要半路被人抓去做红烧乳鸽才好。"

"只要还没把我烧熟,我就会飞来找你。"

"嗯,到时我帮你做水疗,会好的。"

我笑了,牵着他的手,说得好像真的有来生,两个人真的会变成鲸鱼和鸽子似的。

下辈子的事谁又会知道?都不是我们自己说了算的,若有来生,他是鸽子,我却不是鲸鱼,而是一座喷泉,那怎么办啊?我哪里都去不了。

"嘿,为什么你从来不告诉我你小时候的事?"我冲他微笑,问道。

"没什么好说的。"程飞摸摸我的头说,"你的脸为什么闪闪发亮?"

"是俞愿头发上的银粉……"我擦掉脸上的银色粉末说,"可是,我想知道啊，关于你的一切。"

"你做惯了医生，喜欢寻根究底，找出病因，可我不是病人啊。每天在医院里见到那么多可怜的人还不够吗？也想可怜我吗？"程飞笑嘻嘻地说。

"你有没有见过你爸爸妈妈？"我终究还是按捺不住问了。

程飞抿嘴笑笑，没回答。

"为什么你从来不肯说？是怕我难过吗？"我突然觉得我今天就想知道。

程飞看看我，无奈地叹了口气："听说我爸爸是一艘远洋大轮船的船长，去过世界上很多地方，连食人族都见过，他大部分时间都在船上，一年只回家两次。我五岁那年，他回来过一次，从此以后再也没有回来过，都说他在海上死了，没人知道他是怎么死的，但是，我猜他并没有死，他可能是转行去做海盗，或者他其实是铁钩船长，去了金银岛寻宝，说不定已经找到宝藏，发了大财。"他咧嘴笑笑，接着说，"爸爸走了之后，家里只剩下我和妈妈，有一天，我妈妈留下几天的饭菜和一些干粮给我就走了，她以为我靠吃这些就能活下去。我猜她可能是找我爸爸去了，或者她根本就是神奇女侠，为了拯救人类，只好暂时丢下我。"

"在孤儿院那几年你是怎么过的？有没有被欺负？"我再问他。

"我？怎么可能？你以为是查尔斯·狄更斯的小说吗？我在院里可受欢迎了，我头发天然卷嘛，大家都以为我是混血儿，排着队跟我说英语。"程飞说着哈哈大笑。

我咬着牙看着他，既生气又难过，气得眼睛都湿了。

"你怎么了？"程飞拉了拉我的手，"为什么不说话？"

"什么海盗？什么铁钩船长？什么金银岛？什么神奇女侠？你

为什么要这样说?你说的都是真的吗?"我不相信他。

"你就当是真的吧,真的有什么不好?我就是这么觉得的。难道你要听悲剧吗?你在医院每天看那么多悲剧还不够吗?"程飞扮了个鬼脸。

我看着他,一时之间竟说不出话来。

"既然在孤儿院那么快活,你和大汪为什么要逃跑?"我问他。

"大汪告诉你的?这小子真是!枉我刚刚替他顶酒。"

"不是他说的,是俞愿说的。"

"这小子对着女人什么都说。"他做苦恼状。

"你为什么老是这么不正经?"我真的气死了。

"逃跑是为了玩呀!人有时就是要逃跑,难道你从来没想过逃跑吗?"程飞笑嘻嘻地说。

我无言了,的确我也想过逃跑,谁没想过从眼下的生活逃跑呢?可那跟他从孤儿院逃跑是不一样的。

"我今天辞职了。"他突然说。

"为什么?"我怔住了。

我一直知道他最后这一年在出版社做得不开心,可没想过他会突然辞职不干。

"为什么现在才告诉我啊?"

他耸耸肩:"就是想逃跑。"

"要去哪里?"那一刻,我竟以为他说要离开。

"还没找到工作啊。今晚跟大头说起,他有个朋友是开补习学校的,教数学的老师得了大病,辞职休养,他们一时半刻找不到人,想让大头去代课,大头问我有没有兴趣试试看……"

"你答应了?"

程飞点点头:"教书挺好玩的,反正暂时也没有别的工作,做补习老师起码不用去应酬啊。"

刚进去学星出版社的时候,程飞满怀理想,老板吴帆也喜欢把"理想"两个字挂在嘴边,把他当作徒弟,教他很多,程飞很争气,短短三年就当上主编,常常加班到深夜。

可惜,只把书做好是不够的,只有学校愿意采用你的书,你才能够赚到钱。出版社之间竞争激烈,教科书已经不是教育事业,而是一盘一年几千万的生意,为了打败其他竞争对手,每家出版社都要千方百计跟负责选书的校长和科主任打好关系,同他们应酬也就变成工作的一部分。程飞不但常常要陪那些校长和数学老师吃饭、打麻将,有时还要陪老师去听演唱会,开车去送机、接机,甚至要帮忙搬家和遛狗,为的就是他们肯用你的书。

其中有个校长,家里养了一头很名贵的白色藏獒,那头庞然大物名叫朱庇特,每次家里的男菲佣放假,校长就找程飞去帮他遛狗。程飞牵着朱庇特,啊不,是被朱庇特牵着出去散步,每次都很害怕朱庇特被人抢走,更害怕朱庇特咬他,他腿都软了,却要硬着头皮去做这事。

"你记得我跟你说过王校长有一只藏獒叫朱庇特吗?"程飞问我。

"怎么了,他又让你去帮他遛狗?"

"不,这次不是遛狗,朱庇特今天早上牙痛,王校长打给我,要我带朱庇特去看兽医。"

"过分啊,他自己为什么不去?"

"他在学校开会啊。他说朱庇特喜欢我,其实我也挺喜欢那条狗的,跟它一起出去很威风,方圆十里都没有人敢接近我。"程飞说完哈哈大笑。

"结果你就跟吴帆辞职了？"

"啊不，我带朱庇特看完兽医才回去辞职。朱庇特牙痛原来是因为有颗蛀牙，兽医帮它把牙拔掉了。"

我听到不知道该笑还是该哭。

"吴帆有挽留你吧？"

"他提出给我双倍的薪水。"程飞有点得意地说。

"那你怎么说？"

"的确很吸引人，可我再也不想遛狗了。"他顽皮地笑笑，"我是带着朱庇特回去出版社辞职的呀，我得让吴帆看看他都让我做些什么工作。大家一见到朱庇特就吓得鸡飞狗跳，吴帆跟我说话时也站得离我老远的，脸都变青了。"

朱庇特成了压垮骆驼的最后一根稻草，我一想到程飞牵着朱庇特大步走进出版社的那个场面就禁不住咯咯大笑。

他咧嘴笑笑："然后我就把朱庇特送回家，路上还买了冰激凌请它吃，人拔牙之后得吃冰激凌，狗也一样呗，它真会吃，吃了一大盒杧果冰激凌还想再吃。"

我摇头笑着："你为什么老是把悲剧弄成喜剧的样子？"

程飞冲我微笑，那微笑意味深长："谁喜欢悲剧啊？不是我把悲剧变成喜剧，是时间会把悲剧变成喜剧。"

时间会把悲剧变成喜剧，是否反之亦然？

我好像很认识这个我爱的男人，却也好像不完全认识他，即便多么沮丧的日子，他也习惯把一切藏在心里不跟我说。童年的孤苦，被他说得像电影，甚至像童话故事似的，他爸爸真的是船长吗？他妈妈真的就这样丢下一个只有五岁的孩子跑掉吗？我分不出哪些是真的，哪些又是假的，程飞说得那么轻松，也许只有一个理由，就是真实的故事太悲伤，他只想遗忘，不愿提起。

4

"噢，对不起，刚下班，来迟了，罚我喝酒吧。"俞愿踩着黑色高跟鞋，"噔噔咚咚"地走进餐厅。她结婚十个月了，依然沉浸在刚为人妻的幸福里，看起来神采飞扬。

"这是罚吗？怎么我觉得是奖励？"李洛翻翻白眼说。

俞愿前两天刚从巴黎和巴塞罗那出差回来，这天晚上，我们相约在云咸街一家小餐馆吃意大利菜，提前为苏杨庆生。

"看我带了什么来？"俞愿给我们每人从巴塞罗那带回来一盒百年老店 Escriba 的巧克力，我打开一看，每颗巧克力都做成两片性感的厚厚的红唇。

我拿起一颗放嘴唇上，笑着说："太可爱了，吃这个感觉好像在亲自己。"

李洛也学着我把红唇巧克力放在嘴边，对俞愿说："噢，我想起刚认识你那时，你教我们买乳晕色的口红，可你现在常常换口红啊。"

"虽然是自己的乳晕，也想常常换颜色啊，我今天擦的是孟长东的乳晕色，我告诉他，我带着他的乳晕来见你们。"俞愿噘起嘴说。

我认真看了看俞愿的嘴唇，哈哈笑着说："颜色很淡。"

"男人嘛，就是这个颜色。"俞愿笑眯眯地说。

苏杨正想把一颗巧克力放进嘴里，俞愿制止她说："现在别吃太多，留一些明天早餐吃。"

"早餐吃？"苏杨怔了怔。

"嗯，晚餐吃巧克力幸福，早餐吃巧克力浪漫呢。"俞愿说，"配一杯香槟更好，我不记得我在多少个晚上吃过巧克力，但是我永远记得那个在巴黎吃巧克力的早上。"

我点了几个前菜，然后说："那是因为在巴黎吧？我都是冬天大夜班的时候偷空喝一杯热巧克力的，不幸福也不浪漫。"

"啊，我一般都是滚床单之后吃。"李洛一边把那盒红唇巧克力放到皮包里一边说。

我们三个禁不住同时张嘴望着她。

"你们不觉得巧克力是滚床单之后吃最好的吗？而且要在床上吃，得补充体力，得平复心情啊。"李洛说，"如果是早餐前滚床单，那我就早餐吃吧。"

"为什么要平复心情，有那么激动吗？"俞愿笑着问她。

"不是激动，而是空虚，你没听过亚里士多德说的吗？"李洛说。

"亚里士多德说了什么？"我好奇问道。

李洛抿抿嘴，叹了口气："亚里士多德说，做爱之后，动物感伤。"

"你上个床要不要把亚里士多德也扯进来？你的床上得很哲学啊，幸好我现在没跟你住在一块。"苏杨对李洛翻了个白眼。

俞愿结婚之后就搬走了，李洛后来也和小陶在公司附近找到一套两房小公寓同住，方便上班。苏杨像蚂蚁搬家那样，把自己的东西一点一点悄悄搬到黎国辉家里，然后找一天晚上把剩下的东西塞进一个旅行袋直接带去他家，从那天晚上开始就不走了。那几年，电影不景气，黎国辉只接到一些零散的工作，苏杨住到他家里，也帮他分担了一半租金。

她们三个搬了之后，我把 B 室租出去了，仍然是租给三个女大学生。

"新的租客怎么样？"李洛问我。

"虽然我只比她们大七八岁，可是啊，感觉她们好像是另一个时代的。"我说。

"五岁就是一个时代啊。"李洛说。

"我在巴黎见了雨果呢。"俞愿说。

"是演舞台剧那个吗？"苏杨问。

"还有谁啊？我在法国就只有两个前男友。雨果和他女朋友生了个女儿啦，没结婚。"

俞愿说的话又让我们三个张大了嘴。

俞愿接着说："这次时间太赶啦，只能在转机去巴塞罗那的那天跟他在机场喝杯咖啡，他带着娃来的呢，那天刚好轮到他带孩子，那娃挺乖的，绿色的眼睛，很美，九个月大，浑身肉肉的，是个小胖妞。"

"你告诉他你结婚了？"我问俞愿。

"嗯，跟他说我结婚了，他还是那样深情款款地望着我，好像随时准备带着娃跟我偷情似的。"俞愿说着大笑，"唉，法国男人啊。"

"雨果为什么不结婚呢？"李洛问。

"并不是每个人都想结婚的呀，雨果不想，孩子的妈也不想，他们觉得这样自由些，他们甚至认为没有束缚和契约的爱情才更经得起考验。"俞愿瞄了一眼手表，继续说，"说也奇怪，那娃挺喜欢我，我抱她，她也不怕生，乖乖搂着我，一张小脸贴着我的胸。"俞愿摸摸自己的胸，又说，"一开始感觉挺奇怪的，好像她是我生出来似的，可她明明是雨果跟别的女人生的呀。"

喝了一口红酒之后，俞愿继续说："我抱着她，雨果就坐在我身边和我说着话，我想着，曾经有一个可能，我是那个娃的妈妈，我是在那种生活里……"

"这大概就是第二人生吧,但是,有很多的可能永远只是可能,然后就过去了,后来再怎么想,也只是幻想。"李洛说。

"你是不是改变主意,想要小孩了?"我问俞愿。

"啊,不,我这人完全没有母性。"俞愿说着打开她的皮包,拿出一排避孕药给我看,然后说,"我瞒着孟长东吃的。假如我还留在绍兴,我也许会想生小孩,在法国的话,我也会想,可是,香港是个奇怪的地方,大家好像都不想生小孩,只有不生小孩才会自由,这里有太多的可能性、太多机会了……"

这时,俞愿的手机响了,是孟长东打来的。

"嗯……还没吃主菜呢。"她告诉孟长东。

"别光说我,你们怎样了?"俞愿挂了电话说。

李洛刚想开口,她的手机响了,是小陶打来的,小陶正在超市买东西,问李洛要买些什么,李洛一一吩咐他:牛奶、洗衣粉、面条、薯片、牙膏、牙线、漱口水、卫生棉条。

"小陶连卫生棉条都帮你买?"我笑着说。

"这些事一向都是他做的呀,他就喜欢做这些事,他可细心了,每天的早餐都是他煮给我吃,饭菜也是他做的,他很会炖汤呢。"李洛说。

"那你负责做什么?"苏杨问她。

"我是他的精神领袖啊。他说他的人生一直很迷惘,不知道自己想要什么,遇到我之后,他才有了方向。"

"那他的方向是什么呢?"我问。

"我也不知道。"李洛大笑着说。

我们点了两盘意大利面,还有牛排和烤鸡分着吃,小陶又打了一通电话来,问李洛他几点来接她,李洛跟他说了个大概的时间。然后，孟长东又打给俞愿，俞愿告诉他："吃到主菜了。"

一顿饭下来，只有我和苏杨的手机没有响过，程飞还在补习学校上课，就算不是在工作，他也不会那么黏人。

虽说只有我们四个人在吃饭，孟长东好像也一直坐在旁边似的，我们吃到哪一道菜、吃什么菜，他都很清楚。

吃提拉米苏的时候，李洛嚷着要俞愿给她食谱，回去让小陶学着做给她吃。

"这年代怎么还有奴隶啊？"苏杨取笑李洛说。

"可他是个快乐的奴隶啊。"李洛得意扬扬地说。

"这个太容易了，下次你来我家吃饭，我做给你们吃，不过我最近都没时间做饭，忙死了，我煮个面，孟长东也吃得很高兴。我得走了，他在家里等我。"俞愿说着拿出她的信用卡来结账。

"说好了今天我们三个请苏杨的。"我说。

"我来刷卡吧，我有孟长东的附属卡呢，刷了就证明我今晚跟你们在这里吃饭啊。"

我心里嘀咕，跟朋友吃个饭为什么要证明呢？然后又想起结婚那天晚上孟长东灌大汪喝酒的事。

苏杨把俞愿的附属卡拿过去看了又看，很羡慕的样子："有张附属卡真好，我也想有一张，我就留着，不刷卡，证明他是那么爱我。"

"笨蛋，附属卡也可以设个限额的呀，你以为爱是没有上限的吗？"李洛说。

"噢，我都没问过孟长东这张卡限额是多少，不知道能不能刷卡买一颗三克拉钻石呢？改天试试看。"俞愿笑着说。

从餐厅出来，俞愿匆匆打了一辆出租车回家，小陶开了摩托车来接李洛，剩下我和苏杨，我陪她走路去车站。

"程飞最近好吗？"苏杨问我。

我点点头："他可喜欢教书了，一开口就停不了，补习挺适合他的，学生也很喜欢他，传统学校他肯定无法适应，学校也接受不了他，他这人太不爱守规矩。"

经过街上一家水果店的时候，苏杨停了下来，挑了一大包新鲜的黑葡萄，付钱之后，自己吃了几颗，又给我吃："嗯，很甜啊，黎国辉喜欢吃。"

"哟，真的很甜啊。我也买几个苹果吧，程飞爱吃苹果。"我挑了几个苹果，跟苏杨说，"下星期你生日真的不要我们陪你吗？黎国辉那天不用开工吗？"

"他过两天去澳门拍戏，说会回来和我过生日，毕竟是三十岁的生日呗。"苏杨甜丝丝地说。

"那不是很好吗？"

"可能他终于被我感动了吧，我也是值得爱的。"她吃着葡萄说，"刚才其实我还没吃饱，可俞愿好像赶着回家。"

"你当然值得爱。"我用肩膀轻轻撞了她的肩膀一下。

"我无数次想过离开这里回重庆……"

"哦？"我有点惊讶，从来没听她说过。

"每次跟爸爸通电话，他都会跟我说，在这里混不下去就回家吧，我每次都告诉他，我在这里混得可好了，我有很好的朋友、很好的工作。"苏杨抬头看了看夜空，"回去了，也许会不一样呢，就像俞愿说她在巴黎机场抱着雨果的娃时觉得有一种可能，那会是她的人生。假如我从来没有来过香港，黎国辉也从来没去过重庆，我们从未相识，我也许已经嫁给了别人，生了个娃，这个时候或许带着娃跟老公和爸爸妈妈在吃火锅呢，我也不会知道这个世界上有个男人叫黎国辉。"

我看看她："不要委屈自己就好。"

"爱一个人，你会愿意为他做任何事啊，你会希望自己对他死心塌地，再死心塌地一些，然后再死心塌地一些，永远不要灰心，不要后悔，永远不要醒过来。"她冲我笑笑。

笑完，她接着说："有时我也不知道我爱他什么，可有时候，爱一个人也许不是因为他有什么优点，也不是因为那个人有多么好而爱他，那就不是爱啊，爱是绝对孤独的，谁都不理解，但我就是爱，我就是盲目，要有彻底的盲目，才有彻底的幸福。黎国辉的优点我说不出来，他的缺点我都数得出，或者，爱一个人，从来不是因为他的好和不好，而是我对他有多么依恋，我在他面前有多么残缺，他是一潭清水也好，浊水也罢，我照见了自己。"

"你今晚很文艺啊。"我笑笑说。

"再过几天就三十岁了，这阵子可能变得比较感性吧，我也曾经是个文艺少女啊，就像有些人曾经是理想青年，只是后来堕落了。"苏杨哈哈笑着说。

"我以前无法想象三十岁的我是什么样子的，会不会很老，还有一年就三十岁了，可我觉得现在挺好的。"我说。

"啊，我的心永远停留在二十四岁。"苏杨说着摸摸自己心脏的位置。

"呵呵，为什么是二十四岁？"

"二十四岁是我最相信爱情的年纪。"

"刚刚不是说要再死心塌地些吗？"我取笑她。

"死心塌地不一定就是全盘相信啊，就只是很想这么坚持地去爱一个人，就像没有下一次，就像没有来生一样。"苏杨冲我微笑，我在那微笑里看到的是一片苦涩的痴心。

走着走着，到车站了。

"下次再见啦。"苏杨对我说。

"嗯，下次见。"

我目送着苏杨走进车站，抬头看了看天空，天空上挂着一轮黄澄澄的蛾眉月，我看看手表，程飞差不多下课了，我突然很想他。

## 5

程飞工作的那所补习学校在西环一幢商住大厦里，是徐继之的学长和两个朋友开的，规模不大，经常挤满学生，一层楼里分成几个教室，来这里补习的都是在附近学校读书或者住在附近的中学生，学费不贵，每班的学生不多，就三十个到四十个。程飞本来只是打算代课一段时间，但是学生很喜欢他，报名上他课的人越来越多，做了五年数学教科书的经验还是很有用的，他也教得很起劲，结果，两个月后，他就变成了全职。

我来到补习学校的时候，前台的职员已经下班。程飞上课的教室在走廊尽头，是最大也最热闹的一间教室，我老远就听到他讲课的声音。教室的门没有完全关上，我走近，看到一个女人站在门边，不动声色地看着里面上课的情况。看到我的时候，她咧咧嘴，不知道算不算是个微笑，我也对她微笑。

她三十六七岁，身材苗条，穿一件黑色半高领短袖毛衣、一条驼色九分裤、一双黑色尖头高跟鞋，留着一头有点凌乱的及肩短曲发，化了个淡妆，眼睛大大的，颧骨有点高，既漂亮又干练的样子。

她看到我来就马上离开，经过我身边的时候，我闻到一股妩媚的香水味，是那种只要闻过就很难忘的味道。

我从门边探头往教室里看,已经过了下课时间,程飞和学生好像都没有想走的意思。他看到我,微笑着朝我点点头,示意我等他。

我坐在教室外面的一把椅子上,把那袋苹果放在大腿上,好奇地看着他上课。

程飞坐到他那张桌子上,问学生:"假设你在赌场赌大小,已经连续开了二十八局大,你认为下一局继续开大的机会是不是大一些?认为是的举手。"

班上几乎所有学生都举手。

程飞摇摇头,故意长长地叹了口气:"每一局开大和开小的概率其实都是一半一半的,认为下一局会开大,只是错觉。回去想想吧,这就是数学迷人的地方,如果你学好数学,你就能赌赢世界上任何一个赌场,成为富翁,然后被他们列入黑名单,以后也不让你进去,每个赌场的保安室也会有你的照片,每个人都认得你,恭喜你,你成名了。"

学生们的笑声此起彼落。

"当然啦,如果是我,看到连续二十八局开大,下一局我肯定会押大,除非我钱太多,想跟自己过不去。"

学生们又笑了。

"你们当中可能会有人说,连续二十八局开大也是一个概率,下一局多半是开大。是的,当然可以这样说,但是,我现在说的是某一年某一天某一段时间里在某一张赌桌上的情况,如果把全世界赌场同一时间所有赌大小的赌桌一并计算,结果就不会这么倾斜了,基数越大,偶然的可能性就越小。开大的多,还是开小的多?概率最后一定是平均的,如果你连续输了二十八局,只能说你刚好很倒霉。"

程飞说得手舞足蹈,学生们都听得很入神。

"我在这里不是教你们赌大小,而是教你们考试,并且尽量保证你们每一个人都合格,否则我就饭碗不保了。"

说到这里,学生们都笑了。

程飞接着又说:"但我更希望你们爱上数学,只有当你爱上它,你才不会觉得痛苦,你才会想去了解它,想去分析它,想要得到它的芳心。你可能永远都无法征服数学,它没有缺点,它太完美了,但是你可以跟它玩啊,数学比你们想象的好玩得多了,有人说,就算这个世界灭亡,数学还是会存在……"

一个男生这时举手发问:

"为什么呢?"

"问得好!因为数学是一个法则,法则超越一切物质的变化,它是没有形体的。"程飞兴奋地说。

我看着他,他看起来神采飞扬,比他在出版社的那些日子快活得多。我们每个人终其一生不都是在寻找一个属于自己的舞台吗?手术台是我的舞台,程飞也终于找到他的了,只要他快乐,我希望他可以一直留在那儿。

"好了,今天就到此为止吧。"程飞拿起桌子上的一瓶矿泉水,拧开盖子喝水,喝了几口,他问学生:"今天晚上会看到星星吗?"

学生们纷纷看向窗外的夜空。

"今晚看到星星的概率有多大?你们不用现在回答我,明天告诉我你们的答案。"他说。

学生们陆陆续续收拾东西走出教室,一个个看起来都很快乐。

教室空了,我走进去,程飞正在把桌子上的笔记塞进背包。

"嘿,怎么来了呢?"他对我笑。

"我吃完饭路过啊,买了苹果给你。"我拿着那袋苹果在他面前晃了晃。

他拿起一个苹果在衣袖上擦了擦就直接吃。

"还没洗呢。"我说。

"我饿死了。"

"今晚会看到星星吗，老师？机会到底有多大呢？"我笑着问他。

"没有答案的，一个晚上那么长，一两颗星肯定是有的。我跟他们玩的啦，只是想他们思考一下。"他冲我淘气地笑。

"今晚有月亮啊，我来的路上看到，是蛾眉月，只要是蛾眉月，旁边好像总会有一颗明亮的星星呢，所以，今晚至少会看到一颗星星。"我说。

"啊，那颗是金星。"程飞说。

"是吗？你怎么知道？"

他得意地说："谁都知道。"

"哪里是谁都知道？我就不知道。"我说。

"我小时很喜欢看星星，那时我想做船长，船长得夜观天象啊。"我看着他，他说他爸爸是一艘远洋大轮船的船长，看来是真的。

"嘿，想亲嘴吗？"我对他挤挤眼。

程飞看看我，又看看教室门口："现在？这里？"

我朝他努努嘴巴："快闭上眼。"

他看了看门口，确定没有人，闭上眼睛说："就亲一下好了。"

"好的。"我悄悄拿出一颗俞愿送我的红唇巧克力贴到他嘴唇上，"嗯嘛！"

他张开眼睛，又好笑又失望的样子："是糖？"

我咯咯大笑："是巧克力，俞愿从西班牙带回来的。"我把巧克力放到他嘴里。

他吃着巧克力，拎起背包跟我说："回家喽。"

那一刻，"回家喽"这三个字听起来多么甜蜜，就好像是我听过的最甜蜜的三个字。

"如果连续开二十八局大，下一局我会押小。"我边走边说。

"啊，你懂概率。"

"才不呢，这才是赌啊。"我撇嘴笑笑。

"这不是赌，这是执拗。"他皱着眉说。

"这明明是赌呀。"我说着摸了摸他的眉心，"你别老是皱眉，这里以后会有皱纹呢。"

"好吧，要是注码不大，你可以这样赌。"

"当然，我可是舍不得输的。"我冲他笑。

最后一个离开学校的得负责锁门，我跟着他每个教室每个角落查一遍，确定没有人，然后才离开学校。

"刚刚我来的时候看到一个女人站在教室外面看你上课。"

"是吗？我没看到，是谁？"程飞按下门边的密码锁把学校的大门锁上。

"我好像在哪里见过她，想不起来了，三十几岁吧，是个高个子，身材很好，香喷喷的，很有女人味，会不会是这里的老师？"

电梯到了，我们走进电梯。

"那肯定不是，这里的老师都是男的。"

"那就奇怪了。"我喃喃地说。

"会不会是学生家长？"

"看来不像啊。"

后来我才知道，那个女人叫沈璐，我在巴士车身和地铁月台见过她的巨型广告。

163

## 6

那天晚上送苏杨去车站的时候我就有点担心她,她看上去跟平日很不一样,果然,生日过了一星期,她突然带着行李来医院找我。

那天我临时要做一台胆囊切除手术,做完出来已经差不多晚上十点了,我换回衣服,去二十楼病房看病人的时候,见到一个女人,外套裹着头,腰以下披着一条薄薄的羊毛围巾,整个人蜷缩在病房外面一张长木椅子上睡觉。我没在意,以为是病人的家属在彻夜等待消息,这是常有的事。当我走过的时候,突然有一只手伸出来拉住我的腿,吓了我一跳。

"你回来啦?"苏杨有气无力地说。

"嘿,是你?你怎么会在这里?"

苏杨缓缓坐起来:"护士说你在做手术,让我在这里等你。"

"你怎么了?在这里等很久了吗?"我坐到她身边,她穿着一件浅紫色的薄羽绒外套和一条皱巴巴的棉毛睡裤,脚上穿的是那双平常在家里穿的粉红豹毛毛鞋。

"今晚可以去你家过夜吗?我跟黎国辉分手了。要是我去李洛家,小陶就得睡客厅,我也不想去找俞愿。"她可怜地说。

"当然可以啦。我现在要去看看病人,看完就可以走,你等我,我和你一起回家。"

苏杨点点头,悲伤、脆弱又憔悴,好像一夜之间老了五岁,此时此刻,那双粉红豹毛毛鞋在她脚上看起来是那么荒诞。

"你在这里等我,别走开啊,我很快出来。"我再三叮嘱她。

"嗯,你去忙吧。"

我在病房里看完病人,写好报告,出来的时候,苏杨的紫色行李箱仍旧放在地上，人却不见了。我到处找她，没找到，打她手机，打了很多遍她都没接。

我突然想起，楼上一层就是天台，我一惊，没等电梯来就三步并作两步从楼梯飞奔上去，苏杨就在那里，趴在天台边，看着远处。

"嘿，你在这里？为什么不接电话？"我松了一口气。

苏杨回过头来："啊，对不起，我没听到，这里风大。"

我慢慢走近她。

她抿抿嘴，难过地说："原来，痴心也有山穷水尽的一天。"

"到底发生什么事了？"

"他不是答应我生日那天回来陪我过生日的吗？"

"结果他没有陪你？"

"那天早上，他说会搭夜晚七点的船回来，让我在港澳码头等他，然后一起去吃饭。下班之后，我在路上买了个好看的蛋糕，老板给了两只叉子、两根蜡烛，我又多要了一根蜡烛，三十岁嘛。我抱着蛋糕，在码头一直等一直等，十二点都过了，始终没见到他。"

我听着心里既难过又气愤："那你还等什么？该走了吧？"

"我跟自己说，等到三点我就不等了，凡事不过三嘛，而且是我的三十岁。三点，一艘船靠岸，只有几个乘客走出来，没见到他，我知道等不到了，站起身，离开码头。回家的路上，风有点冷，我走着走着就哭了。我为什么要来香港？为什么为一个人背井离乡跑来这个人生地不熟的城市？我怎么那么傻啊？在家的时候，从小到大，每年生日，一起床就有妈妈煮的土鸡汤面和两个水煮蛋，面是长寿面，两个鸡蛋代表圆圆满满，到了晚上还有生日蛋糕，就算我长大了，跟朋友在外面玩到很晚回家，爸爸妈妈也会等我回去吃蛋糕，而且一定会在蛋糕上点上蜡烛。"苏杨说着说着眼泪流出来了。

我抚抚她的手臂说:"我们回去吧。"

她丝毫没有离开的意思,继续说:"我跟自己说,生日其实也没什么的,两个人在一起就好。我回到家里,在蛋糕上点了蜡烛,许了个愿,倒了杯酒,从蛋糕中间开始吃,吃到空心,自己祝自己生日快乐,自己感动了自己,然后睡觉去了。第二天早上七点,他终于回来了,说那场戏拍到天亮才终于拍完,开工的地方没法打电话,说生日饭会补给我,说他累垮了,然后就别过头去睡觉。"

她眼里浸满泪水:"没有对不起,没有生日礼物,一句生日快乐都没有。"

"你太傻了,为什么不告诉我们?就算我要工作,李洛和俞愿也会陪你。"

"你们已经陪过我了啊,陪我过生日不是男朋友应该做的吗?那天他一直睡到黄昏,然后和我出去吃饭,算是补给我的生日饭吧,他问我想吃什么,我说不如吃火锅吧,他也没意见。我饿坏了,点了很多菜,吃着吃着,他突然望着我,有点厌恶地说:'你怎么这么能吃呢?'说得我都不敢吃了。然后,他问我有没有想过回重庆,他这么说了之后,我慢慢抬起头看着餐厅的天花板,不是因为天花板有什么好看,而是我知道,一低头,眼泪就会掉下来。"

"他怎么可以这样对你?"我恼火地说。

"其实我已经习惯了啊,一个人习惯了卑微就没什么,就好比一个人每天都要挨一巴掌,慢慢习惯了,挨那一巴掌的时候虽然不会觉得很爽,但是也无所谓了。"

苏杨看着我,凄凉地笑笑:"可是,卑微也有个尽头啊。生日过了两天,我上午在公司觉得有点不舒服,可能是前两天冷着了,头很痛,午饭没吃就提早下班,想回家睡一觉。我开门进屋,发觉房门关上了,我听到房里好像有声音,推开房门进去,看到他和一个女人在床上,两个人都没穿衣服,他压在那个女人身上,那个女人看到我,尖叫了一声,我吓坏了,呆呆地站在门边,完全不知道该怎么办,黎国辉翻过身来,看到是我,生气地说,'你为什么不敲门?'我把门关上,留在门外,我是不是太没出息了?"

"不是,你是吓坏了。"我说。我无法想象苏杨那一刻有多么难受。

苏杨用衣袖揩了揩流下来的鼻涕,继续说:"过了几分钟,那个女人穿好衣服走出来,我坐在沙发那儿,她看都没看我一眼,直接就走了。然后,黎国辉也出来了,一句解释都没有,冲了个澡就出去了。"

"哼,还好意思去冲个澡啊!那个女人到底是谁?是新女友吗?"

"哦,不,旧的。那是他的初恋女友。我知道他一直没有忘记她,他们两个在一起九年,本来是要结婚的,可是她喜欢了别人,为了那个男人离开了他,后来她嫁给了那个男人,生了个女儿,去年她和丈夫分居,又回来找他。"

"你怎么知道?黎国辉那个浑蛋告诉你的?"

苏杨摇摇头:"我偷看了他们的电邮,他们这样至少有半年了,半年前我就觉得有点不对劲,有几次我半夜起床都看到他躲在客厅小声打电话,我知道他电脑的密码,就是他的生日,他都没想过改一下。说去澳门拍戏,应该也是骗我的,多半是跟那个女人去澳门玩。"

我叹了口气,说:"那天你就应该走啊。"

"我病了啊,发烧头痛,脑袋迷迷糊糊的,在附近看了医生,请了病假,吃了药就睡,我不想睡到床上,想起他和那个女人在床上睡过我就恶心,每天我都睡沙发,他回来也不看我一眼,自己进房间去睡。我和他七年的感情啊,他都做得这么绝了,我坚持不下去了。

今晚他回来，我说我要走了，他一句话也没说，就站在那儿，好像等我说这句话等很久了，我哭了，拿起沙发上的抱枕砸他的头，他也没还手，大概还是有些愧疚的吧。"

"打得好。"我说。

"我有什么比不上那个女人？她长得很普通，瘦巴巴的，一点都不漂亮，就因为她是他的初恋吗？就因为她当初不爱他吗？"

"可能是吧。"我说。

"她悔婚，她和他在一起时就已经背叛他，嫌他没出息，嫁了个有点钱的老公，孩子都生了，和老公分居，婚没离，也不知道会不会离，又厚着脸皮回来找他，当初是她把他甩掉的啊。我讨厌和前任纠缠不清的女人。"

我明白她这天晚上为什么不想去找俞愿了。

"这样的女人，他居然还是爱她，甚至一直在等她，这才是爱吧？这是他永远给不了我的。我变成了第三者，或者我一直都是第三者吧。他爱过我，一天半天、一个月、一年半载，或者只是某一刻对我动过情吧，我在他心里从来不重要，从他被那个女人甩掉的那天起，他的心就死了，不再爱任何人了。"

她说着眼泪簌簌流下来："放心，过了今晚我就不哭了。我从小时就幻想着像电影里那样轰轰烈烈、荡气回肠的爱情，觉得我也会遇到的，终于遇到一个人，抛下一切跟着他来这里，原来只有我自己跟自己轰轰烈烈，自己跟自己荡气回肠，我都被我自己感动了。我以为我是在恋爱，其实一直都是在单恋，我单恋的是个幽灵，是个没有血肉的、不懂我的好的男人。我想要大山大水，他给我小桥流水也都算了，小桥流水也挺好的呀，哪里有那么多轰轰烈烈呢？可他给我的是一盆冷水，他把我泼醒了，我不想再坚持下去了。"

"那就别坚持。"我冲她说。

"要是我那天没有提早下班回家，那多好啊，永远也看不到他和另一个女人在我们的床上，就算分手了我还会记得他的好，可是现在我不会记得了。"

"不记得就好，不记得就不痛。在医学院的时候教授说过外国一个病例，一个二十岁的女孩子被车撞到，身体只是皮外伤，她却在医院昏迷了两个星期，醒来之后，她失去了一部分记忆，她不记得自己被车撞到之前是有厌食症的，瘦得全身皮包骨，于是，她又开始吃东西了。她要是再瘦下去，本来是会死的，她失去的记忆救了她，那正好是她最不该记住的。"

苏杨脸上挂着两条鼻涕，问我："真的假的？"

"真的。"我说。

其实是假的，的确是有个女孩被车撞到之后失忆，可她并没有厌食症。

"这样忘记真好，连痛苦都没有，我也想被车撞一下。"苏杨苦涩地说。

"别傻了，不是每个人都那么幸运，被车撞上半空再摔下来也只是皮外伤。"

"我和他刚认识的时候，他说过：'你喜欢收花，而我不喜欢送花。'他这么说了，我以后就都说服自己，我也不怎么喜欢花。今天突然想起他这么说过，为什么我那时没听明白？没看到我和他不是同一条路上的呢？太没有悟性了。"她说着又哭了。

"你听过一句话吗？'你可以悲伤，但绝不能被打倒。'"

"谁说的？海明威？"她哭着问道。

我摇头。

"霍金?"

"不是呢。"

"托尔斯泰?"

"是史努比。"我说。

终于看到她笑了,虽然笑起来有点苦。

"真的假的?"

"真的。"我说。

这回是真的。

我身上只穿着白大褂,禁不住打了个小哆嗦,跟她说:"我们回家吧,我冷死了。"

7

苏杨那天走得匆忙,很多书和衣服都没拿走,她把钥匙交给李洛,让李洛回去帮她拿。

李洛第二天领着小陶去黎国辉家里,她越想越气,一边收拾苏杨的东西一边吩咐小陶把黎国辉挂在衣柜里的衣服全部拿出来,把其中一边衣袖一只只剪掉,没衣袖的那一边朝里面挂,这样黎国辉只有在拿出来穿的时候才会发现一只袖子没了。李洛嫌小陶动作慢,剪半天还没剪完,最后叫他别太追求完美,随便剪烂就算了,反正剪烂了也没法再穿。

两个人正要离开的时候,黎国辉刚好回来,三个人都吓了一跳,李洛二话不说举起包包使劲往黎国辉头上砸,小陶负责挡在门口不让黎国辉跑掉。

"'你为什么不敲门'这句话你都能说出口,你是个人吗?瞧你长得人模狗样、半人半兽,真是恶心死我了,这一下是替苏杨打你。"砸完一下,李洛又砸一下,"你瞅啥呀?打你咋地?刚刚你为什么不敲门啊你?信不信我拿大金链子勒死你?这一下是我打你,你真够浑蛋的!"

李洛接着一口气飙了一大串东北脏话,黎国辉听得一头雾水,没还手,摸着头,痛苦地站在那儿。小陶也没听明白,只觉得李洛说脏话的时候可爱极了,禁不住呵呵大笑。

李洛回来告诉我这事的时候,我几乎笑掉了大牙。

"我这个包包可是 LV 的呀,花了我一个月薪水,我都舍得拿来砸他,我都被我自己感动了。"李洛抱着她心爱的皮包说。

苏杨在旁边听完,问了一句:"没砸伤吧?你的 LV。"

"啊,没事,质地就是好,听说能挡子弹呢。"李洛说。

"他不值得啊,但是……"苏杨慢吞吞地说,"他那些衣服很多都是我买给他的。"

李洛张嘴看着我,不知道说什么好。

那一刻,我在想,一两年后,或者时间再长一些,我们说起这件事,每个人,包括苏杨,也许都会大笑起来。时间会把悲剧变成喜剧,我们和喜剧之间,往往只差那么一点点时间。

苏杨在我家住了半个月,俞愿和李洛每天轮流来陪她,俞愿特地做了新鲜的面包和松饼给她,李洛来不了就指派小陶来,任她差遣。大家都把她当成公主般宠着,她想做什么尽量陪她做,连她上个厕所都守在外面,生怕她会想不开。

夜晚我回到家里,要是她睡了,我也会去她房间看看,帮她盖好被子,确定她没事。那天晚上,我进她房间的时候,她还没睡。

"回来啦?"她亮起床头灯,坐起来。

"嗯。"我挤到床上，挨着她坐，"今天还好吧？"

苏杨点点头："在公司好些，一整天都忙，没时间去想他。啊，李洛帮我在上环找到一户一房小公寓，我过几天就可以搬过去。"

"你不用急着搬啊。"我说。

"我不能一直住在这里啊，我在这里，程飞就不能在这里睡，我不想当电灯泡。"

我笑了："不会呀，他有他的金鱼屋，他现在常常要备课到很晚，做很多笔记派给学生，我还真的从没见过他这么认真。"

"李洛看过房子了，刚刚装修过，家具电器厨具什么都有，地点也很方便，唯一不好的是对着马路，环境有点吵，李洛费了很多唇舌，帮我争取到很好的租金，我租约也签了。"说完，她挨着我，"我曾经以为我会幸福的，在这里，在这个城市。"

"会的，但不是跟黎国辉。"我说。

"那么爱一个人，是不是因为他始终不爱我呢？他不爱你，就可以欺负你。总之，我以后再也不会这么爱一个人了，那么认真干吗呢？多蠢啊，玩玩就好，玩累了就把自己嫁掉，嫁一个好人，嫁一个傻一点的，嫁一个他爱我比我爱他多很多的男人，最要紧的是嫁一个没有忘不了的初恋女友的男人。"

"为什么要嫁一个傻一点的呢？我不喜欢笨蛋，和笨蛋在一起，太浪费生命了。"

"傻一点的男人老实啊。"

"就没有又聪明又老实的吗？"

"是没有的。"苏杨苦苦地说。

我本来想说，在我心中，程飞就是又聪明又老实，话到嘴边，我收回了，此时此刻，我怎么能够说出口呢？在刚失恋的好朋友面前炫耀自己的幸福是不道德的。况且，一旦炫耀，幸福就会慢慢消散，直到后来的一天，当你回首，才发现自己那时候把幸福看得太理所当然，不知道伤害了多少人。

"你知道黎国辉这两年都拍什么戏吗？"苏杨问我。

"什么戏啊？你以前都有拿戏票给我们去看他当副导演的戏，你说起我才想起，这两年你好像没拿戏票给我们啊。"

"他拍的戏，戏院看不到。"

"是纪录片吗？"

"是成人小电影。"

"噢。"我吃了一惊。

"电影这一行很不稳定，始终是要生活的，不能老是在家里等开工，有人找他拍小电影，让他当导演，他就接了。我没说是怕你们瞧不起他。"

"那又不会，小电影也可以很艺术的啊。"我有点违心地说。

"啊，他拍得挺唯美的，自编自导，用不着自演……"苏杨噘噘嘴说，"自演也轮不到他。"

我抱着棉被咯咯地笑了。

"他还是有才华的，很用心拍，连配乐都自己做。"

"需要配乐的吗？我以为只要有呻吟声就可以。"

"要的，主题曲他都自己写。"

"还有主题曲？"

"嗯，得有些新意嘛。"

"谁演呢？"

"电影公司从日本找一些拍成人电影的女优过来演啊，在香港和澳门租一间酒店房，关起门来就可以拍，有几个过气的名导演都在拍啊，赚钱呗。这些戏一个月能拍两三部，反正也不需要什么布景，服装道具也都不需要……啊不，还是需要一些道具的。"

听到最后一句，我是多么努力地憋住笑。

"那时我常常担心他会喜欢上那些日本女优，她们一个个身材那么好，每天在他面前一丝不挂地走来走去，多大的诱惑啊，他倒是没喜欢那些女人……"

"你这是夸他吗？"

"啊，不，我现在真的是无比清醒，剩下来唯一要做的就是忘记他，用我当初爱他的那股劲，使劲地忘记他，就像狗拼命甩掉身上的虱子那样，不能让它吸干我的血。"苏杨咬着牙说。

我想起那天跟程飞说着玩，他说假若有来生我是狗，他说不定是一只虱子，我会恨他，千方百计想把他甩掉。我想着想着微微笑了，我一个读医的人，怎么会相信有来生呢？太不科学了。

"人应该像有今生无来世那样去爱，还是像会有来生那样去爱呢？"我喃喃地说。

"爱不爱都没有来生。"苏杨哀伤地说。

"像有来生那样去爱或者像没有来生那样去爱，意思其实是一样的吧？"我说。

"我在重庆有个老同学，"苏杨说，"她为了一个男人背井离乡去了上海三年，分手之后，她恨死上海了，不但恨死上海，她连整个浙江省都恨了，因为一个人，恨了一个省。"

我笑了，问她说："你也恨这里吗？"

"才不呢，我爱错一个人，但我没有爱错一座城。当天跑来这里找他是赌，赌赢了，我固然留下来，赌输了，我更不能走，我要赢回一局，我自己也可以赢。"

"太好了，我还担心你会走呢。"我头挨着她的头。

"出来了就回不去了。刚来的时候不习惯，可我现在已经爱上这里，我喜欢香港的圣诞节，我喜欢在这里过圣诞。你记得我们刚搬来的那年圣诞节俞愿烤了一只大火鸡吗？我们四个人都吃撑了。"

"当然记得，那天晚上还有我最喜欢的圣诞木柴蛋糕。"我笑笑说。

"那天我们玩得多开心，好像永远不会老似的，在香港过圣诞就是幸福，好像这世上真的有天堂。"

"那一天在记忆里头是不会老的啊，你心中有天堂，这世界就有天堂。"我伸了个懒腰，说，"啊，很快又到圣诞了。"

## 8

圣诞木柴蛋糕并不是最好吃的蛋糕，吃它，吃的是圣诞气氛。每年十二月，经过蛋糕店时只要看到橱窗摆出木柴蛋糕，就知道圣诞节快到了。儿时的每一年圣诞节，爸爸都会买木柴蛋糕回来，吃完饭，我们一家四口分着吃，我和窝窝都爱吃，也吃得最多。圣诞节吃木柴蛋糕就像端午节吃粽子、中秋节吃月饼那样，成了一个仪式，而所有的仪式，都会成为日后美好的回忆。

苏杨、俞愿和李洛搬到隔壁来的第一个圣诞，那个圣诞木柴蛋糕是俞愿做的，她做的木柴蛋糕又漂亮又好吃，苏杨偷偷留了一块给黎国辉，那时候，苏杨肯定没有想过，几年后的圣诞，他们不在一起了。

二〇〇六年圣诞节的前一天夜晚，我得在医院当值，平安夜许多人都玩疯了，每年都会有意外发生，交通意外特别多，外科医生也够忙的。

值班到第二天早上,程飞打电话给我。

"嘿,下班了吗?"

"差不多了,你这么早就睡醒了?"

"昨晚和大头吃完饭回到家里倒头就睡,我来接你吧,你等我。"

我拿着手机,甜甜地笑了:"好哦,等你。"

半小时后,我换好衣服走出医院,没见到程飞。我打电话给他:"到了吗?"

"到了呀,我看到你了。"

清晨的微风中,程飞一只手插着裤袋,带着微笑朝我走来,脸上有刚刚刮过胡子留下的青腮。

"为什么这么好特地跑来接我呢?"我咧嘴笑笑。

"圣诞啊。"程飞牵着我的手说,"走吧,去吃点好吃的。"

"这么早?"

"圣诞啊。"

"那我要吃圣诞大餐。"

"没问题。"

我们走着走着,经过车站,程飞没停下,拉着我继续走。

"去哪里呢?不坐车?"

"不用,走路就可以。"程飞说着牵着我的手穿过马路,拐过路口,来到一条两边停满车子的小路。

这条小路上并没有餐厅,连咖啡店也没有,我咕哝着问他:"到底去吃什么啊?"

"快到了。"

当我们经过一辆停在路边的银灰色日本小汽车时,程飞放开我的手,绕着车子走了一圈,看看车头,看看车尾,弯下腰看看车底,摸摸车身,然后又用手拍拍车顶,说:"这车很漂亮啊。"

"你别搞人家的车,说不定车主就在附近。"我没好气地说。

"什么人家的车?这车是我们的。"程飞雀跃地说。

我怔了怔:"我们的?"

"是呀,我们的。"程飞说着从裤袋里掏出一把车钥匙,按下车钥匙上面的感应器。

"哔"的一声,车门的锁打开了,他拉着我的手从车头绕过去,打开前座乘客那边的车门,张开一条手臂,毕恭毕敬地说:"毛豆医生,请上车。"

"嗯,谢谢。"我一本正经地说。

等我坐好了,程飞把车门关上,从另一边上车。车厢里一股簇新的皮革味道,程飞插进车钥匙,打开空调,兴奋地给我逐一讲解车上的每个设备和细节,告诉我仪表盘上面都有些什么、音响的音色又有多美,他就好像小孩子刚刚得到了渴望很久的一件玩具,迫不及待地要向我炫耀一下,要是让他一直说下去,他至少可以讲上半天。

他双手放在方向盘上,问我:"怎么样?这部车你喜欢吗?"

"啊,我喜欢你这么喜欢一样东西的样子,什么时候买的?"

"上个月订的,昨天收到车。没告诉你,想给你一个惊喜。"他说,嘴上挂着一个微笑。

"这车贵不贵?"我摸摸我那边的车门。

"不贵,刚发了奖金,我用奖金买的。放心吧,我现在赚的钱比在出版社的时候多,我太受欢迎了,补习学校就数我的学生最多,他们还想我下一年开始每星期再加开六班。"

"六班?辛苦吗?"

"不辛苦,我的班的学生数学科合格率是百分之百,是有史以来最好的成绩,有几个学生在学校从来没合格过,被认为是无可救药的数学白痴,这次考试居然合格了,学生高兴,家长高兴,补习学校高兴,我也高兴。恶性肿瘤级的数学白痴都被我救回来了,哈哈,你救人,我也是救人。"程飞快活地说。

"那几个数学白痴都是女的吗?"

"你怎么知道?"

"那些女孩子是因为喜欢你所以才那么努力吧?"我笑着对他翻白眼。

"呃?不会吧?"

"要是因为喜欢一个老师而努力,那也很好啊,至少是有一份动力。"

程飞挠挠头:"要是因为我的色相的话,我得收敛一点。"

我哈哈笑着打了他的手臂一下:"你有色相出卖是我的光荣。"

"啊,你累吗?"

"不累啊。"

"那我们先别回家,去兜风呗,这部车性能可好了。你想去哪里?"

"天气这么好,去浅水湾吃汉堡包好不好?"我提议。

"好提议,坐好了。"他开动车子,缓缓驶出路口。

车子穿过香港仔隧道一路往浅水湾驶去。圣诞长假期的清晨,大多数人还未醒来,或者到外地度假去了,沿途的车子和行人很少,路很好走,也很安静。实习的那些日子,经常要熬夜,那时总渴望着天亮,再怎么忙碌的夜晚过去,天亮了一切就好。天亮了,终于轮到我下班,当我从医院出来,常常会闻到清晨的味道,那味道闻起来充满了希望。

"有了车,以后我就可以常常来接你。"程飞说。

"看来我也得去学车。"

"就是呀!这部小车我们可以轮流用,迟些我们养一条狗,到时开车载它出去兜风,狗坐在车子上,趴在窗边看风景,那画面看起来特别拉风。"

"那得坐敞篷车啊,狗坐敞篷车里才帅。"

"敞篷车贵啊,等我赚到钱再换一辆呗,白色的狗好,帅上加帅。"

"得养大一点的狗,小狗趴不着窗边的,会掉出去摔死。"

"什么大狗?像朱庇特那么大?"

"噢,不,藏獒太可怕了。"

"其实我应该感谢朱庇特,要不是这只狗,我不会下定决心不干,那就买不起这部小车了。"

"那改天我们把朱庇特偷出来载它去兜风吧。"我笑着说,想起我俩刚在一起的时候,程飞赚的钱比我少很多,又要交租又要吃饭,常常到了月底就没钱,可他又不愿意让我付钱,我们出去吃饭都在附近的小餐馆、医院食堂或者茶餐厅,有一次,也是月底,我们吃茶餐厅,吃完出来,走了一段路,我心血来潮看看收据才发现餐厅多收了二十块钱。我想回去拿,程飞拉着我:

"钱这么少,就不要了。"

"那可是二十块钱啊。"我说。

"别麻烦了。"

"你是不是其实有座金矿?"我皱眉问他。

程飞哈哈大笑:"金矿我没有,但我不喜欢为钱烦恼,反正我都没钱。"

我爱的这个男人,就是这样一个人,不知道该说他洒脱还是该说他没心没肺。

"到了。"程飞把车子停在沙滩旁边,下了车又绕着车子很满意地看了一遍。

"为什么停在这里?不是说去吃汉堡包吗?在那边呢。"我说。

"走几步路过去不就得了吗?你过来看看,这部车的后备厢很大,改天我们去买个帐篷和睡袋放车上,什么时候想露营就可以开车去,很方便。"

"只有帐篷和睡袋不够的,得买露营灯、折叠椅、羽绒被、地垫,蚊香也得带上,帐篷要买有天幕的,这样躺在帐篷里面也可以看到星星。"我掰着手指头数着说着走到车尾。

"天呀,那得买多少东西才可以去露营啊?估计这个后备厢不够大了。"

程飞说着打开后备厢,我一看,呆了呆,那儿放着一套新的帐篷、两个睡袋、两张折叠椅、羽绒被、露营灯、手电筒,还有一个蓝色的保温冰箱。

他咧嘴笑笑:"幸好我买了有天幕的帐篷。"

我看了他一眼:"啊,你早有预谋。"

"这不算预谋,这才是。"程飞说着打开那个蓝色的保温冰箱。

等他拿开最上面的那些冰袋,我看到一个蛋糕盒和四瓶 Babycham 小香槟。他把蛋糕盒拿出来,打开盖子给我看,里面是一个撒满了白色糖霜的圣诞木柴蛋糕。

看到长方形的蛋糕盒那一刻,我已经大概猜到是木柴蛋糕,但是,看到蛋糕的一刻,还是觉得感动。

"我们不吃汉堡包了。"他朝我笑,"你说过圣诞节一定要吃到木柴蛋糕才算圆满。"

我冲他笑:"万一我没有提议来浅水湾,这些蛋糕和小香槟怎么办?"

"那我就见机行事呗。"程飞说着把那个保温冰箱和两张折叠椅从后备厢拿出来,锁上车,愉快地说,"走吧,去过圣诞。"

沙滩上只有几个游冬泳的老人,我们在折叠椅上并排坐着,看着海,听着风声和海浪声,吃着蛋糕喝着酒。

"小时候,爸爸常常带我们来这里游泳,然后去吃汉堡包和冰激凌。"我说。

"你现在想游泳吗?"

"你后备厢不会有游泳衣吧?"

程飞大笑起来:"我就喜欢你这么幽默。"

"你知道幽默感是从男性荷尔蒙来的吗?"

"真的?"

"嗯。"

"难怪我人这么幽默,我的教室经常是笑声最多的,看来我是充满男性荷尔蒙。"

"看来我也是。"我自嘲地说。

"你是世上另一个我。"

我心里暖暖的,微笑看向他:"好吧,被你找到我了。"

"住在这里多好啊,每天打开窗就看到海,看到这么大的一片天空,房子也漂亮。"程飞说。

"这里可是浅水湾啊,房子很贵,我们住不起的。"

"你喜欢住这里吗?"

"我无所谓,不过住这里每天回医院挺不方便的,太远,又经常堵车。"我哈哈笑着说。

## 爱过你

"虽然住不起,但是我们改天可以来这里露营啊,这里的星星我们总看得起吧?"

"这里不许露营呢。"

"噢……"程飞说着转身看向浅水湾酒店旁边那一排排高高低低的房子说,"那我们来吃饭总可以吧?"

"吃汉堡包肯定是可以的。"我吃了一口蛋糕说。

风有点冷,我揉着两条手臂取暖,程飞把他的外套脱下来盖在我身上。

"你不冷吗?"

"不冷。"程飞说,"在这里,就算吃汉堡包也是浪漫的。"

我还是怕他冷,挨着他,他也挨着我。

"除了星星,浅水湾的日落和月亮我们也是看得起的。"我喃喃地说。

我们互相依靠着,程飞说:"那就好,除了这里的房子,其他我们都有了。"

### 9

"谁会挑这么冷的一天来露营啊?"我躺在帐篷里穿过天幕看着天空。

"气氛好啊,嘘……你看,今晚星星很美。"程飞望着天空说。

圣诞节过了三个月,我们终于找到时间去露营了。黄昏的时候,程飞来医院接我下班,我们中途停下来买了烧烤用的炭、食物、酒和水,然后把车开到西贡郊野公园的营地,找了个地方搭帐篷。

天气冷,这天晚上,公园里只有我们一顶帐篷。

"只有我们才会摸黑来露营的吧？"我把两条手臂从睡袋里伸出来。

"这特别啊。你冷吗？"

"有一点。"

"要我来你的睡袋睡吗？"

"不要，睡袋太小了，装不下两个人。"

"那你靠过来一些，贴着我就没那么冷。"

"嗯，好。"我挪挪身子，靠近他些。

"这什么声音？"程飞问我。

"我肚子里的声音，今晚吃太饱了，肠子在蠕动。两个人烧烤，吃那么多，吃撑了，吃完都不想动了。"

"真的不想动？"他转过脸来对我挤眉弄眼。

"现在不想，等星星不亮了再说吧。"我故意戏弄他。

"天呀，那得等多久？今晚的星星很亮啊。"

"这太傻了，两个人烧烤，人家去郊外烧烤都一群人的，我们太孤单了。"我说。

"浪漫啊。"

"你今晚说话很简短。"

"我冷啊。"

我哈哈笑了，又用力挪挪身子向他靠近一些："我们不是有一条羽绒被子的吗？"

"在车上忘记拿。"

"你知道黎国辉都拍什么戏吗？"

"什么戏？"

"成人小电影。"

"苏杨没演吧？"

"没演。都是从日本找那些女优来演的。"

"你想看？"

"不想。"

"你看过吗？"

"黎国辉拍的那些？"

"不是，是小电影。"

"没看过。"

"没骗我？听说男人都看。"

"当然没有。有什么好看的，又没剧情。"

"这些电影还需要剧情吗？你没看过怎么知道没剧情？"

"还能有什么剧情？"

"黎国辉拍的那些，他自己写主题曲呢。"

程飞听完大笑出声来："小电影还需要主题曲的吗？什么主题曲？"

"我没听过。嘘……你别笑这么大声，万一把野狗引来这里怎么办？"

"我突然不觉得冷了，我现在感觉浑身血液沸腾。"程飞把双手和双脚伸出睡袋，转过身来看着我。

"真的吗？"我摸摸他两边脸。

"真的。"他含情脉脉地望着我。

"糟糕了！你这是高血压啊。"

程飞看起来被我气死了，那模样很好笑。

"你看，星星依然很亮。"我指着漫天星星的夜空。

"天呀！早知道就买一个没有天幕的帐篷。星星什么时候才会没那么亮啊?"

"你不是说你学过夜观星象的吗?"

"夜观星象的人是因为夜晚没有别的事情做啊。"

"改天得约俞愿、苏杨和李洛来露营,这样躺着太舒服了。以后我们老了也露营吧。"

"到时我可能没有力气搭起帐篷了。"

"你有的,到时我们把帐篷搭在撒丁岛吧,那片天空更美,能看到的星星比现在多很多。"

这时,程飞放在睡袋外面的手机响了起来。

"谁的手机?"

"你的。"我说。

"不接了,我在露营。"

"接吧。"我推了推他。

程飞不情不愿地爬出睡袋,拿起手机。

"啊,我是,谁?喂……喂……喂……对不起,这里接收不太清楚……你等一下……"程飞拿着手机走到帐篷外面。

风声呼呼的,他出去很久,声音也渐渐听不到了。

回来的时候,他脸色亮了。

"你知道刚刚谁打电话给我吗?"他兴奋地问我。

"谁?"

"沈璐。"

"沈璐是谁?"

"补习天后沈璐,你没听过?"

"啊,好像有点印象,以前见过她的广告,看过一篇访问,说她去菜市场买菜也开红色法拉利跑车。"

"全版图就是她的。"

"什么全版图?"

"全版图教育中心,行内很有名的补习学校,跟另外两家补习学校现在基本上是三分天下,开了很多分校,学生很多。"

"这么晚,她找你干吗?"

"她想约我见个面。"

"见面?她会不会是想挖角?"

"有可能,她在电话里很客气,就说想认识一下。"

"那你怎么说?"

"就见个面呗,看看她说什么,我也有些好奇,听说是很厉害的一个女人。"他说着钻进我的睡袋里。

我笑了:"哎,你怎么不睡你自己的?"

"我冷啊。"

"你才不,你很暖。你有没有告诉她你在露营?"

"我说我在等星星没那么亮……"

"我才不相信你会这么说。你看,星星好像没那么亮了。"我说着把腿架在他身上。

"终于被我等到了。"他抱着我架在他身上的那条腿,把我拉向他。

星星渐逝,风唱着歌,夜晚空气中飘着公园里树和落叶的气息,我闻着熟悉的他身上汗水的味道,我们相拥着睡,幸福地荡进梦乡。那一刻,我并没想到,这天晚上的一通电话将永远改变一切。改变了程飞的命运,也改变了我的。

*chapter 3*

星星

人会变的呀，以前不喜欢的那一类人，有一天会喜欢；以前很喜欢的一类人，不是不再喜欢，而是知道不合适。

1

后来我一直记得这一年的我的生日。二〇〇八年十一月七日的下午，我第一次在外科门诊见到他。他是下午最后一个病人，当他走进我的诊疗室，他看上去一点都不像一个患了重病的人，一头浓密的白发，瘦高个，穿一件好看的白衬衫和白色西裤、一双柔软的驼色皮鞋，一身打扮好像是个从旧时代走出来的人，甚至称得上儒雅。

"请坐。"我说。

他坐到我面前那张给病人坐的椅子上。

"我是方子瑶医生。"我自我介绍。

他点点头，看着我，又长又大的眼睛敏锐而明亮，两边眼头略微向下弯，眼尾却又往上扬，加上那一头银白的头发，看来像一只白狐，隐隐有股邪气。

"你是潘亮对吧？"我再一次确定他病历上的资料。

"对。"

"今年六十六岁，没错吧？"

"嗯。"他喉头轻轻发出一个声音。

他年纪比我爸爸大一岁，年轻时应该是个美男子，脸上虽然有了岁月的痕迹，可他看上去并没有那么老。

他进来之前，我仔细看了一遍他的病历和检查报告，内科医生在他的肝脏发现了一个不寻常的肿瘤，得动手术，因此把他转介给外科。

"报告显示你肝脏上有一个十厘米的肿瘤，挺大的，医生告诉你了吗？"

"嗯，说了。"

很多像他这个年纪的病人每次见到医生会长篇大论地说很多话，把每个医生都当成了心理医生，尽情倾诉，可潘亮并不多言，他坐在那里，好像他是来看看医生这个人、看看医生到底是什么样的一种生物，而不是来看病的。

"你的肿瘤看来很可能是恶性的，得尽快做手术切除，然后我们会把肿瘤拿去化验，确定是否恶性。"

"那就做吧。"他平静地说。

我不知道他是不是真的那么平静，抑或他是吓坏了，所以反应有点反常。人在应该悲伤和恐惧的时候不感到悲伤和恐惧，也是不正常的吧？面对死亡，谁又能够不害怕呢？

"那我现在帮你安排手术，你有没有问题要问我？"

我以为他会问我很多关于他这个病的问题，他却只是问了我一句：

"手术是由你来做吗？"

不相信眼前这个年轻的女医生，担心当他躺在手术台上的时候是由她来决定他的生死，这种反应倒是正常的，我不止一次被病人质疑，他们都宁愿相信一个稳重的、老一些的男医生。

"放心，手术会由资深医生负责，我还不是。"我说。

他听完倒好像有点失望,柔声问道:"到时你会在场吗?"

"啊,我不确定。"他这么说,让我有点受宠若惊。

潘亮好像没听到我回答似的,一脸执拗的样子,又问我一遍:"你会在场吗?"

"主刀医生会亲自挑选手术的助手,我也希望是我,可现在还不知道是哪一位医生替你做手术,我先帮你安排,你的情况得尽快做手术。"

他没说话,我看不出他在想什么。我额头又没有写着"吉祥物"三个字,难道他要看到我才会觉得安心吗?

"今天有没有觉得哪里不舒服?"我微笑着问道。

他摇头。

"我现在帮你检查一下,麻烦你把衣服拉高一些。"

他把衬衫和内衣拉起来,他很瘦,可是肚子有点胀胀的。"对不起,我手有点冷啊。"我搓暖双手,前倾,将他的衣服再拉高一些方便我帮他检查,我轻轻按压他的腹部——肝脏的位置,问他,"痛不痛?"

"有一点。"

这不是个好的征兆,我有点担心他。然后我开始检查他的眼睛,看看他的眼白。我看着他的眼睛,他也抬头看着我的眼睛,那双眼睛好奇地盯着我看,没有了他刚走进诊疗室时的那股邪气,倒是有些柔情,我被他看得有点尴尬。

我清清喉咙,坐下来说:"行了,今天就这样吧。我尽快帮你安排,护士会打电话通知你做手术的日子。你有什么要问我吗?关于手术,或者其他问题都可以。"

"没有了。"他说着把身上的衬衫弄好。

"以前喝酒喝得很凶吧?"我边写病历边问他。

他有点不好意思地点头。

"都喝什么酒呢?烈酒?"

"嗯……"他脸红了,好像做了不应该做的事而被我逮到。

"以后得少喝点,能不喝就不喝吧,烈酒很伤身。"我劝他。

他看着我,眼里有些讶异,那讶异又慢慢转变成感动。那时我想,这个人是不是太孤独了,从来没有人关心他。

他站起来,那双敏锐的眼睛渐渐有些忧伤了。离开诊疗室的时候,他回头看了我一眼,说:

"谢谢你,医生。"

"啊,不客气。"我微微一笑。

他出去之后,我看了看他个人资料上职业一栏写的是商人,家人一栏空白,果然是个孤独的人。

下午所有病人都看完了,我匆匆收拾好东西离开诊疗室,走出外科的门诊部。在门诊部的电梯大堂,我又看到他。他站在那儿等电梯,双手放在身后,腰板挺得直直的,不知道是不是因为我知道他的病,那个背影在我眼里竟显得有点苍凉。

电梯到了,里面几乎载满人,他先进去,我跟在他后面,他看到我时,连忙挪开,留些空位给我。

"啊,谢谢。"我站到他身边,对他微笑。

"不客气。"他说。

"嘿……"这时,背后有人用手指戳了一下我的肩膀。

我转头一看,史立威在两个人后面钻出来,挤到我和潘亮身边。

"嘿,是你。"我笑笑说。

"去哪儿?"

"回去把报告写完就可以下班了,今晚有约。"我看看手表。

"啊,真好。是约了补习天王吧?我今晚要是有饭吃就非常幸运了。"史立威双手插在白大褂的两个口袋里,苦哈哈地说。

完成实习之后,我和史立威都选了专科外科,几年间各自在不同的外科学习,准备未来的专科考试。很迷古典音乐的他,一年前交了个女朋友,是交响乐团里的大提琴手,经常要到外地表演,史立威对这个女朋友很认真,所有长假期留起来,去世界各地看她演出。

"你尽管妒忌我吧,今天是我生日呢。"我笑嘻嘻说着转过脸去,正好跟潘亮的目光相遇,他在对我微笑。

我尴尬地笑笑,让病人听到我说话这么孩子气,太难为情了。

"生日快乐。"潘亮对我说。

"啊,谢谢。"我微笑着点头。

这时,电梯停在二楼,我大步走出去,史立威也跟着走出电梯。

"生日快乐!"史立威说。

"谢谢啊,什么时候请吃饭?"我笑着问他。

"随时都可以,史波记鱼蛋你觉得可以吗?"

我翻了翻白眼:"不是吧?本小姐生日啊,怎么是你家的鱼蛋粉啊?鱼蛋粉随时都可以吃。"

史立威咯咯笑着说:"那你喜欢吃什么,随便你挑吧。"

"嗯,这还差不多。"

"刚刚站在你身边那个男人,你认识他吗?"

"是病人,他肝脏有个很大的肿瘤……啊,再说吧。"

我和史立威在走廊分手,快步拐到外科大楼,转搭另一部电梯回病房。我们这些医生都没有自己的办公室,病房的护士站就是我们的工作台。我在护士站找了个地方坐下来,打开计算机,把这天下午每个门诊病人的病历整理好,为需要做手术的病人安排手术。

最后，我把潘亮的病历档案调出来从头再看一遍。

潘亮是两星期前从内科转介过来外科的，他从未在我们医院看过病，我找不到任何他以前在西区医院就诊的记录。他和我一样，是B型血，对扑菌特过敏。怎么这么巧呢？我也是对这种药过敏。

十三岁那年，有一次发烧，医生给我开了扑菌特，我以前从没吃过这种药，那天吃了药就去睡，第二天早上一觉醒来，感觉脑袋好像比平日大了些，沉甸甸的，我走下床，一看镜子，没看到自己，只看到一只头肿得像猪头、两片嘴唇像腊肠的怪物，我以为我永远也变不回原来的样子了，以后只能去马戏团谋个差事。原来我是药物过敏。扑菌特含硫黄，爸爸因此取笑我，说我上辈子可能是蛇，所以害怕硫黄。

如果我相信人有今生和来世，也是受爸爸影响吧？他好像也相信这些东西。

我看看窗外，天早就黑了，程飞说好八点来接我，我赶忙回休息室洗个澡，化了个淡妆，梳好头发，换上新买的墨绿色连衣裙和一双芥末黄色的芭蕾舞鞋。

可是，为什么要和那个女人一起过生日呢？

## 2

我走出医院，程飞已经到了，在他那辆银灰色的小汽车里等着我。我打开车门上车。

"嘿……你剪头发了？"我摸摸他的发尾，他把头发剪短了。

"今天是你生日啊，我特地去剪个头发。"

"什么嘛，又不是你生日。"

"好看吗？"他摸摸头。

"我能说不吗?"我故意说反话。

"不会吧?这个头剪得可贵了。"他瞄了一眼后视镜,把车子驶出路口。

"我还是喜欢你的泡面头。"

"我改改形象啊。"

"你形象不是已经改了吗?还要改?"

经过沈璐的改造,这两年,程飞就像脱胎换骨似的,不再是以前的他。虽然依旧穿他喜欢的西装外套,却不再只有深蓝色,也有黑色和深灰色,里面配白色、蓝色和各种灰色的小V领T恤衫,全都是大品牌;裤子也不再是牛仔裤,而是斜纹棉布裤;廉价的球鞋是不能再穿了,统统换成时装品牌的皮革运动鞋。沈璐要求她旗下每个补习老师上课时也要穿得时髦些、好看些,要有突出的个人形象,说这样才会吸引更多学生。

程飞一开始不习惯,慢慢就觉得无所谓了。他这人是穿什么都无所谓,我倒是有点怀念刚认识他时那个衣衫褴褛的他,外套永远皱巴巴,那么随意,才像他。

两年前,沈璐和程飞头一次见面就谈了五个小时,两个人说不出地投契,沈璐开出了让他无法拒绝的条件和一片光明的前途,把他拉到她一手创办的全版图教育中心,跟他签下一纸十年的合约。

一开始,沈璐给他三个助理,三个月后,他已经有六个助理了。然后是铺天盖地的广告,沈璐把他打造成数学科的补习天王,到处都看得到有关他的巨幅广告。

报名上他课的学生越来越多,程飞一星期要走几所分校,每班一百多个学生,学生太多,一个教室挤不下,有些学生只能在另一个教室看现场直播,助理们负责课堂上的分组辅导、编写教材、批改作业和测验卷。

程飞就像一夜走红的补习界明星，许多女孩子上他的课是为了看他，也因为他而爱上数学。

短短两年，他的助理增加到二十六个，他自己组公司，自己养活二十六个助理，跟全版图分成，学生越多，赚到的钱就越多。他在尖沙咀的分校附近租了间办公室，只要不上课就是和助理们开会，有时开会开太晚了直接就在办公室睡觉，每天只睡三四个小时。

他也不住那间金鱼屋了，而是住到我家，这样我们才能有更多时间见面。他助理那么多，常常来我们家的是小柯。小柯是程飞从前的补习学生，徐继之住院那会儿，程飞常常带着小柯和小柯的妹妹来医院补习，我见过他，那时还是个少年，再见时，已经长大了很多，却还是有张娃娃脸。大学毕业之后，小柯换了几份工作，人生有点迷惘，程飞知道了，就像大哥一样把他带在身边，小柯可仰慕他了。

"为什么要跟沈璐一起过生日啊？我跟她又不熟，我们两个人吃顿饭不就可以了吗？"我说。

"她从来都没说过她什么时候生日，上星期突然说要请大家到她的新家开生日派对，然后我说我女朋友也生日，不能去她的生日会，她知道你和她同一天生日，就说一定要把你也请来，说两个同一天生日的人应该认识一下。我都不好意思推，我以为你喜欢热闹些。"

"我倒宁愿两个人去露营。"我伸长两条腿，往后靠在椅背上，"啊，她几岁了？"

"比我们都大几岁吧，我不懂看女人的年纪。"

"那你知道我几岁吗？"

他瞧瞧我："至少也有九十七岁吧？你就是个千年老人精。"

"唉，竟然被你看出来了，我就戴了一张三十一岁女人的人皮面具。"我扮了个鬼脸。

他捏了捏我的脸:"这张小狐狸面具手工真好,跟真的一样。"

"啊……你别说我像狐狸,今天有个病人,是个老男人,一头白发,他才真的像狐狸,是狐狸里的白狐。"

"有人比你更像小狐狸吗?"

"啊,他有双狐狸眼睛,很神秘的样子,挺帅的……沈璐结婚了吗?"

"不清楚啊。"

"今晚还有些什么人?"

"学校所有人今晚都在她家里,大家都想认识你。"

"你都怎么说我的?"

"啊,放心,大家对医生的外貌不会有太大期望,尤其是女医生。"

"什么意思?"我拍了一下他的大腿。

"这是好事啊,没有期望才有惊喜。"

"我就怕他们等下见到我太惊喜。"

车子驶到花园道顶一幢漂亮的房子前,门口的两个尼泊尔警卫登记了车牌号码之后就让我们进去,指示我们停车的位置。

"你来过吗?"我问程飞。

"她新买的房子,我也是头一次来,她以前住跑马地。"程飞说。

我们把车停好,走下车,房子前面偌大的空地上有一座非常气派的欧式麻石喷泉,泉底亮着柔和的灯光,感觉好像去了意大利的罗马或者维罗纳。

"啊……喷泉呢……很美。"我禁不住赞叹。

程飞拉着我的手走到喷泉前面,问我说:"要许个愿吗?"

几朵冰凉的水花溅在我脸上,我闭上眼睛默念了一会儿。

程飞取笑我说:"哪里会有人像你这样,每次见到喷泉就想许愿。"

"我都说了来生要做一只鲸鱼。"

"你刚刚许了个什么愿?"

"只有三个字,你猜吧。"

"我爱你?"

"我爱你是个愿望吗?我想你爱我才是愿望啊。"我抬头看了一眼这幢二十几层高的房子,"她住哪一层?"

"顶楼,走吧,去过生日。"

"这里很美。"我说。

"她是香港第一代补习天后,赚的钱可多了。你喜欢的话,将来我们也在这里买一座吧。"

"我就喜欢你这么乐观。"

程飞咧嘴笑着说:"啊,我说的是喷泉,一座喷泉还是买得起的。"

我们坐电梯到顶楼,出了电梯右拐就是她的家。沈璐亲自来开门,四只雪白又好客的萨摩耶犬跟在她后面,一看到我和程飞就走上来在我们脚边转来转去,不停用鼻子拱我们,好像要闻一下我们是什么味道的。

"来啦,都在等你们呢,请进来。"沈璐对我微笑。

两年前我在补习学校见到的那个女人原来就是她,那天晚上她在教室外面静静地看着程飞上课,那时就已经想要挖角了吧?

两年前跟她擦肩而过,只迎面看了她一眼,后来再看到她,是广告牌上那个像明星似的补习天后。这天晚上,面对着面,我细细地看她,她无疑是美的,不是先天就拿到九十分的那种美,而是经过岁月的历练、自信和品位的蜕变,活出了最优秀的自己。一双粗眉、长而大的眼睛、坚毅的眼神、略高的颧骨、方方的下巴,漂亮的脖子,那是一份倨傲的美,这份美不是要你去恭维,而是要你认同和仰望。然而,她一旦不那么提防别人了,抛开进取心,卸下盔甲,浅浅地笑起来,那眉目又是另一番姿态。她知道自己是好看的,顾盼之间,带上几分妩媚,那妩媚就像她身上的香水,是我两年前闻到的一样的香味,它在告诉你,她内心比你想象的要复杂,也充满了矛盾。

这天晚上,她穿一件轻软的米白色的丝衬衫,敞开了两颗纽扣,细细长长的腿穿的是一条黑色阔腿裤,脚上踩着一双紫色天鹅绒拖鞋。她太知道自己的优点了,这么美好的身材,穿得越简单越是迷人。她比我和程飞都大几年,岁月留给她的,是一份自在与从容。我看着她,很难相信这个人是和我同一天生日,我们是那么不相似。

"生日快乐。"我把手里的礼物给她,我买了一个小小的水晶野豹摆设送她,程飞说她喜欢豹子,办公室里有很多。

"啊,太客气了,谢谢,我都没给你准备礼物。我还是头一次认识一个和我同一天生日的人呢,我们太有缘分了。"

屋里人很多,都是全版图的职员和老师,有男的,也有女的,他们有的带着另一半,有的只有一个人来,正在喝着香槟聊天。程飞给我一一介绍,这些老师的广告我都见过,感觉也就不那么陌生了,他们都穿得很时髦,一个个看起来意气风发的样子,不无好奇地看着我,然后又努力掩饰自己的好奇。

在他们心目中,我到底应该是什么样子的,和他们想象的又有什么不同,也许我永远不会知道答案。

沈璐的房子又大又漂亮,所有装饰看来很简约,却又处处见品位,屋里挂的全是些颜色淡淡的抽象派油画,每盏灯都很漂亮,客厅那套米白色棉布的组合沙发看着很舒服,人坐下去也许就不想离开。

一位奥地利厨师带着助手在设备齐全的厨房里一边喝着冰冻的

白酒一边准备晚饭,厨师是沈璐特地请来为今晚的派对做菜的。

"来吧,我带你到楼上看看。"沈璐说。

"啊好。"我回头看看程飞,他在客厅那里跟其他客人一起。

沈璐走到哪里,四只萨摩耶犬就跟到哪里。那四只萨摩耶犬太热情了,我爬上楼梯时,差一点就被其中一只绊倒,结果,那只可怜的狗儿被沈璐狠狠责备了几句,耷拉着尾巴走在最后。

楼上有四间套房,睡房、书房、客房,还有一个房间是听音乐和看电视用的,里面有一张按摩椅和一台跑步机。

"我都是看戏的时候做运动。"沈璐说完又带我去看她的睡房,从睡房的一排落地窗看出去是中区灿烂的夜景,睡在这里,做的梦应该也很繁华吧?睡房里有个衣帽间,挂满了衣服,大部分是黑色、白色、裸色、灰色和驼色,都是她的,这间屋子明显只有一个主人。

"饿了吧?我们去吃饭。"沈璐说。

晚餐的主菜是烤法国布烈斯鸡。提前一天风干过的鸡,皮很脆,鸡身里填满了鹅肝酱、猪肉酱和香草。

经济科补习天王说:"布烈斯鸡真的是世上最好吃的鸡,怪不得也是最贵的鸡。"

中文科补习天后说:"我们吃的这只是公鸡吗?布烈斯鸡好像都只吃公鸡。"

"有母的,也有公的,这只是公的。"沈璐说。

"天呀!"我禁不住在心里惨叫,"我吃了一只公鸡!"

一想起这只鸡是有鸡冠的,感觉就有点奇怪,公鸡不是负责啼叫的吗?好像是不该吃的,虽然我从来就没听过鸡啼,可是,把公鸡吃了,明天早上就没有鸡啼了。

程飞夹了一块肉给我,在我耳边说:"这鸡很好吃啊,多吃点。"

我倒是觉得布烈斯鸡的肉有点韧,我不怎么喜欢,白切鸡和炸子鸡好吃多了。

沈璐开了很多酒,也喝了很多,切蛋糕的时候,她又开了几瓶唐培里侬的粉红香槟,说这是她最爱喝的香槟。

"生日快乐!谢谢你和我一起过生日。"她说。

她这么说的时候,我真觉得她是个多么寂寞的女人。

大家吃完蛋糕好像完全没有离开的意思,继续聊天、聊股票、聊地产、聊投资,程飞和物理科补习天王聊围棋也聊得兴高采烈。

我喝了酒,觉得有点热,拿着剩下的半杯香槟,一个人走到客厅外面那个开阔的平台去吹吹风。站在那儿,居高临下,能看到香港最美的夜景。

"第一次来看房子的时候是夜晚,一看到这个夜景我就立即开支票了。"沈璐说。

我太专心看着前面一片迷人的夜景,竟完全不知道沈璐什么时候站到我身边。

我点头:"这里看出去真的很美。"

她手里拿着香槟和酒杯,给我倒了些酒。

"每次站在这里看出去都像做梦一样,对于人生,我也不应该再有什么苛求了。我小时候家里很穷,住的地方还没有这个平台一半大,爸爸妈妈、两个妹妹、一个弟弟和我,六个人挤在一间租来的又旧又破的房子里,做功课只能在饭桌上做,当然也没有钱去补习。"

她说着笑了,然后又说:"我中学就开始替人补习,大学的时候,除了替学生补习,也在夜校教英文,又接了许多翻译的工作,能赚钱的我都做,我是家里的老大,要养家啊。那时我可瘦了,每天只睡几个小时,一副营养不良的样子,大风一吹就会被吹走。"

她做了个被大风吹走的动作,继续说:"大一的时候我有个补习学生,家里很有钱,他妈妈每次让司机来接我去她家替她儿子补习。她住山顶,那幢房子可大了,有一个房间是专门用来放她的鞋子的,还有一个房间是给她跳舞用的,她睡房里有两个浴室,分男女浴室,她和她老公各自用一个,那个小孩子喜欢听音乐,他爸爸给他买的都是最高级的音响。可是,我和他同年纪的时候,肯定比他聪明不止十倍。这世界是多么不公平啊,那个女人根本没有努力过,她只是嫁了个富到流油的老公。"

这时那四只萨摩耶犬也跑到平台来了,沈璐看了它们一眼,它们连忙乖乖地蹲在一边。

"知道我为什么喜欢萨摩耶犬吗?"她问我。

"嗯?为什么呢?"

"这种狗天生就有一张笑脸,就算你骂它、罚它,它也会对你笑,它就是长这个样子。我不喜欢忧伤的脸孔。"

我看了看那四只狗儿傻兮兮的、老是咧嘴笑着的模样,笑笑说:"我倒是看惯了忧伤的面孔。"

"啊,是的,你是医生嘛。"她又喝了一口酒,"当我赚到钱,我妈妈已经走了,是乳腺癌,她一辈子都没享受过什么。"

"噢……"

"我爸爸妈妈都是好人,可是,他们只想过一些小日子,只盼着明天不会没钱吃饭,太没志气了。"她喝着酒说,"贫穷不是罪过,甘于贫穷才是。"

"也许他们不是没志气,而是被生活消磨了。"我说。

沈璐怔怔地看着我:"我前夫也是这么说,他人没我这么执着。"

我喝着酒,想着她前夫到底是什么人,那是一段什么样的走不下去的婚姻。

"他是我的老师,比我大八岁,教了我很多,那时我可仰慕他了……是我主动追他的,他应该也是喜欢我的,所以很容易就被我追到手。"她仰头笑了起来,"我二十五岁结婚,三十四岁就离了……我还记得离婚的那天,我匆匆在律师楼签了个字就回去上课,我连哭的时间都没有,一百个学生在那里等着我呢。"

"为什么离了呢?"

"不爱了,没有当初那种感觉了。他也是这样吧?我从来没问过他是不是不爱我了。结婚没几年,我们就常常吵架,他想要的不是一个有野心的老婆,而是一个乖乖留在家里的太太,但我已经不是当年那个崇拜他的小女生,我长大了啊……他是个学者,淡泊名利,就算一辈子住在一间小书房里也很满足,他不需要一个会赚钱,而且赚很多钱的老婆……他完全不认同我做的事,我那么努力,从来没得到过他的赞赏,他不认为教育是一盘生意,有时我甚至觉得他打心底里看不起我。"

沈璐越喝越多,喝了一杯,又斟满一杯,然后说:"可能他没挨过穷吧,虽然不是出身富裕,至少不像我家那么穷,他永远不会知道贫穷的滋味……可他说他看不到我的野心什么时候才会有尽头……人生那么短暂,我不要像他那样过,我宁可孤零零一个人,也不要为任何人丢开我的梦想……我要成功,如果我所追求的成功在他眼里是庸俗的,那我就庸俗到死吧。"

一只萨摩耶犬笑盈盈地走到她身边,沈璐摸摸那只狗,说:"签字离婚的时候我没哭,我是上完课,开车回家的路上才哭的……不是为他哭,而是觉得自己失败……在婚姻这事上,我是失败的,我讨厌失败……我曾经那么爱他,是他放弃了我,而不是我放弃了他。"

"啊，我也讨厌失败，我的工作只能赢，不能输，也不能错。"我说。

"我们果然是同月同日生的，干了这一杯吧。"沈璐微笑着跟我碰杯。

我把杯里的酒喝光，看着渐渐暗下来的夜色，两个人都没再说话。

沈璐为什么跟我说那么多呢？我们只是刚相识啊。是要告诉我她有多棒吗？抑或她也像我的门诊病人那样，把我当成了心理医生？还是因为我们同一天生日？她那么骄傲、那么强悍，也许只有醉酒后才会容许她那个感性的、也会忧伤的自我出来吹吹风吧。

夜色那么美，却也那么苍茫，听她说着她的故事，说得好像往事如烟，再好的婚姻都比不上这幢华丽的房子所代表的一切。她已经从当年那个一家六口挤在一起的小房间爬到花园道了，她怎么会这样就甘心呢？有一天，她会爬到山顶去，那里有香港最贵的房子和最美的夜景。

到时她还会是一个人吗？

※※※

回家的路上，车子在路上飞驰，我问程飞：

"你觉得她怎么样？"

"沈璐？"

"嗯……当然是她。"

"人挺好的，重情义、很聪明、很好胜，就是有点凶悍，挺霸道的，她应该很孤独吧？否则也不会拉着我们陪她过生日。"

"她告诉我，她结过婚，离了。"

"啊,是吗?"

"你不知道?"

"噢……我怎么会知道?她连这些都跟你说?"

"我觉得她是个孤独的女人,一个人住那么大的房子……"

"可那是有一座喷泉的房子啊,住在那里随时都可以许愿。"程飞哈哈笑着说。

"她还有什么愿望未达成吗?"

"总有的,只要活着就会有愿望,有想要的东西……"他把车子停在我们家附近路边的付费停车位。

"有时我也不知道,幸福是奋斗的动力,抑或不幸福才是。"

"两样都是吧……"然后他问我,"你幸福吗?"

我微笑着望着他,望着我爱了好多年的这个男人,说:"幸福有一条方程式吗?有个数值吗?"

"有的。"他欢快地说。

"那是什么?"

"一九九九……五四四一……"

"说什么嘛?"我没明白过来。

"或者说仰望星空……"

"在说什么啊?"看见他那模样,我忍不住笑了。

"等下你不要太爱我啊。"程飞说着转身拿开他扔在车厢后座的外套,外套下面原来藏着一个很大的盒子。

他把那个沉甸甸的盒子放到我手里说:"生日快乐!"

"还以为你没时间买礼物呢。"我快乐地说。

"对啊,没时间,我随便买的。"他说着亮起了车厢顶的灯。

我打开盒子看看是什么。

"天呀！很可爱。"我哇的一声叫了出来。

那是一枚史努比超霸月球表，九点的小秒盘位置，印着一只身穿太空服的史努比，史努比头顶上方印有一行小字铭文：Eyes on the Stars。手表的背面印刻着同样的一块蓝色史努比奖章。

"可以和你的骷髅骨查理·布朗配成一对呢。"程飞笑着说，"话说一九七〇年阿波罗13号执行第三次登月任务时，一个氧气储存箱发生爆炸，必须重返地球，戴着超霸计时表的宇航员们，在仅有的十四秒时间内，做了一系列的轨道修正，让飞船重新进入地球大气层，拯救了宇航员的生命……史努比向来是美国宇航局的吉祥物，所以，美国宇航局事后颁发了一枚史努比奖章给这款手表，是独一无二的。"

我亲了他一口说："这你都知道？你什么时候开始研究起手表了？"

"全版图的同事都爱买手表，他们玩得很疯的，几乎每个月都买新手表，几万到几十万都有，但是没有人买到这款手表，这款手表二〇〇三年推出来的时候限量五千四百四十一只，一下子就卖光了，市场上完全买不到，只是偶然会有一两只抛出二手市场，而且不断升值，有钱也未必买得到呢。这一只是小柯的爸爸帮我找的，他有门路，虽然是二手，但是从来没戴过，我想你一定会喜欢，找了一年啦。"

"哦……一定很贵吧？"

程飞雀跃地说："太值得了啊，阿波罗13号登月计划的时长是一百四十二小时五十四分四十一秒，这款手表限量五千四百四十一只，就是分和秒组合。小柯爸爸找到的这一只，编号刚好是1999/5441，一九九九年，是我们认识的那一年。"

我心都甜了："啊，刚刚你说一九九九五四四一原来是这个意思。"

我小心翼翼地戴上手表，摸摸表面的小秒盘："我好喜欢这一行小字啊，Eyes on the Stars……眼睛看着星星……仰望星空……"

"嗯……Eyes on the Stars，也可以说人要有远大的梦想……"

"你为什么不买一只给自己？"

"这一只就找了很久啊……我一个男人戴史努比手表怪怪的。"

我笑了，看了又看我的手表："手表这么可爱，会被抢吗？"

"肯定的，你很危险。"他捉住我的手。

我们紧紧牵着手，我又亲了他一口。

"都说不要太爱我。"他皱着眉说。

"啊……我爱的是它。"我指了指小秒盘上的蓝色史努比。

他苦着脸说："太没良心了。"

"你记得上一次我们两个不停看着手表是什么时候吗？"我问程飞。

## 3

那是一年半前的一个半夜，我们两个坐在中环遮打花园巴士站对面的路边等着。

"你累吗？"程飞问我。

"不累。"我说。

其实那天晚上我累垮了，下午有一台手术，是杨浩教授做的，教授让我和史立威，还有另一个医生当助手。那天的病人跟其他病人不一样，他是医生，也是我们的学长，年轻有为，是个很好的医生，我们实习的时候，他很照顾我们。

我原以为那会是一个漫长的手术，可是，手术很快就结束了，教授把病人的肚子打开了，然后又缝合，因为医生没有事可以做，病人的胰脏癌已经扩散到周围,根本无处下刀,勉强下刀的话,病人会死在手术台上;缝合起来,病人还有机会醒来跟亲人告别。

离开手术室的时候,每个人都不想说话,各自回到自己的岗位继续工作,直到下班之后,我才跟史立威去喝了一杯。只要想到那位学长醒来之后要和家人告别,心里就难过。在医院里,一次又一次体会离别的痛苦,我的心得要有多么强大才不会哀伤?

遮打花园外面的巴士站总共有五个巨型的广告牌,工人每两星期换一次新的广告,都是等到半夜巴士停驶、路上没什么人的时候换的。

这天半夜,旧的广告会拿走,全部换上新一轮的广告,其中一张是程飞的广告。除了中环,还有全香港总共十几个位置最好的巴士站;地铁月台和报纸头版全版广告也会在同一天出现。

这是沈璐第一次帮他打广告。

最早能看到第二天的广告就是巴士站,我们都想第一时间看到,只好半夜去等。

我看看手表,凌晨一点半了:"工人什么时候到呢?"

"说是凌晨两点左右,实际是几点也不知道。"程飞看看手表说。

我们一直等一直等,不时瞄一下手表。

我挨着他说:"你知道吗?有一种医生,叫动物医生,是经过训练、通过考试的狗,长相可爱,脾气也好,不会咬人,脖子上挂着一张证件,屁颠屁颠地跟着主人来医院,也是医生,但是不需要诊症……"

"你们医院招狗医生吗?"程飞笑着问我。

"狗医生都是志愿机构的,医院不招。这些狗医生来到医院只需要挨着病人,给病人摸摸抱抱,撒撒娇,可爱就行……那多好啊。"

"别傻了,你不会想做狗医生。"程飞说。

"我为什么不?那就不会伤心,也不会有救不了的病人。"天有点凉,我缩在他怀里。

"狗都改不了吃屎啊,难不成你想吃?"

我用手肘捅了他一下:"噢,滚开……"

"我是说……你不会喜欢自己无法掌控的人生。"

无法掌控的人生又是什么光景?

这时一辆灰色的小货车驶来,停在巴士站旁边,两个工人拿着工具走下车。

"来了啊。"我和程飞几乎同时站起来说。

工人首先把旧的广告牌一个一个拆下来,然后从左到右换上新的一批广告牌。

第一张广告牌是中文科补习天后。

第二张是物理科补习天王。

我们满怀期待地等着。第三张广告牌,终于轮到程飞了。广告上写着:数学科补习天王程飞。他穿着深蓝色的西装,双手放在裤兜里,一脸充满自信的迷人微笑。

"噢,你看,是我呢。"他说。

"哇,是你呢,放在最中间啊。"

"像我吗?"他问我。

"像的。"我说。

"那天进棚拍照拍了四个钟头才选到这张照片。"

"看来像演唱会广告。"

"出了广告就会有很多学生,沈璐是这样说的。"

"这样做广告得花多少钱啊?"

"钱也不少吧,我会帮她赚回来的,她又不傻……"

"这样真的好吗?补习老师都像明星一样。"

"就是啊……我明明是放弃了当明星的机会投身教育的,谁知拐个弯又做了明星。"他哈哈笑着说。

接下来的两张广告牌是经济科补习天王和英文科补习天王,沈璐一举买下巴士站所有广告牌。

我们隔着马路看着工人把所有广告牌换好。

"明天会有很多人看到吧?"我说。

"搞不好我会一夜成名。"

"应该会的,你回去先帮我签个名。"

"等我有钱了,我送一家医院给你做院长。"

"这里是香港啊,你知道盖一家医院要多少钱吗?"

"要多少钱?"

"至少也要一百个亿吧。"

"噢……"

"在日本容易很多,医生可以在自己家乡的小镇用自己的名字盖一家小医院,什么木村医院、福山医院呀,只有一两层楼,简简单单的,一辈子当个小镇医生。"

"这么好?"

"嗯……当个小镇医生,看些简简单单的病,那也挺好的啊,治好了病人,他们会带些土产送给医生,譬如家里母鸡今天早上下的蛋、自己种的草莓和萝卜……啊,还有,家里牧场的乳牛产的奶……"

"你才不会甘心过那种生活……"

"我不知道呢……"

那辆灰色的小货车载着工人驶走,他们一走开,我们就跑过马路,走到广告牌前面看清楚些。

"这种感觉很不真实……"程飞看着自己的那块广告牌,得意扬扬地说，"我本人明明更好看。"

"我怎么觉得照片比本人好看呢？"我故意气他。

"真的吗？"他皱起两条眉毛。

我冲他笑："你看……把你拍得像明星一样，还以为是电影海报呢……"

程飞抱着两条手臂，看着广告里的自己，喃喃地说："对啊，看起来就像一台戏……"

4

做个小镇医生，一辈子安安稳稳，真的好吗？那是我向往的人生吗？抑或只是在心情沮丧的时候才会这么想？我从来就不想做个平凡的人。

生日过了一个星期，这天早上，杨浩教授突然把我召去他的办公室。我最喜欢去他的办公室了，他是个史努比迷，乱糟糟的办公桌上有一个史努比坐在屋顶上的旋转八音盒，我每次见到都很想拿起来上发条。

身材圆滚滚的杨浩医术精湛，是肝脏外科和肝脏移植的权威，也是我在医学院时的老师，人很好，完全没架子，很受学生爱戴。

"方医生，请坐。下星期四早上七点，我有一台肝脏肿瘤切除手术，你来当我的助手吧。"杨浩说。

"我？哦。"我简直受宠若惊，只是傻傻地回答了两个字，外科医生该有的镇定、从容和处变不惊，我一点都没有。

"时间没问题吧？"杨浩客气地问我。

"哦，当然。"三个字。我太兴奋了，是肝脏肿瘤切除手术呢，由杨浩主刀，应该是比较复杂的病例。

"病人叫潘亮，你认识他吗？"杨浩教授说着递给我一份病人的病历。

"潘亮？"我拿起病历一看，是同一个人，"我在门诊看过他，他肝脏有个十厘米的肿瘤，我帮他排了期做手术，还要等……"

"他昨天来找我看病。"杨教授说。

西区医院是政府医院，也是教学医院，一切开支由政府负责，住院病人只是象征性地每天付一百块钱的住院费，其他都是免费的，正因如此，他们也不可以自由挑选医生，除非病人选择看私症。所谓私症，是只有副教授和教授级别的医生才可以看的，病人直接找某一位医生看病，收费也跟外面的私家医院看齐，甚至更贵些。这里的教授全是大医生，有些付得起钱的病人也会慕名来这里找他们看病，医生是没有任何利益的，收到的诊费和手术费全都会拨归医院，医院也接受捐款。

直接找杨浩看病，潘亮一定很有钱。

"你跟他熟吗？"杨浩问我。

"不熟，就是门诊见过一次。"我说。

"啊……"杨浩看了我一眼，显得有些好奇和诧异，却也没说什么。

接着他说："你先回去温习一下，我们明天早上八点开会。"

"哦，好的，教授。"

我正想站起来告辞，杨浩突然说：

"你的手表……可以借给我看看吗？"

"啊，当然可以。"我把手表摘下来给他看。

杨浩拿着手表，雀跃地说："欧米茄这款史努比超霸表当时我也想买，但买不到。"

"我这一只是二手的。"我说。

"史努比经常幻想自己是'二战'的飞行员，从一九六八年开始，它就是美国宇航局的吉祥物，是代表幸运和成功的看门狗。阿波罗10号的宇航员出征前会摸摸史努比的鼻子祈求好运……一九六九年五月阿波罗10号为11号寻找适合登陆的地点，宇航员的登月舱就命名为史努比，指令舱是查理·布朗……"杨浩一口气如数家珍，他说起史努比，熟络得就好像史努比是他爸爸似的。

他兴奋地拿着我的手表研究了很久，我真的有点担心他舍不得把手表还给我，幸好，他最后还给了我。

"手表很可爱。"杨浩一脸的童心未泯。

"啊，谢谢。"我说着戴回手表。

"回去准备吧。"杨浩对我说。

"嗯。"一个字。

我开始有点外科医生的模样了，话说得很精简，满脑子想着的是站到手术台上的情景，那不是一台戏，是真实而又有血有肉的。

潘亮的肝肿瘤手术，兜兜转转，到了杨浩手上，为什么杨浩又正好找我来当他的助手呢？这个像白狐的男人不免使我心生好奇。和我那么有缘，他到底是什么人？

5

星期三的早上，潘亮住进头等病房，做了进一步的检查。我跟着杨浩教授到病房去看他。

他身上穿着一套深灰色长袖的棉布睡衣，我们进病房的时候，他正站在窗边,凝神看着窗外。他回过头来,对我微笑,我也对他微笑。

杨浩跟他详细解释了手术的情况,他留心听着,表示明白。

我有些好奇,也有些同情他,这个孤单的男人要做一个这么大的手术,为什么只有自己一个人呢?

晚上七点,我又去病房看他。

潘亮坐在床边的沙发椅上闭目养神,听到我的脚步声,他缓缓睁开眼睛:

"方医生,还没下班吗?"

"差不多了,下班之前过来看看你。怎么样?还好吧?"

潘亮点点头,然后问我:"你在这家医院很多年了?"

"嗯,这里是大学的教学医院,我从读书的时候就已经在这里,很多年了。"我说。

"方医生成家了吗?"

他突然这么问,我脸红了:"哦,还没。"

"你一个人吗?有没有家人或者朋友陪你来?"我问他。

潘亮摆摆手,姿态像个王者,没有任何畏惧的神色:"我一个人来,就可以一个人走。"

"明天做完手术,可能需要有个人陪着你。"

潘亮笑了笑:"这里有医生,也有护士。如果明天我能够活下来就没问题。"

"别担心,杨教授是最好的。"我说。

"上次在电梯里听到你说,那天是你的生日……"

"啊,是的。"我咧嘴笑笑。

"送你礼物你肯定不肯收,送你蛋糕总没问题吧?"潘亮说着从病房的小木桌上拿起一个精致的方形蛋糕盒给我。

"方医生，生日快乐。"他冲我笑，笑里带着几分慈爱。

他什么时候买的蛋糕啊？早上我都没见到。

"噢……你太客气啦，我生日都过了。"

"生日就得吃蛋糕，你看看这个蛋糕你喜欢不？"

我打开一看，禁不住对他微笑：

"你怎么知道我喜欢吃黑森林蛋糕？我小时候每年生日，爸爸都买黑森林给我，别的我都不肯吃……很久没吃了，这个黑森林看起来很好吃呢，谢谢。"

"太好了，正好买了你喜欢吃的蛋糕。"他说。

"可是，我一个人怎么吃得下一个蛋糕啊？"我冲他笑。

潘亮摊摊手："我也很想帮你吃，可惜，我的医生说，我今晚不能吃东西。"

我哈哈地笑了："等你做完手术，可以吃东西的时候，我请你吃蛋糕。你喜欢吃什么蛋糕？"

潘亮脸露腼腆的微笑："我无所谓，我很少吃蛋糕。"

"啊，那我们到时再决定好了。"

他看着我，说："方医生，你爸爸妈妈一定很为你骄傲吧？"

"啊，没有，我们只是很平凡的一家人，我还有姐姐、姐夫和一个外甥女，他们一家跟我爸爸妈妈都住在多伦多，只有我一个人在香港。"

"你没打算去那边跟他们团聚吗？"

"噢，不，我受不了那么沉闷的生活，每次去看他们，到了第十天我就想回来。"我说，"今晚早点休息吧，明天我们要一起打一场硬仗呢，明早见。啊……谢谢你的蛋糕。"

"好，明早见。"

我转身离开病房，走到一半，他突然叫住我。

"方医生……"

我停下脚步回头："哦，什么事？"

"你相信因果吗？"潘亮问我。

"为什么这样问呢？"我不无讶异地看向他。

"我做过很多错事……"他一只手揉着另一只握拳的手。

这几年，见过那么多病人，我也有些经验了，有些病人知道自己得了大病的时候会认为这是上天对他的惩罚；有些病人却刚好相反，他们很不甘心，认为自己没做过坏事，不明白为什么会得病。

我想了想："这样说吧，所有病都是因果，乱吃东西会肚子痛，抽烟会伤到你的肺，肥胖会导致糖尿病和高血压，糖尿病又会导致心脏病和肾病，酒喝太多，肝脏会受破坏……都是因果啊，只是，我们往往要看到果才想到因，或者明明知道会有什么结果却心存侥幸。"

潘亮点点头，微微一笑，我没看出他心里想些什么。

"虽然改变不了因，但是，医生的职责就是尽其所能去修正已经发生的果。"我说，"这也是我为什么喜欢这份工作的原因，世上没有后悔药，但是每个人都应该有机会去改变。"

我对着年纪比我大一倍多的他说起了我的大道理，潘亮竟然很耐心地听完，倒是我脸有点红了，我是不是把医生说得太无所不能了？有太多的事情，是我们做不到的。

他身体里那个十厘米的肿瘤，这个烈酒喝太多的果，到底有多强大，能不能修正，也要等到明天才会知道。

"那明天就请医生替我修正吧。"他豪气地说。

我抱着蛋糕，微笑着点头，突然觉着这个从前素未谋面的白发苍苍的男人，这个病人，和我好像似曾相识。

## 6

"被放鸽子了,在哪儿呢你?吃了饭没有?"苏杨在电话那一头说。

"刚到家,明天早上有手术,准备等下煮个面吃。"我说。

"多煮一份,我现在过来。"苏杨愉快地说。

十五分钟后,她出现在我家门口。

"嗨!我来了。"苏杨一头长鬈发,拎着皮包的一只手支着门框站着,脸红红的,身上穿着一件低领玫瑰红色针织上衣和一条黑色短裙,脖子上戴着一串漂亮的项链,那块吊坠是一把小小的白水晶挂锁。

"喝酒了?"

"刚刚跟几个同事在兰桂坊喝了一圈。"她走进来,脱掉高跟鞋,换上拖鞋。

"我在煮面,快煮好了。"我回厨房继续煮面。

"吃什么面?"她走进厨房看我煮面。

"鲍鱼面。"我把煮好的面条夹到两个碗里。

"哇,这么好?我真是命中有食神。"

"是鲍鱼汤面,没有鲍鱼。"我笑着把汤倒进碗里,两碗面放在托盘上拿到客厅。

我看了看她的鬈发:"你什么时候烫了头发?"

"没烫,前几天买了一根卷发棒,自己卷的,好看吗?"

苏杨拿了两双筷子,又把她放在我家的辣椒酱从冰箱里拿出来。

"以前在宿舍,没钱买卷发棒,我都是用筷子替同学卷头发的,卷得可好看了。"她坐下来吃面。

"筷子也可以卷发的吗?"我咬着筷子尖说。

"对呀！筷子加吹风机。"苏杨拿着筷子站起来，"要不要我帮你卷？"

"你别，快吃吧。"我看了看她说，"你鬈发好看，有女人味。"

"嗯，过了三十岁，我终于有点女人味了……我打算迟些去烫一个波浪头。"她舀了一大勺辣椒酱到碗里。

"你走光啦。"我用手指戳了一下她的胸口，她的黑色蕾丝胸罩露了大半个出来，那个亮晶晶的挂锁吊坠在她胸前晃来晃去。

"给你看无所谓，我有什么你都看过了。"她笑嘻嘻地把衣领拉高了些，想起什么似的，又站起来走到厨房。

"你要喝酒吗？"她从厨房喊出来。

"我不，我明天要做手术。"

苏杨拿着一瓶白酒、酒杯和开瓶器出来，笑着说："我在冰箱里找到一瓶白酒。"

"噢，是程飞买的。"

她看了看酒标："这瓶是好货色啊，我不客气了。"

说完，她用开瓶器拔出瓶塞，给自己倒了一杯白酒。

自从跟黎国辉分手之后，苏杨就像变了一个人，她伤心难过了没多久就开始上健身房做运动，又跟着俞愿去做瑜伽、跳钢管舞，人瘦了，变美了，穿衣打扮也跟以前不一样，变得会穿，时髦又性感。从前那个没有自信的、卑微的，为了爱情甘愿忍受屈辱的痴心女子，仿佛已经从这个世界上消失。

谁不曾在失恋的时候哭着说以后再也不会这么爱一个人了？苏杨却真的是言出必行，两年间到处留情，最短的一段情只有两三天，最长的也只有两三个月。

"谁放你鸽子了？"我问道。

"就是同事啊……以为在酒吧喝完一圈一起去吃饭，谁知道一个个不是约了男朋友就是约了女朋友，丢下我一个……想和我吃饭的人我又不想见他，有些男人啊，第一眼觉得蛮好的，见多了又好像不是那种感觉。"

"你说的是谁啊？"

"你还没见过，是个牙医，是一个同事的哥哥，和他吃过两顿饭，我感觉吃饭的时候他一直望着我的牙。"苏杨露出两颗大白牙，哈哈大笑。

"他有趣吗？"我笑着问。

"没趣，但是人很老实，很乖，很喜欢我。"

"但你不喜欢他？"

"也不是的，怎么说呢？他就是一个四平八稳的男人，是当你累了可以依靠的男人，那可是终身免费的牙科保健啊。"她说着笑了。

"那我们也会有终身牙科保健吧？"我笑着问。

"那当然，对我的朋友好，才是对我好。男人都是过眼云烟，只有闺密才是天长地久。你说要是我们四个人还住在一块，那多好啊。"

"俞愿可不愿意呢，她都嫁了。李洛倒无所谓，但她会带着她的小奴隶小陶过来侍候我们。"我笑着说。

"那你和程飞呢？"

"程飞这人喜欢朋友啊，这样吧，以后有机会我们四个人就住同一幢楼互相照应吧。"

"真的吗？那太好了，说的好像是真的。"苏杨略微伤感地说。

"冰箱里有黑森林蛋糕，病人送的，要吃吗？"我哄着她说。

"啊？当然。什么病人这么好？"

"明天做手术的病人，肝脏有个这么大的肿瘤。"我用手比画着。

"天呀！人家在吃东西啊。"苏杨害怕地推开我的手，拿起碗，把面汤一口喝光，然后说，"我去拿蛋糕。"

"我来吧。"

"程飞呢？怎么不见他？"

"还在上课啊。"我拿着蛋糕出来。

"啊，这个黑森林很美啊。"苏杨看看蛋糕盒子，"怪不得，在酒店饼房买的，出手很阔绰啊，这个病人做什么的？"

"我也不知道。"我切了两块蛋糕，一块给她。

苏杨吃了一口："噢……"她竖起大拇指，"这个黑森林很好吃啊。"

"真的？"我也吃一口，果然跟我以前吃的很不一样，不会太甜，用的是新鲜的樱桃和带苦味的黑巧克力，樱桃酒的味道也很浓，"啊，真的很好吃。"

"我们餐厅的甜点师跟我说过，黑森林内馅的这一层醉酒樱桃必须用德国的樱桃甜酒浸泡过的新鲜樱桃，才是最正宗的，这个味道应该就是了，太好吃了。"她吃着蛋糕说，"那个人也想追我。"

我取笑她说："你这两年桃花运挺旺的，一年等于以前的七年。"

"就是啊，以前的我想要做最痴心的女朋友，现在的我只想做无情尤物。那时以为只要我肯等就会等到，害怕一放开手就什么也没有，明明是一潭死水，偏偏傻得以为脚下那片天地就是整个世界，寸步不肯离开，终于放开手，转过身去，才发现背后原来有一片山河，这就是我……我还他自由，他还我河山，一别两宽，好走不送，江湖不见。"苏杨说着挥挥手。

我禁不住哈哈笑了。

然后，苏杨摸着项链的吊坠说："知道我为什么喜欢这个吊坠吗？它是一把锁，我把我的心锁起来了，这把挂锁是有钥匙的，在我手上，只有我能打开,但我不会再轻易打开了。"

"你只是还没遇到真正喜欢的人……"我说。

"也许吧,或者,即使再遇见真正喜欢的人,也不会付出那么多了,以前都是我爱别人,以后就让别人来爱我吧。啊,我可以多吃一块吗?"

"当然可以,你不怕胖吗?"

苏杨一边切蛋糕一边说:"一块蛋糕不会,一个才会。而且我在学钢管舞,烧很多卡路里的,你也和我们一起学吧。"

"要是我还有时间,我也宁愿多睡一会儿。"我苦笑。

"哎,怎么你说话跟李洛一样呢?来嘛,很好玩的。"苏杨放下手里的叉子,走过去抱住客厅的那盏落地灯,把落地灯当成钢管,向我示范钢管舞。

她学了一年多,跳起来像模像样,一边跳一边向我抛媚眼。那一刻,我突然发现,苏杨真的是不一样了,不再是那个死心眼的女子,她的眼睛依然美丽,却已经不是从前那双单纯的眼睛了。

她一只手抓住落地灯,张开一条手臂和一条腿说:"尼采不是说过,凡是不能杀死我的,最终都会使我更风骚吗?"

我翻了翻白眼:"尼采没有这样说,尼采好像是说,凡是不能杀死我的,最终都会使我更强大。"

苏杨搂住落地灯转了一圈:"那是因为尼采不是女人。"

她转过来,又说:"黎国辉拍的那些成人电影,我前几天找到,全都看了。"

"看来干吗呢?"

"我好奇呗,我发现了一件事情……"

"什么?"这回轮到我好奇,"不会是他也演吧?"

苏杨朝我妩媚地笑笑:"我发现,这些电影里头有些场面,还是参考我和他的……"

我哈哈大笑:"你是说床戏?"

"嗯……"苏杨故意做了个羞答答状点头,"我也曾是他的缪斯啊……他都没给我版权费……两个人有过最好的性,不一定就相爱;两个相爱的人,倒不一定拥有最好的性,那我们还要相信爱情吗?"

"我相信的,相信爱情的人比较年轻啊。"我冲她笑,"我希望我永远都足够年轻去相信爱情。"

苏杨看着我,酸苦地笑笑:"你当然相信,你和程飞那么好……啊,我可能已经太老去相信爱情了。"

我没有说出口的是,我希望我永远都足够年老去接受失败和失去,也足够年老去接受人生的聚散。

苏杨搂着那盏落地灯扭了扭上半身:"可是,这样公平吗?因为我胸大,满足了他对性的所有幻想……他初恋女友是平的,但是,他呀,攀登过高山,最后还是留恋平原,太没志气了。"

我笑坏了:"也许人家想过的是……小日子呢。"

"哦,你说得对……我再大也不至于是珠穆朗玛峰。"苏杨说着放开那盏落地灯,坐到我面前继续吃蛋糕。

我笑着,吃着美味的蛋糕,想起儿时那些生日,吃的也是黑森林,每一年,我也会对着蛋糕和烛光闭上眼睛,诚心诚意地许愿,许过什么愿望我都记不起来了。然而,我清楚地记得,在我小得还跟爸爸妈妈睡的那些夜晚,我总是脸朝爸爸,一只手偷偷拉住爸爸的衣角,确定他不会走开,然后我才能够安心睡觉。

"你会不会没有安全感?"我问苏杨。

"有时候吧,不会常常没有安全感……现在的我好像比以前更有安全感……可能我现在不爱任何人吧,不爱任何人,反倒会有安全感……"苏杨说着笑了起来,"爱的时候反而没有,因为害怕失去……"

"爱和不爱都不会有十足的安全感吧?如果你发现这个世界上所有的一切都是浮动的,从来没有一朵云的形状会是一样的……那又有什么是永远不变的呢?有什么是可以依靠的呢?"

苏杨吃着蛋糕,略微惊讶地看着我:"你怎么会没有安全感呢?你好像从来也不需要依靠别人,你那么幸福……"

就是呀,我真想一头砸进面前的黑森林蛋糕里,为什么我总是在幸福的时候感到惶恐不安,害怕身边的人离我而去?

## 7

潘亮躺在手术台上,杨浩站在他身边,我站在杨浩后面,离杨浩几步远,被杨浩遮住了半边身。

"不用紧张,等下很快就会睡着,等你醒来,我们再见。"杨浩对潘亮说。

潘亮挪了挪上半身,似乎在找人,看到我的时候,他那双大眼睛定定地望着我,那么脆弱、那么孤单,好像害怕以后再也看不到这个世界了。手术室里轮不到我说话,戴着口罩的我对他微微点头,和他交换了一个眼神,试着鼓励他,潘亮对我眨了一下眼,一直看着我,直到麻醉师准备上麻醉剂,挡住了他的视线,他看不到我了。

上了麻醉剂,潘亮慢慢地、慢慢地合上眼皮。

手术室里每个人都等着他睡过去。

他终于睡着了。

"开始吧。"杨浩发号施令。

那个十厘米的肿瘤长在潘亮的肝脏后面,手术有点难度,但是,杨浩精准又漂亮地把它拿下,让我大开眼界。这个圆滚滚的、和我一样喜欢漫画里那只小猎犬的男人,在手术台上却是个智勇双全的英雄,他本来并不高大的身影,好像一下子拔高了一倍,变成一个巨人。

漫长的手术结束,潘亮缓缓恢复意识,护士把他送回病房,他很快又睡着了。

晚上十点,杨浩已经回家,我本来也是可以下班的,但是,我想留下来看看潘亮。

我来到病房,当值的护士小珍妮说潘亮醒过来又睡了。

我轻轻走到潘亮床边,他睡着了,脸色依然苍白。

"有没有家人来看过他?"我问小珍妮。

小珍妮摇摇头,小声说:"他可能是个孤独的富翁,昨天自己一个人带着一个旅行袋就来了。"

小珍妮说完离开病房,回到护士站去吃她的消夜。

我也饿了,正想离开的时候,潘亮缓缓睁开了眼睛。

"嗨,潘先生,你醒啦?我们又见面啦。"我对他微笑。

潘亮迷糊地点点头。

"手术很成功。"我告诉他。

"……"他想说话,但是声音沙哑,我听不清楚他说什么。

"你一整天没吃过东西,又没喝过水,别说话了,休息一下吧,教授来看过你,他明天早上会再来。"

"嗯……"他从喉咙里发出一个声音。

"伤口会不会很痛?"我问他。

潘亮咬着干涩的嘴唇摇头。

麻醉药过了怎么会不痛呢?就算用了止痛药还是痛的,这人要不是个铁汉就是很爱逞强。

"你知道今天早上你这个手术做了多久吗?"

"不……"潘亮皱皱眉表示不知道。

"八个小时,因为肿瘤长在你的肝脏后面。"

"啊……"他表示惊讶。

"你很棒。"我竖起大拇指夸赞他,夸赞往往是很好的止痛药。潘亮疲累地微笑。

"你送的黑森林蛋糕很好吃,是我们吃过最好吃,也最正宗的黑森林蛋糕,啊,我和我的一个好朋友一起吃,她很爱吃东西。"

潘亮的手碰到遥控,想把床背调高些。

"啊,不,你得躺着,坐着会压到伤口。"我拿开了那个遥控。

"哦……"

"我朋友说,正宗的黑森林,内馅的樱桃得用新鲜的樱桃,然后用德国樱桃甜酒浸泡过,我还是昨天才知道的呢,原来我小时候吃的那些都是盗版。"我冲他笑。

潘亮又微微一笑,不知道他是很想听我说下去还是很想有个人陪着他,每个人病了都像个孩子,满头白发的他也不例外,他耷拉着眼睛,看起来又虚弱又可怜,我把旁边那张沙发椅拉过来坐在床边。

"我在儿科实习的时候常常要说故事哄小孩子……你想听故事吗?"

"想……"潘亮点了一下头。

"呵呵……谢谢捧场,你是第一个点头的,那时候每次当我这么问的时候,那些小孩子都对我摇头,说不想听,我不太受小孩子欢迎……所以我其实没有说过故事。"

潘亮咧咧嘴微笑。

"好吧,让我想一个故事……啊……不能说笑话,因为你现在绝对不能大笑,大笑伤口会痛……太可惜了,我很擅长说笑话……"我耸耸肩,做了个可惜状。

潘亮微微一笑。

"鬼故事当然也不能说……"我一脸无奈。

"说……"潘亮朝我又皱眉又点头。

"我知道你不怕,但是我怕……"我抖了抖肩膀,做了个害怕状。

"哈……哈……"

糟糕!他笑了两声,整张脸瞬间扭成一团,很痛苦的样子。

"天呀!别笑。"我连忙站起来扫了扫他的胸口,试着让他冷静下来。

他咬着牙,眼含泪水,不笑了。

"噢……对不起……我不是想让你笑。"我拿纸巾帮他擦了擦眼角的泪水。

"谢……谢……"

"没事吧?"

"没……事……"

"看来我还是别说故事的好……"我尴尬地说。

潘亮对我摇摇头,好像想安慰我,要我别内疚。

"你累了,早点睡吧。明天我再想一些不好笑的笑话。"

潘亮看着我,动了动嘴唇,好像因为我说的最后一句话又想笑了。

我连忙制止他:"啊……别笑,你再笑我可要哭了。"

幸好，他忍住没笑。

"休息一下，今晚做个好梦吧。"我说。

他看向我，眼睛湿润，微微点头。

"我明天再来看你。"说完，我走出病房，顺手替他把病房的灯光调暗了些。

我回头看了看他，他的眼睛一直看着我，疲惫又脆弱。

*　*　*

那个肿瘤后来证实是恶性的。

潘亮听到这个消息之后，并没有太大的反应，他又变回了一个铁汉。

他一天比一天好转，可以吃东西，可以下床。他是杨浩的病人，职责上我不需要去查房，但我每天也会尽量抽时间去看看他。他很会吃，从来不吃医院的饭，每天的午餐和晚餐都是酒店送来的，他每次也会多订一份给我。

我答应过请他吃蛋糕，有天晚上，我买了两个杯子蛋糕给他，他坚持我们每人吃一个。

我不说笑话了，我害怕他会大笑。吃杯子蛋糕的时候，我跟他说了一件我爸爸妈妈在多伦多那家杂货店的趣事，是妈妈在电邮里告诉我的，不知道算不算是趣事。

"有个很胖很胖的中年女人，看上去至少有三百斤，她每天都一个人来店里买一大包果汁软糖。"我模仿着那个胖女人走路的姿势，"终于有一天，我爸爸好心跟她说，糖别吃太多，对身体不好，那个女人说，糖不是她吃的，是买给她老公吃的。

"于是我爸爸就问:'你老公很爱吃糖?'你猜那个女人怎么说?她很诡异地笑了笑,然后跟我爸爸说:'我老公得了糖尿病,但是依旧什么都吃,我现在每天买一包软糖放在桌子上,他每次都忍不住吃很多,很快我就可以摆脱他,我忍受他三十年了。'"

"天呀!这是谋杀。"潘亮皱起眉头笑笑。

"从那天起,我爸爸妈妈把所有糖都收起来了,骗她说没有货,我估计她老公到现在应该还活着。"我笑着说。

我们成为朋友,但是,潘亮始终没告诉我,他是做什么工作的,我也没问。

十二月初那个星期四的傍晚,医院的义工开始在各个病房布置圣诞树和一些圣诞装饰,医生休息室里也摆出了圣诞花和一束束漂亮的气球,我拿了两个红气球,准备送给潘亮。

我拎着红气球满心欢喜地来到病房,病房里并没有人,所有东西都收拾得干干净净。

"潘亮呢?"我退出去问小珍妮。

"他出院了,今天早上走的,你不知道吗?"

我看着空空的病房,感觉到一丝失望,他为什么不说一声就走了呢?

"教授昨晚跟他说了今天可以出院。"小珍妮说。

原来他昨天就知道,可是,我昨天晚上来看他的时候,他为什么不说呢?为什么不辞而别?

8

"要不是你跟我说他已经六十六岁,我真会以为你爱上他了。"

程飞撇撇嘴，故意装出妒忌的样子。

"说什么呢？他是我的病人。"我冲他皱眉。

"正宗的黑森林蛋糕……还有每天订的酒店餐……听起来很罗曼蒂克啊，我要是女人也会被他迷倒。"

"那么容易就被迷倒，幸好你不是女人……那个黑森林蛋糕我有留给你吃啊。"

"但是，酒店订餐没有我的份。"程飞说。

"我不知道你想吃啊。"我哈哈笑了，"我们去哪里吃饭？"

"快到了。"

车子拐了个弯，停在一家五星级酒店门口，程飞走下车，把车钥匙交给酒店的泊车员。

"在这里吃？"

"沈璐推荐的，说是最好吃的意大利菜，她是这里的熟客。"

"你不早点说？我今天穿得很随便。"我看看自己，刚刚下班从医院出来，身上穿的是早上出门穿的白色衬衫和黑色半身裙，一件有点旧的黑色羊毛开衫和黑色平底鞋。

程飞看了看我，说："你这样很好啊，走吧。"

我用手指梳了梳后脑勺有点乱的头发，和他一起走进酒店大堂，搭电梯到楼上。

"他今天出院了。"我在电梯里说。

"太好了，我的情敌走了。"程飞一脸得意的神色。

对于潘亮的不辞而别，我倒有些失落。他走的时候都不跟我打个招呼，这完全不像他。

电梯来到二十八楼，门打开，两位穿着白色衬衫和黑色半身裙的漂亮接待员在电梯口等着我们。

"程先生是吧？订了九点两位，欢迎。"

"天哪！我要是把毛衣脱下来，就跟她们穿的一样。"我裹紧身上的羊毛开衫，在程飞耳边尴尬地说。

程飞大笑："那就不要脱。"

"这里很漂亮啊。"我说。

"我也是头一次来。"程飞小声说。

那是一家占地两层楼的意大利餐厅，布置得又华丽又浪漫，这天晚上座无虚席，我们坐在下面一层的窗边，可以看到对岸绚烂的霓虹灯。楼上的那一层有个小歌台，一个穿着性感晚装的黑人女歌手在唱着歌，琴师为她伴奏。

程飞看了看餐单，说：

"现在白松露当造，我们就吃白松露吧。"

"白松露？什么来的？"我问他。

"是来自意大利北部皮埃蒙特区一个小镇阿尔巴的一种野生真菌，通常长在橡树或者榛子树的根部，产量稀少，而且只能靠猎犬去找，每年这个季节，松露猎人就会带着他们的松露猎犬上山寻找白松露，找到之后再卖给松露商人，然后卖到全世界的高级餐厅。"

"你这么熟，你吃过啦？"

"我来之前看过资料。"程飞调皮地说，"你看看，这里每个人都在吃白松露，秋天来这家餐厅就是吃白松露。"

我溜了一眼餐厅里其他客人，回头再问程飞："产量稀少，是不是很贵？"

"白松露是每一克每一克算钱的，听说比黄金更贵。"

我看了看餐单：

"天呀！好贵啊！一客白松露炒蛋要四百八十，白松露意大利面一客卖九百八十？"

"嘘……"程飞把食指放在嘴唇上。

"你知道吗？这比治癌症的特效药更贵。"我压低声音说。

"真的？"

"嗯……"我点头。

"那我们一定要尽情吃……难道要等到得了癌症才吃吗？"程飞好像受到鼓舞似的，兴奋地说。

我看着他，不知道好气还是好笑。

我们点了白松露土豆泥、白松露炒蛋和白松露意大利面。在侍酒师的建议下，程飞选了一瓶一九九七年份的意大利酒王巴罗洛，巴罗罗和白松露同样来自皮埃蒙特，大家是老乡，老乡配老乡，气味最相投。

除了土豆泥上面已经有几片白松露，炒蛋和面条端上来的时候，意大利主厨都拿着一个小小的银盘子和一个像曼陀罗的削片器来到我们面前，然后从银盘子里拿出四到五颗大小不同的白松露，每颗削几片到我们的碟子里。

那应该是我人生中吃过最奢侈的炒蛋了，那天晚上也是我头一回吃到白松露、头一回知道这个世界上有这么贵的野菌。

"很香啊，这香味很特别。"我说。

"嗯，太好吃了，无与伦比……吃白松露就是吃它独一无二的香味。"程飞拿起酒杯跟我碰杯。

我喝了一口酒："好吃是好吃，就是有点贵。"

"我们没有沙特阿拉伯的石油王那么富有，我们也不是皇孙贵胄，住在有几百个房间的皇宫里，事实上，我们永远都成不了沙特阿拉伯石油王或者皇孙贵胄。但是，你想想，我们可以跟他们一样，吃到白松露啊，可以这样醉生梦死，太幸运了。"

"他们看到的星星，我们也能看到啊，而且是免费的。"我冲他笑，"只是，他们可能躺在波斯地毯上看星星，说不定还有仆人专门帮着他们数星星，而我们没有。"

"但是，你有我帮你数星星啊。"程飞笑眯眯地看着我。

我拍拍额头："啊……对呀，我怎么就忘记了呢……而且帮我数星星的是数学天王，肯定不会数错。"我笑着，隔着桌子摸了摸他喝了酒的温热的脸，我喜欢这样摸他。

"那么……你幸福吗？"程飞问我。

我看向他，微笑着点头。

"我不知道我追求的是不是幸福，或者应该说，我不知道我是不是只想要幸福，人生毕竟还是有很多的追求……"我说。

"那你想要什么？"

我想了想，一时之间无法回答他。

"你想要什么我都给你。"他说。

"唉……不小心被你感动了。"我笑着斜看他一眼。

程飞问我："你会不会觉得我像暴发户？"

"你是说这样吃？"我吃着白松露面说，"不会啊……虽然我这辈子都没吃过这么贵的炒蛋和面条。"

"真的不会？"

"你有钱没钱都像暴发户……"我没好气地说，"你就喜欢把口袋里每一分钱都花光，可能你不喜欢荷包太重压住裤兜吧。"

程飞哈哈地笑："可能因为我小时候太穷吧。"

我摇摇头："有些人就算从来没挨过穷也照样把钱看得很重要，你是穷的时候也不把钱放在眼里，有钱的时候就更不放在眼里了……

说不定你是用你大手大脚花钱的方式来报复这个世界……"

他笑了:"我怎么会这样呢?这简直是浪子所为。"

"噢……我有说你不是浪子吗?"

他喝着酒,微笑,没反驳我。

"别乱花钱就好,你花钱就花得好像没有明天那样,太悲壮了。"我劝他说。

可我知道他是不会听的。

"别怕,我现在赚很多钱,未来会更多。"他潇洒地说。

"表哥……真的是你……"这时,突然有个女孩从我背后走出来喊他。

站在我面前的是个既漂亮又时髦的女孩,留了个侧分的微卷的波波头,身上穿着黑色机车皮衣和红色碎花长裙。几年前,我头一次见到她的那天,她留着一头长发,打扮得像个学生,和程飞在珠宝店里买东西,我以为她是他的女朋友,白白吃了一大碗醋,酸死我了。

程飞后来说,那是他姑姑的独生女,刚从英国回来,要他陪她去逛街,她大部分时间都住在英国。

"啊,你怎么会在这里?什么时候回来的?"程飞愉快地问她。

"圣诞节假期回来陪妈妈啊,昨天到的……"女孩说着跟我点头。

"我给你介绍,方子瑶,顾湘……"

"啊……你好。"我微笑说。

"你好。"顾湘对我微笑,好奇地打量我。

"表哥,你变了好多啊,是妈妈首先看到你的呢。"她对程飞说,然后转身看了看餐厅二楼。

我看向餐厅二楼,歌台附近那一桌坐着三个贵妇打扮的中年女人,坐在中间的那个这时正在看着我们,她年纪不小了,但是非常高雅雍容,像个皇后似的,她看到我时,缓缓转过去跟身边的朋友聊天,就像她根本没看到我那样。

"你慢慢吃,我回去啦,妈妈今晚请客,我做陪客。"顾湘对程飞噘了噘嘴,无奈的表情。

"再见,很高兴认识你。"顾湘对我说。

"我也是……再见。"我冲她笑。

顾湘走了之后,我问程飞:

"哪一个是你姑姑?"

"坐中间那个。"

"哦……你要不要过去跟她打个招呼?"

"不用理她。"程飞冷冷地说。

吃完面,我们点了白松露冰激凌和梨子派,肚子都吃撑了。

程飞把剩下的酒喝完,招手叫餐厅的男经理过来。

"你认识坐在楼上的顾太太吗?"程飞问那个经理,经理转身看了看二楼程飞的姑姑那一桌。

"哦……顾太太是我们餐厅的熟客。"瘦瘦的、满脸笑容的经理说。

"那就好。"程飞拿出信用卡给经理,"我们埋单了,把顾太太的账单也一并算吧。"

"啊,谢谢程先生。"那个经理毕恭毕敬地点头,然后说,"顾太太今晚兴致很好,点了几瓶很不错的红酒。"

这个好心的经理明明是在暗示程飞姑姑喝的酒不便宜。

"没关系。"程飞说。

"谢谢程先生,我马上去帮你结账。"

等那个经理走开了,我问程飞:

"你怎么了？不开心？"

"没事……"程飞抿着嘴摇头。

歌台上的歌手唱起了一首抒情的老歌，男经理拿着账单过来，程飞刷了信用卡。这顿饭本来就不便宜，还把他姑姑的账单一并埋了，肯定很贵，他却面不改色。

"走吧。"程飞拉着我的手离开餐厅，自始至终没往二楼看一眼。

回家的路上，我问他：

"还好吧？"

程飞摸摸我的手背，笑笑说："没事。"

"可是我怎么觉得你有心事呢？"

"噢，给你看穿了。"

"你不想说也无所谓。"我说，"我们以后别去那家餐厅吃饭了。"

"为什么，你觉得不好吃吗？"

"好吃啊。"

"那为什么不去？"

"第一，真的是贵……第二，那个经理不是说你姑姑是熟客吗？"

"她能去我为什么不能去？"

"你不想见到的人，我也不想见到。"我说。

程飞耸耸肩说："没什么的，这个世界上就是有一些亲戚，总是处处要证明她比你们家每一个人都优秀，你们穷，全因为你们都是猪，即使她在帮你的时候，啊不……是施舍你的时候，她也要让你知道，虽然是亲戚，但她跟你是不一样的，不是同一个档次的，永远不会是。"

我看着他，没说话，我不知道该说什么，我心疼他。

他冲我笑："我今天帮她埋单一点都不心疼，我可高兴了，我花钱从来都没这么痛快过。"

"她今晚喝的酒很贵吧?"我问他。

程飞毫不在乎地说:"放心,是我埋得起的单。"

"那就好,刚刚听到那个经理这么说,吓死我了。"

程飞咯咯大笑:"她喝的酒跟我们那天在沈璐家喝的差不多,沈璐很懂酒,她很厉害,本来完全不懂,是慢慢学的,她是个不停逼自己进步的女人。"

我瞟了他一眼:"你好像从来没这么夸奖过我啊。"

程飞对我皱了皱眉头:"我没有吗?"

"嗯哼……"我瞟了他一眼。

"我没说可能是怕你自满。"

"哦……原来你用心良苦。"

"我是呀。"他哈哈笑着说。

"无论你姑姑怎么样……你表妹很好啊。"我说。

"顾湘不同,她是小白兔,人很单纯、很善良,她太幸福了,她就像你,看到的从来都是这个世界美好的一面,所有人都对她好。"

怎么会像我呢?在程飞的心中,我也是只看到这世界美好的一面,全然不知道人世间的丑恶、阴暗和痛苦吗?我突然想起沈璐也说过类似的话,她说她的前夫永远不会知道贫穷的滋味。

一个人因为他的出身而有所局限,难道是他的错吗?

我不知道程飞和他姑姑之间发生过什么事情,也许有一天他会告诉我,但不是这天晚上。他太善于隐藏痛苦了,好像一旦说了出来就会显得脆弱。

"酒太好喝,我好像醉了。"我说。

"快到家了。"程飞牵住我的手。

"嗯……"我透过车顶的天窗望向夜空,夜空一片朦胧,我是看到了星星,还是没看到?

9

三个星期之后,二〇〇八年圣诞的前一夜,我站在俞愿家的阳台上,喝着圣诞暖酒,看着山下的万家灯火和夜空上的几颗星星。

这天晚上,我们在俞愿家里过。我、俞愿、李洛、苏杨、孟长东、小陶、苏杨的牙医男友麦麦,还有程飞,我在喝暖酒的时候,他还没到,还没下课。

小陶这天中午就到了,李洛指派他来帮俞愿准备食物,他这天晚上穿了一件鲜绿色的西装外套,像棵圣诞树,然后像小弟那样在厨房与客厅之间忙活,为他可爱又权威的女朋友和女朋友的朋友服务。

圣诞暖酒是麦麦做的,没想到他居然会煮酒,还会做牛肉面,那是他外婆教他的,他外婆是台湾人。这是我们头一次见到麦麦,苏杨事先都没说一声,只是神神秘秘地说会带一个朋友来,我们一直在猜她会带谁来,毕竟,我们只听她提过麦麦,说麦麦追她追很久了,对她是一片痴心,她倒不是很在乎,结果,她圣诞前夕带来的是麦麦,我们不免有些惊讶。

麦麦是个瘦个子,戴着一副大近视眼镜,头发短短的,脸上一直带着温暖的微笑,看上去又忠厚又老实的样子,要是我看牙医,也肯定会找这个牙医。他跟黎国辉完全是天壤之别的两种男人。

"酒好喝吗?"苏杨走到阳台找我。

我双手捧着温暖的酒杯说:"好喝,怎么做的?从未喝过热的红酒呢。"

"就是在红酒里面加入橘皮、丁香、八角、姜和砂糖一起煮热，啊……还有肉桂。麦麦小时住在芬兰，圣诞和冬天都会煮这个酒喝，有些小贩会自己煮一大锅拿到街上去卖，那边冷嘛，圣诞节已经下雪了。"

"他住芬兰的？呵呵，圣诞老人的故乡？"

苏杨点头："所以今天晚上带他来喽。他很小的时候就移民去了芬兰，家人都在那边。他后来去了英国读书，毕业后回来香港执业，他两个姑姑和姐姐都在香港，家里可热闹了。"

"这一次你有多认真呢？"我问她。

苏杨呷了一口暖酒："他对我挺好的，他家里的人也很好相处，我们认识没多久他就带我见他的家人，这一家子一个个都爱笑，成天笑眯眯的，牙齿都很好看。"

她说着笑了："他是个好人。"

"你真的喜欢他吗？"我说。

"我不知道啊。我都没想过我会跟一个牙医在一起，小时最怕去看牙医了。"她说着哈哈笑了起来，"也不知道他喜欢我什么。"

"你很好啊。"我说。

"可能因为他喜欢我比我喜欢他多一些吧。"苏杨冲我微笑，"我三十一岁啦，是该找个可靠的、可以结婚的男人。你们三个都有着落了，我一个人过节总得有个人陪着啊，总不能睡在你和程飞中间吧？"

"可以呀，我把他赶下床。"我咯咯大笑。

苏杨笑了："麦麦赚钱挺多的，又有一份稳定的工作，虽然长得不算帅，也算得上干干净净，他出得了场面，带他出来不会丢脸，带他回家，爸爸妈妈也会满意……他答应今年春节陪我回重庆呢。"

说完，她问我："啊，你会不会觉得我太计算了？"

"谁喜欢都不重要,你自己喜欢才重要啊。"我说。

"我喜欢有个男人待我如珠如宝的感觉,我以前从来没得到过啊,别的人给不了我的,他都能给我,他在,我就有安全感。"

"女人多善变啊?你以前不是说不爱任何人所以很有安全感吗?"我摇摇头说。

"人会变的呀,以前不喜欢的那一类人,有一天会喜欢;以前很喜欢的一类人,不是不再喜欢,而是知道不合适。"她喝着酒说,"就好比我以前不爱喝圣诞暖酒,现在喝着觉得还不错啊。人不能总喝香槟和伏特加啊。"

"喝这酒就像喝糖水一样啊。"李洛拿着酒走到阳台。

"就当是开胃酒吧,暖暖身。"我说。

"就是啊,圣诞暖酒就是这个意思,在北欧,冬天很冷的时候,一杯喝下去就浑身暖和。"苏杨说。

"香港的冬天一点都不冷,要是在东北,这个季节我们根本不可能站在阳台上喝酒聊天。"李洛说。

"俞愿呢?"我问李洛。

"在厨房啊,她说今年不吃火鸡,改吃法国黄油肥鸡,留肚子吃红酒焖牛尾和油炸青蛙腿。"

"还有麦麦做的牛肉面。"苏杨说。

"他正在厨房准备那个用来煮牛肉面的汤头啊,看样子会很好吃。"李洛笑笑说,"你这次找的男人还真不错。"

苏杨笑眯眯地说:"你眼光才真是好呢,小陶什么都听你的。"

李洛得意扬扬地说:"嗯……他就像小狗一样乖。我叫他去东,他若不小心去错了西,会怕得腿软的。"

我和苏杨听着禁不住咯咯大笑。

"你最不需要的就是男子气概了,因为你自己就有。"我对李洛说。

"没错。我要的是爱情,是陪伴,这些小陶都能给我,虽然他不是个胸有大志的男人,但是,他有许多东西是别人给不了我的……刚刚进房地产公司的时候,我什么都不懂,是他教我,我决定转行做保险,他马上就跟我一起走……我讨厌做菜,每天早上是他叫我起床,预先做好早餐给我……每个晚上他也会问我想吃什么,他会炖汤给我喝……家里的洗衣机我完全不懂怎么用,因为是他负责洗衣服,他愿意帮我买卫生棉条,肯半夜跑去便利店给我买甜筒冰激凌……我没时间回去看爸爸妈妈,是他替我去,平时也是他常常打电话跟我妈妈聊天,我妈妈说的东北话很多他都听不懂,但他就是很耐心地听完,现在我妈妈打电话来,首先不是找我,是找他,他会帮我拿包包,又肯蹲下来帮我绑鞋带。"

"啊……我觉得肯蹲下去帮你绑鞋带的男人是真的爱你。"苏杨说。

"什么话!要是他看见我鞋带松了不蹲下去帮我绑,我会踢他。"李洛伸出一只脚,作状踢了旁边的椅子一下。

苏杨摇头叹息:"唉,这年代原来还有奴隶……"

"嘿嘿……他是幸福的奴隶,我就是奴隶主。"李洛说。

"怎么我听着觉得你不是找到奴隶,而是找到了人生的归宿呢?"我冲李洛笑。

李洛哈哈笑着说:"小陶也找到归宿啊,他这人胆子小,没主见,虽然不笨,但是完全没有人生目标,要不是我,他都不知道该怎么办……是我领养了他。"

"什么时候你也领养我呢?"俞愿刚从厨房出来,身上穿着一条贝蒂娃娃围裙,拿着一杯冰冻的白酒坐到阳台那张塑料椅子上,用手扇着风说,"热死我了。"

"我怎么领养你呢?你已经被人领养了啊。"李洛说。

俞愿笑笑,没回答,看着山下的夜景说:"我真的很喜欢这幢房子,尤其是夜晚,坐在这里安静又舒服,我可以这样拿着一杯酒,一直坐到半夜……维港放烟花的时候,坐在这里就可以看到,连烟花'砰砰'的声音都听得到。"

我后来才知道,那时候,她和孟长东的婚姻也差不多走到尽头了。

"孟长东呢?"我问俞愿。

"他在书房,有些工作还没做完。"

俞愿话音刚落,孟长东就从书房出来了。

"老婆,吃饭了吗?"孟长东说着亲昵地把两只手搭在俞愿的两边肩膀上。

他比起刚结婚的时候胖了些,也老了些,这天在自己家里还是穿着西装外套,永远都像一位绅士。

"等程飞到了就开饭。"俞愿说。

"哦,程飞说了别等他,我们先吃吧。"我说。

"多等一会儿吧,今晚是平安夜啊。"俞愿喝了一口酒说。

孟长东把俞愿手上的酒拿过去喝了一口又还给她。

"不如先吃前菜,边吃边等吧,大家都饿了。"我说。

前菜的无花果色拉和烟熏鳗鱼吃到一半,程飞终于到了,带着两瓶香槟,还带来了一个人。

***

徐继之穿着浅蓝色衬衫、深蓝色棉布裤和灰色夹克,背着背包,一身中学老师的打扮。我好像已经有大半年没见过他了。

"身体好吗?"我问他,他就坐我对面,跟小陶坐在一块。

"我很好,就是忙,学生明年要考大学。"徐继之说。

"我打电话给他的时候,他本来打算在家吃杯面,我把他拉来了。"程飞说。

"大头,你瘦了啊,你得吃些有营养的东西。"俞愿说着夹了一块鸡腿肉到他的碟子里,"等下有牛尾、青蛙腿和牛肉面,还有木柴蛋糕,你给我好好吃。只有程飞能把你请来,你都不跟我们玩。"

"哇哦……太好了,有木柴蛋糕。"我开心地拍掌。

俞愿对我笑:"特别为你做的,你说过圣诞节必须吃木柴蛋糕。"

"我们到底是什么人啊?连青蛙的腿都吃。"麦麦笑着说。

"芬兰人不吃青蛙腿的吗?"苏杨问他。

麦麦摇摇头说:"我没见过有人吃。"

"吃青蛙的腿是不是太残忍了啊?"小陶说。

小陶一说完就被李洛骂了:"吃鸡腿就不残忍吗?你别吃。"

"你吃什么我就吃什么,你吃谁的腿我就吃谁的腿。"小陶马上对李洛卖口乖。

李洛看着我,翻翻白眼,一副气死的样子,我倒是觉得她心里很幸福。

"吃了青蛙腿,以后游蛙泳会快很多啊。"孟长东笑眯眯地说。

俞愿望着孟长东,微微一笑。

等到那盘油炸青蛙腿端上来的时候,很快就被我们这些残忍的人类吃光了。

麦麦做的牛肉面完全是大厨的水平,大家都吃得津津有味。

"我还没有我外婆做得好呢。"麦麦谦虚地说。

"苏杨以后可以吃一辈子的牛肉面呢。"李洛说。

麦麦听到这话,脸都红了,转过脸去,微笑着看着苏杨,苏杨微笑着看着我和李洛,又看看麦麦,说:"重庆的小面也很好吃啊,春节我们回去可以吃个够。"

我们喝着香槟和红酒,笑着聊着,等俞愿把木柴蛋糕拿出来的时候,我们一起碰杯,互道圣诞快乐。

"我小时候写过信给圣诞老人。"我说。

我一说出来,大家都笑了。

"你为什么写信给圣诞老人啊?"程飞问我。

"啊,那年圣诞我想要一颗流星做圣诞礼物,希望圣诞老人可以送我。"我说。

大家又把我笑得脸都红了。

"然后呢?"俞愿问我。

"当然没有收到流星,但我收到圣诞老人的回信。"

"芬兰圣诞老人村有一家邮局,每年会收到许多写给圣诞老人的信,当地的电台每年会读出一些有趣的信,我记得有一年有个小女孩想圣诞老人收养她,还有个小男孩想要圣诞老人的鹿车。你的信是寄到芬兰去吗?"麦麦问我。

"啊,不……"我笑着说,"芬兰邮费贵啊,我是寄到香港的邮局。"

"你说收到回信,谁给你回信?"苏杨问我。

"就是圣诞老人啊。"我哈哈笑着说,"落款是圣诞老人……我后来才知道那是邮局的职员写的,香港邮局每年圣诞节也会收到许多小孩子寄给圣诞老人的信，邮局的职员会充当圣诞老人，给小孩子回信，那时我是相信有圣诞老人的。"

徐继之笑着说："我小时候也相信。"

我笑着跟徐继之击掌："那封回信我都不记得放到哪里了，圣诞老人怎么说我也想不起来了。"

"我今晚回去也要写一封信给圣诞老人。"苏杨说。

"呸，哪有你这么老才写的啊，你没听到都是小孩子写的吗？"李洛捅了苏杨一下。

"什么嘛……我可以假装是一个七岁的小孩写的，字写得丑一点不就得了吗？"苏杨反驳说。

"你不需要假装……你的字本来就够丑的。"李洛取笑苏杨。

孟长东喝着酒说："你们有没有听过一种说法？都说人生有四个阶段……"他掰着手指，"我信圣诞老人，我不信圣诞老人，我是圣诞老人，我变成圣诞老人。"

"啊，我不信圣诞老人。"程飞说。

"我是圣诞老人，今晚给大家做了圣诞大餐。"俞愿说。

"三十年后的圣诞，我们这里每个人都会变成圣诞老人，过圣诞的老人。"程飞咯咯笑着说。

这时俞愿用勺子敲了敲酒杯说："不如我们都来说说自己的圣诞愿望吧。"

"好的，我先说。"李洛举手，"希望明年可以开更多保险单。"

"到我了……"小陶说。

大家等着他说，可他想来想去都说不出来。

"天呀……真受不了你，自己的愿望都不知道吗？你等下想清楚再说吧。"李洛没好气地瞅了小陶一眼。

"我的愿望从来没变,就是和我老婆白头到老。"孟长东情深款款地捉住俞愿的手。

俞愿对我笑,笑里竟有些哀伤,然后说:"我要宣布一个好消息,我升职了,希望新的一年做得更好。"

"怎么没听你说呢?"孟长东微笑着问道。

"昨天才知道的。"俞愿说。

"我希望有机会可以去芬兰看北极光。"苏杨说。

"这个包在我身上。"麦麦说。

"希望大家身体健康。"徐继之说。

"我希望明年的专科考试过关。"我双手合十放在鼻子和嘴巴上。

程飞喝着冰冻的、冒着气泡的唐培里侬香槟,看看大家,又看看我,然后慢条斯理地说:"我啊……我没什么愿望,没有像小孩子一样,想要一颗流星,流星一眨眼就没有了,而且又不能抓在手里,我就想每天都能喝到这么好的酒,能喝一辈子就好。"

这就是程飞的愿望吗?这个愿望的背后是多少个愿望?我摸摸他微醺的脸,突然觉得我好爱他,想和他一起看流星。

10

离开俞愿家的时候,已经过了十二点,大家都玩累了,程飞打车送徐继之回家。

"大头,你有没有兴趣过来全版图?沈璐很需要人才,你过来,我们一起打拼,我和你联手,数学天王跟物理天王,所向披靡啊,我们这边是多劳多得,你一个月赚的钱等于你一年赚的。"程飞对坐在后面的徐继之说。

"我现在挺好的,在学校教书一直是我的梦想,补习太辛苦了,这钱不是我赚的,吃不消啊。"徐继之微笑着说。

"补习也是教书啊,我现在二十六个助理,还在招助理,我就专心教书,用不着做一堆行政工作。"程飞说。

"补习学校一班一百几十个学生,没有办法照顾到每一个,我现在一班三十几个学生,我和学生的感情很好,他们会和我一起打篮球,会找我聊天,我们就像朋友一样,他们不叫我老师,叫我老大,也叫我大头。"徐继之微微笑着说。

"我的学生也找我聊天,只是我们没去打篮球,他们也没叫我老大。我都很久没打篮球了,连睡觉都没时间。"程飞哈哈笑着说,"啊……我以后也要他们叫我老大,老大好听。"

"我的想法可能很傻,我希望学生明白,考试不是一切,对世界好奇、追求学问和追逐梦想,才是幸福的。"徐继之说。

"你说得没错,但是,现在的教育制度就是这样,考试决定一切,当然,我也得感谢这个教育制度,否则就没有补习这个行业……成王败寇,只有当他们能够考上大学,才可以谈梦想,如果学校老师教得好,就不需要我们了。"

"嗯,要告诉他们考试不是一切也是不容易的。"徐继之点点头。

"说考试不是一切简直就是不切实际,我们的任务明明就是要把学生送上战场,还要保证他们一个都不能战死沙场。"

"同意的……我们一个在学校当老大,一个在补习学校当老大,大家都尽力吧,只要帮到学生就好。"徐继之说。

"咦……怎么你说得好像我和你一个是黑道一个是白道似的?"

徐继之知道自己失言,尴尬得脸都红了,倒是程飞说完这句话就哈哈大笑,很好玩的样子。

245

到了徐继之住的公寓外面，程飞让车停下。

"晚安，圣诞快乐。"我对徐继之说。

"晚安，圣诞快乐。"他对我笑笑。我冲他微笑，觉得有些对不起他，程飞刚刚说的话有点过分了。

"我等你改变主意。"程飞说。

徐继之微笑，跟我们挥手道别。

目送着徐继之走进公寓，程飞让车子驶出路口。

"你刚刚不该这样说。"我说。

"呃？我说了什么？"他好像不记得自己说过什么。

"说如果学校老师教得好，就不需要你们。"

"啊……我说的不是他，他肯定是个好老师。"

"大头看来很喜欢现在的生活，他是个安静的人，留在学校可能更适合他。"

"他是我最好的朋友，我是想和他并肩作战，我现在有自己的公司，他出来，我的公司也是他的，我们各占一半，所有助理和资源都可以共享，然后和全版图分成，哥们一起打江山，不是很好吗？我不知道他怎么想，赚钱和追逐梦想并没有矛盾啊。"

"嘿，你是不是走错路了？这条路怎么回家？"

我看着他让司机拐了个弯，又把车子开回司徒拔道俞愿家的方向。

"先去一个地方。"他说。

"去哪儿？"我奇怪。

"朋友家的派对，去去就回。"

"谁的家？这么晚？没听你说过。"

"新来的同事，你没见过，本来要请我们今晚去他家开派对，我们要去俞愿那里,所以我推了,说吃完饭过去打个招呼。"

"哦……我明天要上班呢。"

"我们坐一会儿就走。"

车子驶进司徒拔道一个屋苑,屋苑的外墙挂满了亮晶晶的小灯泡,这里总共四幢房子,房子前面的一大片空地摆满了圣诞树和圣诞花。

程飞让车停在其中一幢房子外面。

"这里很美啊。"下车的时候,我说。

"我们买不起的。"他说,"走吧,上去打个招呼就走。"程飞拉着我的手走进地下大堂,一个穿着黑色制服的女门房看到我们,恭敬地点头。

"我找十七楼A的徐先生。"程飞跟门房说。

"啊,出了电梯左转就是。"

"这个徐先生到底是什么人啊?"在电梯里,我好奇地问程飞。

程飞笑了笑:"一会儿见到面就知道喽。"

电梯到了十七楼,我们出了电梯左转,程飞按下门铃。

右边那一户人家,门边摆了一棵小小的粉红色亮片圣诞树,树上挂着几个红色的彩球。

程飞指了指那棵粉红色的圣诞树说:"你看,粉红色的树,很可爱。"

他就是在骗我回头去看那棵圣诞树的时候偷偷掏出钥匙开门的。跟女门房说上来找徐先生也是预先说好的,根本没有徐先生。

"进来吧。"他说。

我回过头来,发现大门已经打开,可里面没有人声,只有一点灯光。

程飞拉着我进去，我一进去就呆住了。

没有家具的空荡荡的房子，带一个长方形的大阳台，屋里全都是落地大窗，开阔的客厅和饭厅，窗边摆着一棵很大的圣诞树，树上挂满银色的星星和一串串彩色的小灯泡，那是一棵杉树，一棵真正的圣诞树。

"喜欢这里吗？我瞒着你偷偷买了下来。"程飞拉着我在屋里走了一圈，"你来看看，总共四个房间，背山面海，厨房里面还有个储物室和工人房，你以后回家再也不用爬三层楼梯了……"

他说着把我拉到阳台上："站在这里是不是有一种大地在我脚下的感觉？"

夜晚的风很凉，房子在山上，居高临下，远眺整个维多利亚港醉人的夜景，站在那里，整个人好像轻飘飘的，我的裙子都被风吹了起来。

"这边开车去浅水湾只要二十分钟，你去俞愿家也很近，以后可以常常去蹭饭，这里的位置比她那里好很多，但你回医院就比以前远了一点……"程飞兴奋地说。

"天呀！你真的是疯了！这得花多少钱啊？"我高兴不起来。

"别担心，不是一次付清的，我申了房贷，慢慢还吧。"他冲我笑。

"慢慢还也是要还的啊，我们两个人需要住这么大的地方吗？"

"钱是赚来花的，我曾经一无所有，小时最大的梦想就是可以睡在一张没有虱子咬的床上和吃到鸡腿……"他说着笑了起来，"那时我跟自己说，在另一个地方，一定会有更好的生活……原来只要你相信，有一天就会实现的，现在这样花钱我觉得很幸福啊，就算有一天被打回原形，又变回一无所有，我也在一张柔软的大床上睡过，做过一场春秋大梦……不要阻止我，和我分享就好。"

他说的话，竟然让我无法反驳。

"这幢房子是我和你两个人的，要是有天我死了，留下你一个人在这里，你就想想今天晚上我是怎么把你骗来的，我也挺可爱的，对吧？"他逗我说。

我气恼地看着他："什么要是你死了？你答应过我你会给我好好活着，我在，你就必须在，就算一无所有也得活着。"

"放心，一无所有的时候我也活过来了啊……你等我一下。"说完，他走进厨房，不知道从哪里搬出来一张地毯，然后铺在客厅那棵圣诞树旁边的地板上。

那是一张漂亮的波斯地毯，织满了密密麻麻的图案，充满了瑰丽的异国风情。

"你不是说过沙特阿拉伯那些石油王可能是躺在波斯地毯上看星星的吗？所以，我也弄来了一张。"程飞拉着我蹲下来。

"我随口说的……你怎么就买了呢？也不知道他们是不是真的躺在一张波斯地毯上看星星……"

"你看……"他的手摸过地毯，一一指给我看地毯上都有些什么图案，"这是星星，很多星星啊，这是鸟，这是寺庙的穹顶，这是花瓶，这是玫瑰，波斯玫瑰啊……这个你最喜欢了，是喷泉。"

"啊……这是灯呢。"我指给他看。

"你看，这是流水。"他指给我看。

蹲累了，我们索性脱掉鞋子躺在地毯上。

"躺着看的天空更大更美啊。"程飞说。

我看着落地玻璃窗外一片辽阔的夜空，冲他微笑："我是说那些阿拉伯石油王可能是躺在一张波斯地毯上看星星，我没说我也要一张波斯地毯啊。"

"你说了之后,我发觉躺在波斯地毯上看星星也挺美的。"他说着把两只手放到脑袋后面,枕着自己的手,转过脸来问我,"你还有什么想要的?有什么愿望?"

"啊……没有,真的没有,就算有什么愿望也不告诉你了,免得你又做我的阿拉丁神灯。"

"我也并不是什么都做得到的,你想要一颗流星,我就给不了你。"

我装出失望的表情:"唉……我还指望你给我摘一颗流星呢。"

"假如我下辈子变成流星,我就把自己送给你。"

"好的,打钩钩,一言为定。但你怎么知道是我?"

"长得像小狐狸的,不是你还会是谁?"

"下辈子我可能根本就是一只小狐狸,在沙漠上奔跑……"

"那我就做沙漠上空的一颗流星吧……"

我对他笑了:"那我晚上就跑出来等流星。"

"嗯,你等我。"

"嘿,这棵圣诞树你什么时候弄的?"我伸长一条腿碰了碰脚边那棵圣诞树。

"树是一早订好的,今天早上我和小柯去把树扛来这里,然后挂灯泡和星星,两个男人弄了大半天。"

我哈哈地笑:"怪不得这些星星挂得乱七八糟。"

"嘿……要我帮你数星星吗?"

"树上的?"

"天上的。"

"嗯哼……好的,麻烦你帮我数数看……"

"一颗……两颗……三颗……数完了,今晚的星星不多……"

"从今天晚上开始,你帮我数过的星星,可以记下来吗?"

"好的……"

"这张地毯躺着太舒服了,我都不想起来……"

"那是因为你喝多了……"

"是啊,好像有点晕……嘿……你喜欢《一千零一夜》里面那个飞毯的故事吗?"我问他。

"谁会不喜欢啊?谁没想过要一张飞毯?除非他没做过小孩子……我啊,我曾经梦想骑着一张飞毯飞越孤儿院。"程飞说。

我笑了,摸摸他的脸:"《一千零一夜》里那张飞毯应该就是波斯地毯吧?"

"那肯定是的。"

"这时候如果能够吃到一块土耳其软糖就完美了……"

"你不是说再也没有愿望的吗?"

"啊……这不算是个愿望……你有没有觉得这一切很不真实?"

"什么是真实?"程飞反过来问我。

"你问倒我了,时间一长,一切都不那么真实了。"

"就像一个赌徒,只要一直不离开赌桌,赢和输都不是那么真实。"

"你会不会是个赌徒?答应我,别赌好吗?你有时让我害怕。"

"为什么说我是赌徒?我这种人有一个更好的形容词……"

"是什么?"

"浪漫。"

"自己夸自己不脸红?"

"嘿,又有一颗星星出来了……"

"在哪儿?"

"过来我这边多一点,看到吗?"他指给我看。

可我看不到。

"怎么我只看到三颗?"我往他身边挤。

"你再过来一点……"

"在哪儿啊?"我又往他身边挤。

"天哪……你把我挤出地毯了。"

"啊……看到了,哈哈哈……以为你骗我过来呢。"

二〇〇八年的平安夜,只有四颗星星的夜晚,我们在波斯地毯上睡着了。那个漫长的夜晚,一切都那么不真实。后来我常常想,那天的夜空是不是也有过许多星星,只是我们睡着了,永远错过了。

要是一直睡着了多好啊?假如走到这一步就满足,会是多么幸福?醒来之后,一路往上爬,就有各种欲望与失望。

五个月后,我离开了我长大的那幢小小的老房子,留下了骷髅骨查理,留下了许多旧的东西与旧的记忆,搬到司徒拔道的我和程飞的新家。那棵圣诞树早就枯萎扔掉了,窗边的位置让给了一只藤篮秋千吊椅和程飞以前送我的那棵幸福树。

幸福树长大了,换了个大一点的盆子,只是从来没有开过花。

那张波斯地毯铺在客厅的灰色组合沙发前面,但我们很少躺在上面看星星了。

我爱的人,当他一无所有的时候,他是那么快乐,仰望星空,他有许多梦想,可他终究不会是个一无所有的人。当他拥有得越多,梦想渐渐变成了永不餍足的野心和欲望,当他站在教室的讲台上,当一百多双眼睛,甚至更多的年少的眼睛看着他,他不再是一位老师,而是一个激情的推销员。然后,他会告诉我"每个人都是推销员,只是大家卖的货品不一样"。

我和他都不可避免地长大和改变，怎么都不会一样了。在出版社当编辑的那个他，在一家小型补习学校当老师的那个他，已经那么远了。他的舞台变大，他的战场也变大了，那些属于他的广告牌越来越多，他是数学天王，也是数学之神，他就像横空出世那样，是全版图最耀眼的一颗明星。

我们刚认识的时候，他说过以后要去古巴，要去很多地方，好像他随时会离开，没有一个地方留得住他，偏偏这样的他吸引着我。他留下了，却离我远了。

有多远呢？当我在他身边，当我们彼此依靠的时候，我们不会承认那段距离越来越阔，只有在回首的时候才知道是从某一天开始渐渐地远了。

当年那个吊儿郎当的他，那个曾像风筝那样飘荡的、四处为家的男孩，留在了我身边，却也留给我背叛与谎言。

我只是没想到会是她。

*chapter 4*

谎言

当你爱一个人,你多么想要一部时光机,那样就可以穿越时光,回到他的童年,回到他的过去,认识他、陪伴他、安慰他。

1

那是我头一次见到程羽。

三月初的夜晚，我下班回家，一走进门厅就看到她坐在门房旁边的沙发椅那儿，身上裹着一件松垮垮的黑色长款毛衣，手边放着一个行李箱，看起来三十七八岁，一头微卷的长发，皮肤白皙，一张肉感的脸，眉梢眼角风情无限，看到我时，虽然从未见过我，却好像认定她要找的人就是我。

"方小姐，你回来啦？这位小姐是找程先生的，等很久了。"女门房殷勤地说。

程羽从沙发椅上站了起来，面向着我。

"啊，请问你是？"

她嗫嚅嘴，打量我，然后说："我是程飞的姐姐，程羽。"

程飞提起过他有个姐姐，说她这个人常常神龙见首不见尾，可我不知道她长什么样子。

"啊，他还没回来，他没跟我说你会来。"我微笑着说。

"他也不知道我会来，临时决定的，没告诉他。我一小时之前打过电话找他,半小时之前又打过一次,他没接。"程羽懒洋洋地说。

我看看手表,正好是课与课之间的休息时间:"你打的时候可能他正在上课,我现在试试。"

我拿出手机打给程飞,谢天谢地,程飞接了这通电话。

"嘿,你姐姐来了……"

"她来了?什么时候来的,在哪里?"他有些诧异,完全没想到程羽会突然出现。

"就在我身边,你要跟她说吗?"

"哦,好的。"

我把手机交给程羽。

程羽拿起手机说:"喂……阿飞,是我,嗯,我来了,刚到……"

说完,程羽把手机还给我。

"是我姐姐,你让她留下吧,我还有课,要开会,晚点回来。"程飞说。

果然是他的姐姐,只是长得不太像他,我不免对她心生好奇。

"我们上去吧,程飞要晚一点才回来。"我动手帮她拿箱子。

"噢,谢谢,我自己可以。"

"我来吧,不客气,你刚到香港?"

程羽点点头:"本来没打算来的,在香港转机,想想不如来看看他吧,都一千年没见过他了。"

"你要去哪里?"电梯到了,我让她先进去。

"去荷兰……他经常这么晚回家吗?"

我笑笑:"啊,他是的,我们都是。"

电梯里只有我和她两个人,她突然凑过来闻闻我的胳膊。

"你身上有一股消毒剂的味道。"闻完,她说。

"啊……我在医院上班。"我尴尬地说。

"你是医生?"她好奇地问道。

"嗯。"我点头。

这时她突然伸手摸了摸我的下巴,吓得我往后缩了缩。

"每次去看医生都是被医生摸,不是摸我的肚子,就是摸我的胃,摸这里摸那里,我从没摸过医生,想摸摸看。"她笑着说,"你皮肤很好。"

"啊,谢谢。到了呢。你常常看医生吗?"我拖着箱子走出电梯,拿出钥匙开门。

"啊,都是小毛病,我胃不好,医生长得帅,我就多去看几次。"她哈哈笑着说。

程羽一进屋,看到客厅的藤秋千就很兴奋地坐上去荡来荡去。

"你吃饭了吗?饿不饿?"我问她。

"还没吃,但我不饿,我可以洗个澡吗?"

"当然可以。"我带她进浴室,拿了毛巾和换洗的衣服给她,"你慢慢……"

"噢,我该怎么称呼你?"

"叫我子瑶就可以了,我去看看有什么吃的。"

我在冰箱里找到一块速冻比萨和几片火腿,等程羽洗完澡出来,比萨已经烤好了。

她扎起头发,身上穿着我的长袖卫衣和运动裤,看起来年轻多了。

"抱歉,家里只有这几样吃的,我让程飞等下再买些好吃的回来,你要喝酒吗?"

"啊,好的呀。"

我开了一瓶红酒,给她倒了一杯,陪着她喝。

"你要去荷兰?"我问她。

程羽兴奋地点头:"嗯,我朋友美美住在阿姆斯特丹,她以前是跳舞的,现在是个画家,我去看她,可能会住上一段时间,说了好多年要去荷兰,终于去成了。你去过荷兰吗?"

"我没去过,听说是个好地方,非常灿烂,非常自由。"

"就是呀,听美美说,阿姆斯特丹刚刚通过一条法例,情侣在公园的郁金香丛里做爱是不犯法的,警察不能因此逮捕他们,但是只能在天黑之后做……"

"天呀……郁金香丛?"我哈哈笑了起来,"荷兰人太浪漫了。"

程羽咬着比萨,皱皱眉,撇着嘴笑:"我也这么觉得。"

"你和程飞有些神态挺像的。"我说。

"我们不是同一个妈妈生的,但是我们都长得像爸爸。他有告诉你我们爸爸是船长吗?"

"他说过……所以他小时候也想做船长,还学人家夜观星象呢。"

"做船长有什么好啊?虽然去过世界上那么多的地方,可是,总是在海上,一年才回家几次,最后也死在海上。"

"他是怎么死的?"

"船在巴拿马跟一艘货船相撞,船翻了,很多船员掉到海里,大部分被救回来,我爸爸没那么幸运,尸体一直没找到。程飞那时只有五岁,爸爸死了,钱也没有了,他妈妈大概是守不下去吧,就这样丢下他走了,走的那天只留下几天的饭菜和一些饼干,他吃完,饿了就出去找妈妈,没找到妈妈,就在街上捡吃的,那个女人也挺狠心的。"

我听着心里难过,怪不得他从来不愿提起他妈妈。

"他那么小,天天在街上流浪,捡垃圾吃,有个好心人把他送去派出所,后来就被政府送去孤儿院。"程羽说。

"那他妈妈呢？"

"警察始终没找到他妈妈，后来有人在以色列见过她，听说她嫁了个钻石商人，日子过得很好。"

"怎么会有这么差劲的妈妈呢？"

"可能她守寡的时候太年轻吧，不知道怎么办……我爸爸长得很帅，很爱孩子，就是太风流了，他抛弃了我妈妈，跟一个在码头卖香烟洋酒的小姑娘好了，就是程飞的妈妈……我应该恨我爸爸才是，可我不恨他，每次他回来都带很多礼物给我，荷兰的木屐、土耳其的软糖、奥地利的八音盒，太多太多了，爸爸会带我和程飞去玩，我们要什么他都买给我们……我记得他喜欢带我们去看电影，看完电影就去餐厅吃冰激凌，我们吃冰激凌的时候，爸爸就坐在餐厅外面抽雪茄。"

我怔了怔："雪茄？"

程羽笑笑说："他去过古巴之后爱上了古巴雪茄……我现在还记得他身上的雪茄的味道。"

我突然明白了程飞那时为什么梦想着去古巴，他遥远的童年记忆里大概也有一张爸爸在餐厅外面悠闲地抽着雪茄的画面吧？

"后来是你把程飞从孤儿院带走的？"我问程羽。

"是啊，我是过了几年才知道他被送去孤儿院的，他天生鬈发，小时长得有点像混血儿，其他孩子都欺负他，说他父母来历不明，多半是小舞女跟街头混混生下来的，他在院里没少挨揍，其实那些孩子不也是来历不明吗？"她苦笑说，"可我那时没能力帮他，我妈妈改嫁了，我和继父合不来，他们也不可能接受程飞……等我有能力了才去接他，说是有能力，其实也不是，那时我也只是个跑江湖卖唱的……"

说完，她自嘲地说："我不红的，就是跑歌厅、跑夜店，什么活都接。"

"是你救了他。"我说。

"那时我也不知道哪里来的勇气，只是觉得他很可怜，我要带他走。我一个十几岁的女孩子，带着他也是不容易的，他是个怪小孩，有时一天都不说一句话，忧郁又孤僻，挺讨厌的……哈哈……我其实无数次想把他送回孤儿院，可我不忍心。"

她喝了一口酒说："你喜欢唱歌吗？"

我笑着说："我很少唱。"

"那时我唱很多粤语歌，流行嘛。"她说着自己站起来，唱了一首《潇洒走一回》。

我微笑着拍掌："我听程飞唱过。"

"我教他唱的，我们两个最喜欢唱这首歌。"程羽说。

那一年，程飞接徐继之出院的时候，在走廊唱的也是这首歌，我现在明白他为什么唱这首歌了。

"他唱歌不行，没我好，他就数学好，我带着他跑江湖，收钱的时候谁都欺负不到我，谁少付了钱，程飞都会算出来……"

我忍不住哈哈大笑。

"我读书不成，他比我聪明，成绩好、数学好，初中已经替同学补习。"

我笑了："原来他那时候就已经是补习老师？"

"是啊，那时就是小天王了。"

"你这次来，会去探你姑姑吗？程飞好像不怎么喜欢她……"

"我不会啊，我不喜欢她，我爸爸只有这个妹妹，她和老公很多年前从安徽来香港做生意，发了大财，我爸爸当年反对她嫁这个老公,所以两家人不怎么来往……她不喜欢我,但喜欢阿飞,有一年,她回安徽来找到我,给我钱,想带阿飞走,但阿飞不愿意,我也没要她的钱。"程羽拿着酒坐到藤秋千里说,"那几年,好像是我保护阿飞,其实他也保护我。"

"我很喜欢秋千……"程羽说。

"我也是。"

"那时我常常幻想,有一天,我会大红大紫,开演唱会的时候我要穿着飘逸的长裙,坐在一只秋千里,从舞台上空缓缓降落……这个幻想从来没实现过……我都没红过。"她说着笑了。

"你还有唱歌吗?"

"啊,我很懒的,喜欢才唱,不喜欢就到处找朋友玩,阿飞每个月都给我钱,我再也不用为了生活唱歌,喜欢的活才接,我结过两次婚,都离了,又没孩子,一个人很自由,想做什么就做什么。"

"你什么时候去荷兰?"

"我明天就走。"

"哦,这么急?"

"你现在已经舍不得我了吗?"程羽冲我笑。

我笑了:"还想着明天放假带你去玩呢。"

"下次吧。"

"一言为定。"

她打了个哈欠,耷拉着眼皮说:"我困了,我不等他了。"

"啊,那你先睡吧,我帮你铺好床了。"

"啊,谢谢你,晚安。"她走过来,又闻了闻我的胳膊,"我喜欢你的味道。"

程飞直到凌晨两点才回来。

"嘿，回来啦？她睡了。"我从睡房走出来。

"啊，我买了吃的。"他拎着一袋烧鹅。

"她明天走，去阿姆斯特丹。"

程飞把烧鹅放在饭桌上，走到客房外面，轻轻打开门往床上看，他看了一眼就连忙把门关上，转过来，压低声音，吃惊地问我："她是谁？"

我被他吓了一跳："你姐姐啊。"

"她不是，我不认识她。"

我愣住了。

"骗到你了，哈哈。"他扮了个鬼脸。

我打他一下："你吓死我了。"

他得意地偷笑。

"她很可爱。"我说。

"她这人没心没肺。"程飞没好气地说。

"她说我很好闻。"我捂住嘴笑。

程飞凑过来闻了闻我的脖子："是很好闻。"

我摸摸他的脸，紧紧地搂住他，这个可怜的孩子，我无法想象他儿时过的是什么样的生活。

突然被我这样抱着的他，问我说："怎么了？"

我脸贴着他，摇摇头："没什么……"

第二天，吃过午饭，程飞和我开车送程羽去机场，这两兄妹也够奇怪的，说话不多，都是一句半句。

"你的胃病有没有好些？"程飞问程羽。

"差不多。"

"你就少吃辣吧。"

"不行。你能少吃饭吗？"

"我吃饭胃不会痛。给你的钱够用吗？"

"太多了，根本用不完。"

"那就还给我呗。"

"想得美。"

"我帮你换了一张商务舱的机票，商务舱舒服些。"程飞说。

"呃？那我自己买的机票呢？"

"帮你退了。"

"为什么要退？坐什么舱都一样呗。"

"当然不一样，坐商务舱可以躺着去阿姆斯特丹。"

"你才躺着去，我又没死。"

"你在飞机上别喝酒。"

"坐商务舱不喝他们的酒？你以为我是傻的吗？"

我看看程飞，又看看程羽，忍不住想笑。我从没见过程飞的这一面。

到了机场，过安检之前，程羽热情地抱了抱我，说："啊，你真好闻，下次见。"

"保重啊。"我叮嘱她。

"放心，我不去郁金香丛。"程羽说着对我挤挤眼。

我哈哈地笑了。

"快进去吧，去候机室休息一下，国泰的候机室有很好吃的担担面。"程飞对她说。

程羽对他翻了翻白眼："说得好像我没吃过担担面似的，走了，再见。"

"再见。"我说。

程羽走了两步,回头看看我,对程飞说:

"你要好好对她。"

"还用你教?"程飞摆摆手叫她快点进去。

程羽走了,我们转身离去。

"你们刚刚说什么郁金香丛?"程飞问我。

我笑笑没回答。

我从来没告诉他,程羽前一天晚上跟我都说了些什么。当你爱一个人,你多么想要一部时光机,那样就可以穿越时光,回到他的童年,回到他的过去,认识他、陪伴他、安慰他。

2

"我过关了,刚收到通知书,你呢?"我在外科病房外面的走廊上找到史立威。

史立威抬起眼皮看了看我,一副垂头丧气的样子。

"噢,怎么了?没过?"我低声问他。

他沉默了一会儿,嘴角动了动,撇撇嘴笑了起来:"你方子瑶都过了,我史立威当然也过关。"

"没想到你演技这么好啊。"我笑着瞅了他一眼。

"我可是把《教父》看了七十遍的超级影迷啊。"史立威得意扬扬地说。

"终于都成为专科医生了,毕业到现在,熬了这么多年,我的青春一去不回啊……"我靠在走廊的大玻璃窗边说。二〇〇九年十月初的这一天,就像我们考试过关的心情,阳光明媚。

"是呀,我也不知道是怎么熬过来的。"

"我们都是铁人。"我说,"做医生之前,我非常肯定有一样东西我是没有的……"

"是什么?"史立威好奇地看着我。

"眼袋……"我指了指脸上两个眼袋。

"我近视也加深了很多,不过,这样看起来比以前更有书卷味啊。"史立威托了托鼻梁上的眼镜,冲我笑笑,然后说,"我明天就辞职。"

我怔住了:"你自己出去开诊所?"

"啊不,我去西非。"

"西非?"

"塞拉利昂。"

"你去那里干吗?"

"去行医啊,一个国际救援组织在塞拉利昂有一家医院,他们很需要外科医生,我申请了,他们也接受了我。"

我太震惊了,我无法想象史立威会跑到那个离我们这么远的、饱受战争蹂躏的非洲小国。

"那边不是有内战吗?"

"结束了,思思也很支持我去。"

思思是史立威在交响乐团里的大提琴家女朋友。我没见过本人,只见过照片,很有气质的一个女孩。

"思思跟着交响乐团去过世界上那么多的地方演出,几乎跑了半个地球,我一个男人,倒像个大乡里,从大学到现在,十几年来都在这家医院里,读书、考试、工作,吃和睡都在这儿……我的世界就只有这么小……"史立威用手比画着,"外面到底是怎样的我从来都不知道,好像读过很多书,其实就像井底之蛙,趁着年轻,我想出去看看，我想去帮助那些有需要的人，做医生本来就是为了帮助病人，对吧？"

"思思不担心你吗？"

"我跟她说我决定去塞拉利昂的那一刻，我简直觉得她有点仰慕我啊，哈哈……一直以来都是我仰慕她，我甚至羡慕她，她从小就到处跑，十一岁那年一个人去美国留学，在音乐学院里，每天练琴练得手指头都烂了，放假就跑到街上拉大提琴赚些零用钱……她是那种什么都可以接受、什么都敢尝试的人，出色、独立又有天分，一点都不世俗……我常常觉得是我配不上她，只要你看到她在台上拉大提琴的样子，你就会明白我为什么中意她。"

"我明白的，你现在眼睛都在发光……"我取笑他说。

史立威露出了难得一见的羞涩的微笑。

"你什么时候去？"我问他。

"啊……思思下个月在柏林演出，我会先去柏林，然后我们一起去埃及玩两个星期，她想去看金字塔，之后她去西班牙，我就去塞拉利昂报到……"

"你会留在塞拉利昂多久？"

"暂时说好了九个月……"

"还好，九个月很快就过去了，你会回来西区医院的吧？"

"到时候，如果这里还需要我，我就回来这里，要是不需要我，我就再找工作吧，我越来越觉得人生不需要太多计划，谁知道明天会不会来临呢？像思思那样，自由飞翔，做自己喜欢的事就好，啊……你不要太挂念我了。"

"唉，剩下我一个人挺孤单的，以后下班后谁跟我去喝酒呢？"

史立威笑笑："我一个月后才走，这个月你都可以请我喝酒……

啊,不过,今晚有人请我们喝酒。"

"谁啊?"

史立威给我看了看他的手机刚收到的短信。

"刘明莉也过关了,今晚请我们喝酒,一起去吧。"

"啊,好的呀……真的从没想过你会去非洲的医院。"我说。

"去非洲行医一直是我的心愿,别以为我一个鱼蛋店的少东就没有梦想……"史立威张开手臂伸了个大懒腰,对我笑笑。

他这么一说,我不禁内心惭愧,脸红了起来。

"我哪里有觉得你没有梦想啊?"我狡辩。

当年那个头一回看到产妇生孩子就在产房吓昏了的小医生,那个读书的时候成绩不算突出、长得像小混混、瘦巴巴又爱美的我的男同学,我们认识那么多年了,一起长大,一同熬过了无数个艰苦训练的日日夜夜,我是真的没想过他心中原来一直有一个到非洲行医的心愿,也没想过他竟有一个与他外表毫不相称的高远的志向。

"要保重啊,塞拉利昂可不是巴黎。"我笑笑说。

"我会的,它不是巴黎没关系,我把日子过成巴黎就行了。"

我笑了:"这个会不会有点难度?"

同学多年,我头一回觉得,史立威也是长得好看的,他的脸被爱情、梦想和善良照亮了。

"只要带着思思的音乐,无论人在哪里,都是天堂。"史立威一脸幸福地说。

那一刻,我从没想过有一天我也会跑去那个陌生而遥远的西非小国,不是为了梦想,而是为了逃离,为了忘却。

※※※

　　下班之后,我们在西区医院的十几个同班同学陆陆续续来到酒吧喝一杯,刘明莉的心情很好,打扮得明艳照人,拉着史立威走上台合唱了好几首歌,他们两个从前就是我们班里的歌王和歌后,唱起歌来挺合拍的。

　　刚进大学的时候,我们都只有十八九岁,一脸青涩,十多年过去了,虽然不老,也都变成老同学了。史立威喜欢过刘明莉,大家那时都觉得他是高攀,我倒是认为无所谓高攀不高攀,刘明莉没接受他,难道不是好事吗?他们根本不在一个频道上。

　　唱完歌,刘明莉走过来找我聊天。

　　"嘿……你有什么打算?是留在西区医院还是会去什么地方?"她问我。

　　"我喜欢西区医院啊,在这里还有很多东西要学。"

　　"我明年会去美国进修一年。"

　　"噢,史立威去塞拉利昂,你也要去美国了?"

　　"爸爸要我去的,去看看那边的医院怎样做试管婴儿和不孕治疗,生殖医学是大势所趋,等我回来,爸爸要我到他的诊所帮手,他要开一家试管婴儿和生殖科技中心,现在的女人都年纪大了才生小孩,不一定能够自然怀孕,爸爸说这个市场未来需求会很大,是一盘大生意。"

　　"这么说,明年你也要辞职了?"

　　"嗯,明年中。"

　　我突然觉得,一眨眼,我们几个同学都长大了。

　　"你会不会觉得我很铜臭?谁都没想到史立威那么清高,我只会赚钱。"刘明莉好像在嘲笑史立威,也在自嘲。

"啊,不,我没这么想,生殖科技帮到很多人啊。"

"对,或者有一天我们也需要生殖科技。"刘明莉喝了一口酒,笑着说。

我看看自己的肚皮,笑笑说:"这个世界好像已经人口太多了。"

晚上回到家里,我在浴室里点上香氛蜡烛,听着歌,泡了一个玫瑰浴盐的澡,算是庆祝自己拿到专科学位。

前一年搬来的时候,有天晚上和程飞一起泡澡,浴缸太挤了,我坐到他的大腿上,我们说着下一个假期要去巴黎和伦敦,或者回两个人都喜欢的撒丁岛,可惜都没去成。他一年比一年更忙了。

我泡完澡,坐在客厅的宽沙发上看书,下星期有个手术要做,我得温习一下。可是,泡完澡太舒服了,我没多久就睡着了。

"嘿……睡着了?"程飞抚抚我的手臂。

"哦,你回来了?"我迷迷糊糊地睁开眼睛,闻到他身上的酒气,"你喝酒了?不是去开会吗?"

"啊,开完会和小柯去喝酒……你很香。"

"泡了个玫瑰浴盐的澡……我过关了。"

"我从来没担心过你会过不了关。"程飞说着把我从沙发上抱起来,抱回睡房的床上,帮我盖好被子,躺在我身边睡着了。

曾经是那么温暖的。

### 3

"嘿……吃饭了吗?我做了很多菜,要不要过来一起吃?"俞愿在电话里说。她的声音听起来就像平时一样。

那时已经是晚上九点,我刚下班回到家里,鞋子都还没脱下来。

"还没吃,正饿着呢,现在过来。"

从我家到俞愿的家,就三四分钟的车程,我早就熟门熟路了。

到了她家,我才发现家里只有俞愿一个人,她做了一桌子的菜,依旧穿着她最喜欢的那条贝蒂娃娃围裙,开了两瓶红酒,已经喝掉一瓶,两颊红红的。

玄关和客厅的灯没开,阴森森的,只有饭厅那盏暗黄色吊灯微微地亮着,圆餐桌中间放着一个气球般大的镂空的南瓜灯,瓜皮上面雕刻了一张有一双三角眼的鬼脸,锯齿状的大嘴巴里只有两颗牙,气氛有点诡异,俞愿的神情也有些落寞。

"怎么不开灯啊?"我好奇地问道。

"过两天就是万圣节了。"俞愿慢慢地说。

"你提早过万圣节吗?"我坐到她身边,她看起来奇奇怪怪的。

"我今天只上了半天的班,下班后去买菜,我一个人吃不了这么多。"俞愿说着倒了些红酒到我的酒杯里。

"你怎么做这么多的菜?孟长东呢?"

"我就是突然很想做菜,做一桌子的菜……"她有点亢奋地说,"你快吃,我做了半天了,小黄菊豆腐色拉、马苏里拉奶酪凉拌新鲜无花果、甜椒鳀鱼、秋葵蟹肉冻、大葱花椒蒸螃蟹、蜂蜜芥末烤大虾、松子核桃烤脆皮黄油鸡、慢煮走地猪柳、碎腌肉洋葱鸡蛋饼、野米鹅肝酿烤小鹌鹑……南瓜当造,我做了南瓜榛子蛋糕,在超市看到血橙和桃子,我又买些回来做了血橙桃子冰激凌,在冰箱里呢,等下吃……"

"你没事吧?怎么做这么多的菜?我们两个加上孟长东也吃不完啊,是不是还有十二个人来吃饭?"我满脑子问号。

"没人了啊,就只有我和你,孟长东二十天前搬走了。"俞愿说着夹了一些色拉到我的碟子里说,"这个小黄菊是可以吃的花,你尝尝,这花好吃。"

"搬走?他为什么会搬走?你们吵架了?"

"我们没吵,我们分开了。"俞愿吃着小黄菊说。

我吃了一惊。

"你吃嘛,别停。"俞愿嘴里全都是小黄菊。

听到这个消息,我怎么还吃得下呢?这也太为难我了。

"我们没有第三者。"她说。

"那是为什么?"

"真的没什么,就是合不来吧……打个比方,不是说我喜欢吃螃蟹而他不喜欢吃,是他不喜欢吃也就不喜欢我吃,那我只好不吃了,可我有时会想念螃蟹的味道,然后心里就觉得委屈,就会恨他。"

"啊……我以为他一直都很迁就你。"

"他是的,他很疼我,但他疼我的方式是管束我……"俞愿吃着一只蟹爪说,"刚结婚的时候,我还觉得挺幸福的,他那么紧张我、那么黏我,每时每刻都要知道我在哪里、跟谁一起,新婚嘛,这样很甜蜜……可是,结婚几年了,他还是这样,我跟朋友吃顿饭也要不停看手表,回家晚了就提心吊胆,每次我出差,他送我去机场的时候也会不高兴,他就希望我留在家里。"

"你跟他说过吗?"

"说过很多次了,他不会听的,他习惯了身边的人都听他的,都跟着他那一套去做,他是个孤独的人,活了四十几年,有事业,也赚到钱,那么成功,他从来不认为自己有什么问题,如果有问题,也是我的问题,是我还没长大,是我不安定,是我不理解他对我的好……现在想想,当时决定结婚根本没有想清楚,在我很想结婚的时候,他又刚好出现,好像头上带着一片云彩似的,我以为就是这个人没错了……原来是错的人。"

吃完蟹爪,她夹起一块走地猪柳放进嘴里,说:"我知道男人都像个孩子,我只是没想到我嫁的是一个这么没有安全感、这么喜欢管束我的老小孩,他简直是个小魔怪……啊不,是小猎犬,成天看守着我,不许我离开他半步。"

说完最后一句话,她哈哈笑了起来。

我看着她:"你怎么还笑得出来呢?你还好吧?"

"最难过的日子都过去了,这两年,我们吵架都吵累了,我结婚不是为了不自由啊,我一个人背井离乡跑去法国,又来了香港,不就是为了自由吗?我要是不爱自由,我干吗不干脆留在老家跟爸爸妈妈在一起?"

看见我不怎么吃桌上的菜,俞愿夹了一只烤大虾给我:"你吃嘛,就当陪我吃吧,知道我为什么做那么多的菜吗?全心全意做菜的时候,可以暂时忘记一切啊……我会好好的,只需要一点点时间。"

其实,菜都凉了。

"谁都可以没有谁,本来就没有嘛,只是习惯,人都有惰性,再不离我就不想离了,斯德哥尔摩症候群啊,习惯了被绑架怎么办啊?哈哈……"她吃着鳗鱼说。

"是不是真的没有转圜的余地呢?"我问她。

"没有了……这段婚姻走不下去了,早散伙早重生啊,对孟长东、对我都一样,我们是真的不合适,趁我还年轻,他也不老,把婚离了,好来好去,善始善终,以后就是山高路远,这份情永远都在,总比拖下去互相怨恨的好……他搬出去的前一天,我们还吃了散伙饭呢,在我们第一次约会的那家餐厅……吃完饭回来,他吃着我做给他的栗子蛋糕,吃着吃着哭了,他那么好强,我从来就没见过他哭,那一刻,我突然觉得他很老很老,其实他只比我大十一岁,看着他这样,我也哭了,然后我们两个抱着哭……"俞愿抿抿嘴说,"我以后应该也不会想吃栗子蛋糕了,都是眼泪的味道。"

"你说得我都不想吃栗子蛋糕了。"我微笑着说。

"所以我们今晚吃南瓜榛子蛋糕喽……"俞愿说着抬起了一条腿,又喝了一口酒,"啊……我是爱他的,我以后还是会爱他,可我没爱他爱到甘心做他笼子里面的小鸟……"

俞愿把那只小鹌鹑的腿撕下来,吃着说:"有些小鸟会爱上自己的鸟笼,害怕飞出去了回不来,可我不是一只鸟,我是羚羊,我喜欢大草原。"

"孟长东还好吧?他搬去哪里了?"

"他当然不怎么好,但他慢慢会习惯的……我本来说我搬出去,我什么都不要他的,可他还是把这幢房子留给我,自己搬去坚尼地道那边,那幢房子比这里小。"

"他真好。"我吃着鸡腿说。

"我也要慢慢习惯他不在家里,刚开始真的很不习惯,不习惯夜晚自己一个人睡,不习惯半夜小腿抽筋没有人帮我揉揉腿肚,不习惯早上起床看不到他,不习惯一整天他都没打电话来,不习惯打开衣柜看到原本他挂衣服的地方空了……"俞愿说着看向我,苦涩地笑笑,然后切了一块南瓜榛子蛋糕,用手拿着吃。

我不知道该说些什么安慰她,俞愿好像也不需要我的安慰,这天晚上,她只想有个人听她说话。

"啊……这蛋糕好吃,我第一次做的,你吃嘛,别光看着我吃,今天我们过万圣节,我们两个人得吃南瓜。"她说着切了一大块蛋糕给我。

我从未见过这么神经质、吃这么多的她；我也从没这么想念过苏杨，要是她在就好了，有个人帮忙吃，俞愿不会把菜都夹到我的碟子里。

我吃了几口蛋糕，摸着肚子说："很饱呢。"

"可是我们得吃血橙桃子冰激凌啊。"她微醉，站起身，走去厨房拿出一盘冰激凌和两只白色的大汤碗回来。

"我们豪气些，用大汤碗吃，这样才好吃。"她说着挖了一大勺冰激凌到我的碗里，又给自己挖了一大勺。

她捧着大汤碗吃冰激凌，边吃边说："血橙做的冰激凌好吃吧？跟桃子的味道很搭，如果换成柠果，那味道就不对了……婚姻也是一样吧？合不来并不是大家做错了什么，而是本来如此，本来就不是一条路上的。"

"嗯，没错，这两个味道很搭，这样好吃。"我吃着冰激凌点头。

"再吃一些吧……"俞愿伸手想把我的汤碗拿过去。

我连忙双手捧起那个汤碗往后退："不了，再吃我等下出不了这个门口啦，进来的时候只有一百零八斤，走的时候变成一百二十斤，比你家的大门还要大。"

"吃我做的菜，胖了也值呀，不过你也太夸张了。"

她说着哈哈大笑，笑着笑着哭了。

"啊，傻瓜，别哭了，明明是你不要人家。"我拿纸巾给她擦眼泪。

"是呀，总比他不爱我好。"她揩揩眼泪说。

"就是呀。"

"这么想会不会很自私？"她像个孩子似的问我。

我冲她笑："不会，又不是故意自私的。"

俞愿感激地看着我:"对不起,这么晚找你来,要你陪我,听我诉苦。"

我对她微笑:"朋友就是这样用的吧?何况,救急扶危向来是我的工作。"

俞愿终于又笑了,吃着无花果说:

"我又要把自己还回单身市场了,有点荒凉的感觉啊。"

"放心吧,你桃花一向很旺。"

她抽抽鼻子,擦干鼻涕,说:"是啊……大汪还在等我。"

"你看你多幸运?至少有两个男人对你一往情深,一个爱你爱到放手,一个爱你爱到舍不得放手……"

"我都不知道哪一个更好,没嫁的那一个,还是嫁过的那一个?"俞愿又吃了一口冰激凌,自嘲地说,"以前只有前男友,从现在开始,连前夫都有了。"

我禁不住笑了起来:"人家孟长东也不幸有了前妻啊。"

"他遇到我也是倒霉的,他说,遇到我之前,他根本没想过结婚。"

"是不是倒霉,唯有他自己知道,我只知道他以后不叫孟长东了……"

"哦?叫什么?前夫?"

"叫人生长恨啊,人生长恨水长东,本来是长东,遇到你之后,变成了人生长恨……"我吃着新鲜清甜的无花果,笑着说。

俞愿哈哈地笑:"我得告诉他。"

"啊,别说是我说的,他不恨你,他会恨我啊。"

"好的,我不说。"她把食指放在嘴唇上。

我笑笑说:"你知道吗?我太佩服你了,你和每个前任都可以那么好。"

"是性格吧？我无法和相爱过的人如同陌路……你一生会睡几个男人？就那几个吧？都交换过汗水体液，都是亲过抱过、幻想过余生在一起的，那么深的缘分，为什么要变成仇人呢？多可惜啊……不在一起只是不得已……走不下去，谁都不想，每次转身也是伤心的，只是我把这份伤心变成了友情，而其实，也超越了友情，他们都是我的家人，除非有天他们成家了，另一半不喜欢我，觉得我是个障碍，那我就不打扰。"俞愿说着抠了抠那个南瓜灯的嘴巴，"不过，以前的都是男友，前夫还是头一回啊，我可能还是需要一些时间学习。"

我笑了："听你这么说，觉得分手好像也不是那么惨，感觉一点都不孤单，倒是多了几个亲人似的。"

俞愿笑着笑着，眼睛又湿了："如果人是不需要爱情的，那多好啊。"

我喝着酒说："是不需要的啊，没有爱情还是可以活着，可是，人的天性就是会渴求爱情，可能因为人的一生有无数个冬天吧，我们想要温暖……而且，一个人走的路太孤单了啊……"

俞愿擦了擦眼角的泪水，把杯里的酒干掉，说："我还记得和他结婚的那天晚上，酒和菜都那么好，歌那么动听，舞跳得那么陶醉，那时候怎么都没想过有一天会散场。"

"啊……是的，那天晚上真美好，可是，谁会一开场就知道结局呢？"我说。

4

凡有开始，就有散场。

史立威去了塞拉利昂五个月，一切安好。他给我写过几封电邮，说在那边的医院每天要做十台手术,有时还不止这个数目。

"今天从早到晚没停过手,最先进的仪器这里都是没有的,每天都得运用我的小聪明解决问题,太怀念在西区医院享福的日子了,哈哈。"在其中一封电邮里,他调皮地写道。

刘明莉出发去美国进修的前几天,把我们同班同学和医院的同事都请去她家里开派对。

我上一次去她家里玩是医学院一年级的那个圣诞,当时她住在大坑道,原来她几年前已经搬了,她爸爸在花园道买了一幢房子,跟沈璐的家只隔了一条马路。

刘明莉的家比沈璐的家更大,只有她和爸爸妈妈跟三个女佣一起住,房子里面有个游泳池,天黑之后,池畔的夜灯亮了起来,水波荡漾,灯影摇曳,人坐在那里,就好像做着一场繁华的梦,不知道什么是真,什么是假。

我们吃着刘明莉妈妈和她家女佣做的菜,喝着她爸爸珍藏的美酒,想念着我们伟大的同学史立威,他正在那个贫穷的非洲小国展现人性的光辉和医者的初心。

"敬史立威!"我们起哄为他干杯。那一刻,谁都没想过要做他做的事,去他去的地方。

我酒喝多了,有些醉意,大家好像都没有离开的意思,我跟大伙儿告别,自己先走。

从刘明莉家里出来,在路口等了十分钟都没等到车,我只好沿着花园道走下去,心里想着:"路上说不定会有出租车。"

经过沈璐住的那幢房子,我抬头看了看,她住顶楼,那儿微微亮着灯,她是在家里吧?我突然想起她那四只傻乎乎的可爱的萨摩耶犬。

"叫什么名字呢?"我试着回忆。

四只狗的名字是有关联的,是东邪、西毒、南帝、北丐吗?好像不是。

我边走边想,突然想起来了,是四个大品牌,香奈儿、爱马仕、迪奥、华伦天奴。两只母的是香奈儿和迪奥,公的那两只是华伦天奴和爱马仕。我想着想着笑了起来,多俗气的名字啊,都是沈璐喜欢买的品牌。

要是我没想起这几只狗的名字,该有多好。

这么想、这么走的时候,我看到一对遛狗的男女,亲昵地搂在一起,各自的手里都牵着一头雪白的萨摩耶犬,两个人和两只狗走在我前头,离我只有十几步。

那个背影我怎么会不认得呢?怎么可能认错呢?可是,那一刻,我希望自己是错的。

我的程飞不会在这里拖着一个女人遛狗。

我们那么好,他不可能骗我,不会的。

我无法从那两只萨摩耶犬的屁股认出它们是不是沈璐的四只狗中的两只,即使看到正面,我也无法确定,这种狗不都长得一模一样吗?

"迪奥……"我喊了一声。

不幸地,从未中过奖的我,人生头一回中了个大奖。其中一只狗听到我喊"迪奥",马上掉过头来,傻傻地望着我,使劲地对着我摇尾巴。

那对男女这时也好奇地转身过来看看是谁喊他们的狗。

我没认错,是他。

转过身来的时候,程飞的手仍然搭在沈璐的肩膀上,沈璐也并未放开手,她的一只手搂住程飞的腰,小鸟依人似的,挨在他臂弯里,这一刻，他们脸上的表情还是笑着的。

我看着这两个人，完全不敢相信自己的眼睛。

程飞连忙缩开他搭在沈璐肩膀上的那只手，我从未见过这么慌张的他。

沈璐缓缓放开了她的手，避开了我的目光。她比我和程飞镇定多了。

我的眼泪簌簌地流下来，那两只天真无邪的萨摩耶犬，摇着尾巴，一个劲地咧着嘴对我笑，却好像在嘲笑我的多情和愚蠢。

程飞看着我，一句话也没说。沈璐默默把那两只狗牵走，留下我和程飞，就好像这是我和程飞的事，跟她无关。

我的耳朵里轰轰地响，整个人都掏空了。

程飞站在那儿，看着我，默然无语。

路灯下的那张脸，如此熟悉，却也如此陌生，我看着他，突然尝到了幻灭的滋味。

我跑开了，在下一个路口冲上一辆出租车。

程飞没有追上来。

我跑回家，跑回我们的家。一路上憋着的眼泪，一进屋就再也憋不住了。

有那么一刻，我希望他永远不要回来，我再也不想见到他。

可他一个小时之后还是回来了。

睡房的门关着，我坐在窗边，没睡。

他没有进睡房，我不知道他在屋里做什么，是不知道怎样面对我吧？

我想睡觉，我很想逼自己睡着，睡着了，明天一觉醒来，会发现这一切都是梦，不是真的。

可他还是打开了门。

他站在门边，一脸憔悴，咬着嘴唇，看着我，像个做了错事的孩子。

"请你出去。"我冲着他，冷冷地说。

他一动不动地站在那儿。

"为什么要这样对我呢？"我疲惫地质问他。

他依然沉默。除了沉默，他大概是什么也不会的了。

我站起来，走到门边，看了一眼那双背叛我的眼睛。

"我不认识你。"我当着他的面，把门关上。

这天晚上，我合上眼睛，却一分钟也没睡过。早上，我不得不走出睡房离家上班，程飞卷着被子，脸向椅背，睡在沙发那儿。我不知道他是不是还可以睡得着，还是他在装睡。

那是多么漫长的难熬的一天？我就像一副行走的骷髅，没有血肉，没有温度，只有当我在手术室里埋头做手术的时候，我才像个人，才可以忘记他，忘记一切。

我希望我可以一直留在手术室里，赖着不走，疲累到死，永远没有散场的时候。

5

我甚至不想知道他和沈璐是什么时候背着我开始的，那太痛苦了。

难怪他总是有开不完的会，总是在外面熬到那么晚。有多少个夜晚，他是从沈璐家里直接回来的？

我怎么会没想到呢？沈璐那么看重他，他们第一次见面就谈了五个小时，那么投契，那么合得来。她对他青睐有加，给他最多的资源、最多的宣传，他的人生因她的出现而有了翻天覆地的改变，是她创造他，这难道不是他们一起的理由吗？要不是认识我在先，他们早就在一起了，我却是那么天真而肤浅，以为他不可能喜欢一个年纪比他大的女人，我竟以为我们那么好，他就不可能有别人。

比起恨他，我更恨我自己，我恨自己那么笨。每天睡在我身边的这个人，那么多年了，我以为我了解他，而其实，他已经不一样了，再也不是当年我认识的那个人。他一直在变，而我竟然从未察觉。

我做错了什么？我唯一的过错，就是不知道人是会变的。

第二天夜晚，我离开医院回到家里，和衣倒在床上，终于能睡了。

醒来之后，我走出睡房，去厨房给自己倒了一杯水。

我看看厨房墙上的小鸟挂钟，十点，他不在家，这个点他还在上课。

我看了一眼我们的这个家，突然觉得悲伤而陌生。第一次走进这间屋子是平安夜，他把我骗来了，那天夜晚，圣诞树上挂满亮晶晶的星星，我们躺在波斯地毯上数着天上的星星，他说他曾经一无所有，他要和我分享他所有的一切。那个晚上，一切都那么美好，我以为是永远的。

我静静地坐在客厅的大沙发上，突然明白这不是我的家，是他的；是他用他在沈璐那儿赚到的钱买的，和我有什么关系呢？

从他一无所有到什么都有，都是他自己的。

我看了一眼那棵幸福树，它长大了那么多，可是，我的幸福，我所以为的幸福，我所以为的两个人之间的相知相爱，最后都败给了荣华富贵。他变成了一个多么俗气的人，他变得我都不认识了。

他早就不是当年那个我爱的人，那个一无所有，但是天资聪颖、满怀理想的大学生。

我竟以为人是不会变的。

他的英俊、他的聪明、他的才华、他的钱、他的事业，都是属于他的，只有他对我的忠诚，才是属于我的，可我连这个都失去了，或许，很久以前就已经失去了。

两个小时之后，我躺在床上，听到他回来的声音。长夜悲苦，我听着他在屋里踱步的声音，似乎是一夜无眠，但我不会为他打开我的门。

早上，我依旧出门去上班。到了傍晚，我知道他这个时候不会在家里，我跑回来，把我的东西全塞进两只箱子里，能带走的都带走。

## 6

我又回到了西环的我的家，一切依旧，只是，太久没回来，许多东西都积了尘。

半夜，我的手机响了起来，我知道是程飞打来的，我没接。

他没放弃，又打来一次，很久很久才挂断，才肯放弃，才明白我是不会接电话的。

我是多么惊讶于自己的决绝。

这天晚上，我只睡了三个小时。我有一台手术，我必须要振作。

每一天，我早上离家上班，下班之后回家，没有谁在家里等我，也没人要我在家里等他。我努力不去想他，可我做不到，我太没出息了，我还是想念他。

那个下着滂沱大雨的星期四晚上，他终于来了。

我在睡房里听到按门铃的声音，除他以外，不会是别人。

我起来，缓缓走去开门。程飞站在门外，全身都被雨淋湿了，憔悴至极。

我看着他,他也看着我,脸上全是雨水,眼睛红红的。

"回家好吗?"他说。

"这里就是我的家。"我冷冷地说。

他默然片刻,再次开口的时候说:

"对不起。"

我憋住眼泪,盯着他说:"没用的。"

程飞看着我,就好像他是无辜的。

"我真的不认识你,你到底是谁?可以这样欺骗我?"我冲他说。

"你就不可以给我一次机会吗?"他哀求我。

"你能够离开全版图吗?你能够放弃现在的一切,回出版社当个小编辑吗?"

他没回答我。

我心都碎了。

"你走吧。"我说。

"回去再说好吗?"

我摇头:"程飞,你以为现在是两个小孩子吵架吗?要是你同时喜欢两个人,首先放手的那个一定是我。我不拦你的路,你也别拦我的。"

他想进屋里来,我用手挡住门,不让他进来。

"沈璐比我适合你,我不想成为你们两个人的障碍。"我赌气地说,"不需要因为你认识我在先就跟我一起。"

"别傻了,跟我回家吧。"他说。

"程先生,我都没缠你,你就别缠我了,我不会回来了,我又不是狗,我为什么要咬住不放?"我说。可我心里真的是这么想吗?

我舍得吗？

"晚了，我想睡了。"我在他鼻子前面把门关上。

我流着泪，挨在大门上，咬着嘴唇，没哭出声。我在门里，他在门外，隔着一扇门，也隔了天地。

7

我没想过会再见到潘亮。

这天是我当值，傍晚的时候，急诊室送来一个二十四岁的满身鲜血的女病人，这个瘦小的可怜的女人，在公园里被前男友用利刀猛刺。

听护士长说，两个人八个月前分手，那个男的一直缠住不放，这天把她骗出来，说是最后一次，以后再也不烦她，女人心软，答应跟他见面，没想到是个陷阱，他身上带着刀。

我接手的时候已经知道胜算不大，她那小小的身躯上全都是血洞，鲜血一直涌出来，肝脏那一刀，直接要了她的命，无论我们给她输多少包血，都像把水倒进大海里似的。

看着她躺在手术床上，渐渐失去了气息，我无法不放手。我终究不是上帝。

为什么有些人，像俞愿，可以和前任成为肝胆相照的朋友，有些人却没那么幸运？不爱了，连性命也丢了。这个死去的女人是抱着什么样的心情跑去见那个狠心的男人的？她为什么那么相信这个人不会伤害她？她终究是太年轻了，年轻到傻。

病人年老的父母在手术室外面等着我给他们带来好消息，可我给不了，只能站在那里看着他们悲伤痛哭。

我不是上帝，我连天使都不是，只是个无能为力的医生。

"那个男人、那个杀人犯,手受伤了,还在急诊室。"护士长告诉我,满脸的不屑。

我完全不需要去看那个杀人犯,我不是他的医生,可我还是去了急诊室。

我以为我看到的会是一个心狠手辣、穷凶极恶的男人,然而,躺在病床上的是个苍白瘦弱的、二十来岁的男人,他腰上系着一条大锁链,身上的白色内衣和牛仔裤染满了鲜血,右手手掌缠着绷带,左手的血迹干了,这只手被铐上手铐,锁在病床的护栏上。

一个身材魁梧的警察守在床边。

我走过去,直直地看着这个杀人犯的一双眼睛。

他看着我,以为我是来帮他检查的医生,但我什么都不做,只是看着他,他开始觉得奇怪,甚至害怕。我就是想看看他坏到什么程度,可我看到的只是他眼里的怯懦。

"她死了。"我盯着他说。

听到我这么说,他的眼睛突然变得一片空洞,两条腿不住地发抖。我转身离去。

走出急诊室的时候,我口袋里的手机不停振动,是二十三楼的护士小珍妮找我。

我接电话:"小珍妮,找我?"

"方医生,可以请你过来二十三楼一趟吗?"

二十三楼是私家病房,不会是我的病人,那时我就应该想到是潘亮,可我首先想到的是程飞。

我已经离家四十天了。

我搭电梯到二十三楼,小珍妮在护士站里。

"方医生,有人找你呢,在五号病房。"

"是谁?"我问她。

"你去看看就知道了。"小珍妮神神秘秘地说。

我皱眉:"好的,我去看看……"

谁会找我呢?不是程飞病了吧?

我小心翼翼地来到五号病房,看到他,我松了一口气。

潘亮身上穿着深灰色的睡衣,坐在病床上。距离他上一次不辞而别,已经快两年了。

"方医生……"看到我,他对我微笑,很高兴的样子。

"你为什么会在这里?"我走到他床边。

"有点不舒服,今天来见杨教授,他要我留院检查。"潘亮说。

"是什么时候开始觉得不舒服的?"

"有一段时间了……"

"那为什么不早点来找教授?"我责备他说。

潘亮豁达地笑笑:"该来的都会来,生死有命啊,我这辈子很多事情都做过了,就是没死过。"

我看看他,他比两年前瘦了,脸色不太好,两边脸颊些微凹了下去,看来不会是好事。

"方医生,你瘦了好多,你还好吧?不是减肥吧?女孩子都喜欢减肥。"潘亮慈爱地看着我。

瘦了那么多的他,居然说我瘦了,这个人为什么这么关心我?我又累又孤单,心里太苦了,突然听到一句温暖的问候,眼泪就像决堤一样迸射而出。

我太没用了,始终想念着那个人。

"你怎么了?"潘亮吓坏了,就好像他从来没见过女孩子哭似的,手忙脚乱地拿起床边的纸巾给我抹眼泪,又拍拍我的手背安慰我。

"谢谢……"我拼命擦眼泪。

"是不是有人欺负你？你告诉我。"他有点生气地问我，好像要替我出头似的。

他这么说，害我哭得更惨了。

"对不起……"我哽咽着说。

"跟男朋友吵架了？"他温柔地问我。

我咬着嘴唇，慢慢擦干眼泪，告诉他：

"我刚刚失去了一个病人。"

"啊……是什么病人，像我这么老的吗？"

"不，是个二十四岁的女孩，被前男友用刀刺伤，肝脏大量失血，我救不了她。"

"我最恨这种男人了，懦夫。"他露出鄙视的眼神。

"嗯……"

"你尽力了，医生又不是上帝。有没有抓到那个男人？"

"嗯……抓到了。"我点头。

"你要喝点水吗？"

我摇头，眼泪终于抹干了。

"你上次为什么不说一声就走了呢？"我问他。

潘亮微微一笑："我不喜欢说再见。"

谁又会喜欢呢？

我本来有点气他那天不辞而别，可是，这天晚上看到他，听他这么说，我竟然原谅了他。我心里知道，他多半是复发了。

"我听说，有些鸟在知道自己将死的时候会飞到很远的地方去，安静地死在那儿……鸟不像人，走的时候，用不着告别……"他说。

"你又不是鸟，而且，你会好好活着。"我说。

潘亮对我笑笑,那微笑说不出的苍凉。

"方医生,你是个好医生,将来会是个更好的医生。"

我疲惫地笑笑。无数的病人和病人的亲人在我面前哭过,我却在这个病人面前哭了。在这个人面前,我好像变软弱了,变回一个小孩子,而不是一个拿起手术刀去拯救病人的医生。

"你吃饭了吗?"潘亮问我。

我摇头。我已经很久没有好好吃饭了。

潘亮挑起一边眉毛,笑了:"那就好,我点了两份外卖。"

"你明天做检查,今晚可以吃东西吗?"

"护士说,午夜十二点之前可以吃。"他看看手表说,"我还有时间。"

潘亮在酒店餐厅点了两份叉烧饭,还有汤和菜。上次他住院的时候,我说过叉烧饭好吃,他竟然还记得。

我坐在病床边,吃着饭,跟潘亮有一搭没一搭地聊天,他的胃口不怎么好,但他勉强把饭吃光了。

"要是查出是癌病复发,这一次,我不打算再做任何治疗。"他说。

"假如我告诉你,明天的月亮是长方形的,你会相信吗?"我问潘亮。

"不可能。"潘亮非常肯定地说。

"要是有个长方形的月亮,就在明天晚上,会在天空上出现,你想看看吗?"我再问他。

他皱起了眉头,说:"那当然想看。"

"那你至少得活到明天啊。"我说,"只要活着,你才会看到,只要活着,有些你以为不可能的事也会变成可能,一九六九年七月之前,有谁会想到人类真的可以登上月球呢?"

‖ 爱过你

我接着说:"当然,长方形的月亮只是个比喻,明天你看到的可能只是一朵像玫瑰花的云……"

潘亮微笑着说:"方医生,你很聪明。"

"不,我很笨的,什么都不知道。"我难过地说。

说完,我站起身,把桌上的东西收拾好。

"你早点休息吧……"我对潘亮说。

"谢谢你陪我。"

"谢谢你请我吃饭。"我笑笑说,"我明天再来看你,这次别跑掉了啊。"

"不跑。"他答应我。

我走到门边,把灯关掉,只留下床边的一盏小灯。

这时,潘亮突然说:

"如果他做错了什么,给他一次机会吧……我通常会给对方一次机会。"

我怔住了,我以为我骗到他,原来没有。

说完,潘亮拉好被子,合上眼睛装睡。

我出去,轻轻把门关好。

他又把我弄哭了。当所有曾经完整的都破碎了,原谅有那么容易吗?

8

"嘿……你来了?"

"有没有吵醒你?"

"啊……没有,早着呢,今天加班,我也是刚刚回来。"俞愿说着把我拉进屋里去。

"快进来吧,吃饭了吗?我在煮面。"

我摇头。

"那就好,一起吃。"

我不知道这天晚上我怎么了,我突然很想回我和程飞的家看看,看看灯有没有亮。

我下了车,躲在对街那盏路灯的阴影下,抬头看向十七楼我们的家,灯没亮,屋里黑漆漆的,程飞不在家里。为什么不在家里呢?是在学校还是在沈璐家里?我离开四十二天了,他就没有想过我吗?我竟以为他会和我一样难过和痛苦,会把自己锁在家里。我太傻了。

我必须有个地方可以去,这样才不会忍不住跑过马路,回那个我们曾经的家。俞愿离我最近,我拿起手机打给俞愿,谢天谢地,她在家里。

我和俞愿在厨房里吃着她刚煮好的酸辣面。她倒了两杯红酒,喝着酒,说:"孟长东把他的酒留下没带走,都是好酒呢,他懂酒。"

"不会太辣吧?"她问我。

我吃了一小口,摇头:"对不起,这么晚跑来你家。"

"别傻了,朋友不就是这样用的吗?虽然我不懂救急扶危,但我会做好吃的菜啊。"

酸辣面太辣了,我低头吃着面,眼泪簌簌地掉下来。

"噢,我不该煮酸辣面。"俞愿拍拍额头,一脸抱歉。

我摇头:"没事。"

"你去那里干吗呢?"

"我也不知道,可能是去凭吊吧。"我用手帕擦着眼泪和鼻涕。可以这样哭一场,真好。

"就算回去也要他接你回去,别自己回去。"

"我不回去。"我说。

"你知道我不开心的时候都做什么吗?"俞愿问我。

"都做什么?"

"你等我一下。"俞愿站起身走出厨房,然后抱着一个漂亮的红色的鞋盒回来。

她坐下,把鞋盒打开来放在桌子上,里面放满了照片。

"我会把我小时候的照片都拿出来看一遍。"她随手在鞋盒里拿起几张旧照片给我看,"你看,这是我八个月大的时候,我那时就是一个大胖妞,手臂胖乎乎的像一节莲藕……"

"啊……很可爱……"我说。

"这是两岁的我,比八个月大的时候瘦了些,我很喜欢这张,那时脸小,眼睛看起来很大的样子……这一张是五岁生日,我妈妈亲手做的蛋糕……这张是九岁的时候,我姑姑结婚,我做花童,我很喜欢这条裙子……每次分手的时候,我就会把这些照片拿出来看,这些日子都回不去了……"

她笑着说:"我也曾是那么幸福快乐的一个孩子啊,为什么要悲伤呢?我怎么舍得让这么可爱的我难过呢?要是有人不珍惜我,我也不珍惜他。"

我笑了:"嗯……能够这样想,真好。"

"可能我是太爱自己了。"俞愿说,"没有男人,我们还是可以活得好好的,说什么余生相伴,哪有这么理想呢?两个人在一起,不过是结伴走一程,有些人走到老,有些人半路分开,怎么都好,爱过也好,恨过也好,都只是过程,不是归宿,最后的归宿还是自己。"

"我觉得我好像真的可以这样一直一个人生活下去。"我说。

"是呀,因为我们都长大了。"俞愿喝着酒说,"要是可以不长大,不需要面对抉择，也不需要面对人生的波涛汹涌，那该有多好？可是，人就是无法不长大。"

"我们永远不会真的长大，我们只会老去。"我说。

"那就试着老得快乐些吧……我不会劝你原谅程飞或者离开他，跟随你自己的心吧，想不通的时候就缓一缓，不要去想，如果你一走开他就跑走了，这个男人也不值得你回头，不值得你给他一次机会……给他机会，因为人都会犯错……除非不爱了。"

"或者我不爱了。"

俞愿看着我："做医生做太久了，变成铁石心肠了吗？别逞强了，要是不爱，你就不会夜晚跑来这里。"

我没法反驳："爱或者不爱，又有什么关系呢？他都爱着别人了。"

"那不见得是爱啊。"

"无论是什么也好，都跟我无关了。"

"男人这种东西，有时也真是太烦人了，女人和男人明明就不是一个类别，我们永远也不会完全了解他们心里想些什么，却要爱他们。就像你说的，人为什么要有爱情，因为一个人走的路会孤单啊，因为想要温暖啊，但是，一开始明明想要温暖，后来倒是心寒了……"

俞愿在鞋盒里找到一张孟长东小时候的照片，笑着给我看："啊……这一张是他的，六岁的他，在公园里，你看他，理了个小平头，笑得多灿烂，谁知道长大后会变得那么黏人……人是什么呢？是连自己都不知道的，都跟着欲望走，好像自爱，可是也会自毁……香奈儿不是有句名言吗？"

她把孟长东的照片放回去："她说，'当你了解男人都是小孩子，你也就了解人生所有的事情。'可是啊，我倒宁愿先去了解人生所有的事情，回头再去了解男人，这样也许会容易些，所以，我早就放弃去了解他们，人生苦短，我去爱就好，不见得要了解……"

俞愿把鞋盒里的照片倒出来、排好，又放回去，说："孟长东刚搬走的那段日子，我把这些照片看了又看，一边看一边哭……小时候总想着长大，长大了就可以为所欲为……哈哈……没想到一下子就长大了，长大也是好的，再也不会毫无保留地去爱一个人，总是更爱自己……"

"为什么你把照片都放鞋盒里呢？"我问她。

俞愿抱着鞋盒，像抱着个宝贝似的说："我这个可是罗杰·维维亚的鞋盒啊，一点都不亏待我的童年照。"

我笑了，像俞愿这样多好啊，爱自己多一些，每次分手，也都长大一些，离婚之后，反而活得更自在。谁说归宿只能是另一个人呢？从来都是自己。

我是不是也该回到我的童年里，在那里，是不是可以忘记被深爱的人背叛的痛苦？然后跟自己说："我怎么舍得为了你而让那么可爱的自己难过呢？"

可是，付出过的深情，岂会那么容易就忘得了呢？如果没有后来发生的事，也许我会回到程飞身边。

9

潘亮住院四天，做了各种检查，这天晚上，我去病房看他，他睡着了，脸色苍白，一头白发乱蓬蓬的，检查报告就放在他病床边，我是不该看的，我不是他的主治医生，但我偷偷看了。

一如我所料，肝脏的癌细胞复发，并且已经扩散到肺部，没有什么可以做的了，只能给他止痛药舒缓他的痛苦。

癌症从来就是俄罗斯轮盘，只要拥有这个身体，就被逼着玩这个游戏，有些人幸运些，没中枪，有些人却没那么幸运。我站在床边，难过地看着潘亮，我要失去这个朋友了。这个难得的忘年之交，在我最痛苦的时刻，他陪伴过我，安慰过我。

我突然明白，唯一永不落幕的，是人生的聚散。

他睡得很熟，我没有任何地方要去，也没有人等我，我静静地坐到病床边的椅子上陪着他。

我不知道坐了多久，他缓缓醒了过来，看到我。

"嘿……你醒啦？"我站起身。

他对我微笑，那微笑满是痛苦。

我帮他把床背调高一些，让他靠着床背坐着。

"啊……方医生，你在这里很久了吗？吃饭了没？我睡着了，忘记叫外卖。"

他竟然还惦记着我们的晚餐。

"我不饿。"我说。

"啊，不，我现在打电话叫。"他伸手去床边柜那儿想要拿他的手机。

"真的不用了，我吃啦。"我不让他拿手机。

"吃一点点吧，我也饿了。"他明明是撒谎，他看起来一点都不像想吃东西。

"不用了，真的。"我坚持。

他的钱包和手表、手机放在一块，他刚睡醒，太虚弱了，跟我抢手机的时候不小心把钱包推掉了。

我弯下身去替他捡起那个钱包，一张发黄的旧照片从他钱包里掉了出来。我捡起那张照片看了看,是我三岁生日那天在家里拍的照片,我也有一张一模一样的。照片里的我穿着一袭黑色天鹅绒的娃娃裙,裙子的领口打了个白色的缎带蝴蝶结,爸爸妈妈给我买了一个黑森林蛋糕,我拿着叉子吃着蛋糕,望着镜头害羞地笑。

"你为什么会有这张照片?"我拿着照片问潘亮。

他看着我,没回答。

"你是谁?"我看着他的一双眼睛。

他沉默而痛苦。

这个人突然在我生命里出现,无缘无故对我那么好,那么关心我,躺在手术床上面对生死的时候,不是害怕,而是拼命搜索我的身影,要知道我就在他身边。

杨浩教授选我做手术的助手不是因为我有多好,而是潘亮的要求吧?

他甚至有一双和我一样的眼睛。

"你到底是谁?这张照片是谁给你的?"我再一次质问他。

"是你爸爸寄给我的。"他终于说了。

"我爸爸为什么把我的照片寄给你?你为什么会认识我爸爸?"

"你爸爸方志青是我的好朋友,我们两个从小一起长大……你只有一个月大的时候,我把你交给他。"

"你什么意思?什么你把我交给他?"我的嘴角在抖。

潘亮看着我,微微一笑:"你是我女儿。"

"你胡说什么?"我不肯相信。

"那时我被仇家追杀,要离开香港,不能把你带在身边,怕他们会伤害你。"

"你说的我一点都不信,你是不是疯了?如果你是我爸爸,那我妈妈是谁？"

"她叫钟芳仪，是个大学生，我们没结婚，她生了你之后，被她爸爸妈妈送去国外，我以后再也没有她的消息。"他说着眼睛红了。

"你是说，你不是好人。在我看来……我早该看出来了，你多半是混黑道的，否则也不会被仇家追杀，你和一个不自爱的女大学生好上了，生下了我，她的家人反对她和你一起，把她送到国外，不让她再见你，而你因为要躲避仇家，把我送给了你的好朋友……你不知道什么时候回到香港，但是你一直都没有找我，两年前，你知道自己快要死了，就来找我……"

潘亮点头。

我禁不住笑了："你是不是电影看太多了？"

他什么也没说，痛苦地看着我。

"还是你脑袋坏了？"我拿起他的病历，一页一页地大力翻过去。

可是我很清楚他脑袋里面没有肿瘤，他脑袋没坏，是肝脏坏了。

"你以为我是傻的吗？为什么你们都以为我是傻的，都可以骗到我？我不相信你。"我把他的钱包和那张照片扔在床边，也把病历丢下，怒冲冲地走出病房。

我离开二十三楼，跑到医院顶楼，天空下着微雨，那儿只有我一个人。

我拿出手机，打给爸爸。打的时候，我看到自己的手在抖。

多伦多的时间是早上，这个时候，爸爸妈妈应该在吃早餐，吃完早餐就会去杂货店。

"爸爸……"

"嘿……毛豆……"

我一听到爸爸的声音就哭了，我捂着嘴，说不出一个字。

"毛豆，你怎么了？没事吧？"爸爸很紧张地问我。

"爸爸，你认识一个叫潘亮的人吗？"

我期待的是爸爸告诉我他不认识这个人，不认识一个姓潘的。

我听到的是沉默。

沉默就是回答。

长长的沉默之后，爸爸问我："你见到他了？他怎么了？"

"在医院，肝癌，快死了。他说我是他女儿，是吗？"

爸爸在电话那一头叹了一口气，声音有些震颤："是的。"

我咬着嘴唇，没说话。

"毛豆，你还在吗？"

"哦，再说吧。"我挂断了。

我太知道了，潘亮没骗我。一个快死的人，为什么要骗我呢？

他跟其他病人完全不一样，他看我的时候不像是一个病人在看医生，而是像一个父亲在看他的孩子，慈爱也骄傲。他想办法接近我，他知道我喜欢吃黑森林蛋糕。

他和我一样的血型，同样对扑菌特这种药过敏。

从来没有人说我长得像爸爸妈妈，都只说窝窝长得像他们，窝窝常常取笑我，说不知道我是在哪里捡回来的。可是，当我第一次见到潘亮，就觉得有一种奇怪的感觉。他是白狐，我是小狐，我和他一样，有一双像狐狸的眼睛。我长得那么像他。

我看着雨，看着眼前的一片空无。

我的妈妈是没有月经的，她肚皮上有一条小小的疤痕，是手术留下的。她生我的时候血崩，得切除子宫保命。如今想起来，她是骗我的吧？她没生过我，是生窝窝的时候血崩，那时就已经做了子宫切除手术，以后再也不能够生孩子。

我的手机响了起来，是妈妈打来的电话。

我按下了通话键。

"毛豆，对不起，一直没告诉你，是为了保护你。"妈妈哀伤地说。

我的心碎了。

"嗯……知道了。"说完，我挂断电话。

我的父母不是我的亲生父母，我的生父快死了，我的生母不知道在哪里，我爱得那么深的那个男人背叛了我，我的世界是不是快要崩塌了？我是谁？

## 10

这一晚，我一夜未睡，怎么睡得着呢？

半夜，我走下床，把儿时的照片全都翻出来看了一遍，找到那张我穿黑色天鹅绒裙子过三岁生日的照片，那么害羞，那么快乐……同一天，还有我们一家四口的合影，黑森林蛋糕放在餐桌上，爸爸抱着我，妈妈抱着八岁的窝窝，窝窝的眼睛盯着蛋糕看，忘记看镜头。

我很没用地哭了。

第二天，我若无其事地回到医院上班。

一整天，我没去过二十三楼，没去见那个说是我父亲的男人，他都快要死了。

夜晚十一点，我离开二十楼，搭电梯到楼下去，在电梯里碰到小珍妮。

"方医生，这么晚才走啊？"

"嗯，今天比较忙。你呢？"

"我去六楼，我有朋友刚入院生孩子，我去看看她。"

"啊……"

"第一胎,还没生。"说完,小珍妮又问我,"你知道潘亮出院了吗?"

"什么时候走的?"

"今天一大早走的,我以为你知道呢。"

"是他自己出院?"

"好像有车来接他,我听到他打电话。"

"哦……"我应了一声。

"他是不是没法做手术了?"

"是的,已经扩散到肺部。"

"哦……"小珍妮无奈地看看我说,"他人挺好的,很有礼貌,不麻烦人,长得又好看。"

电梯到了六楼,小珍妮先出去。

"再见啦,方医生。"

"再见。"

电梯门慢慢关上,留下我一个人在里面。我抬起头,望着电梯顶,使劲地憋住眼泪。

电梯到了地下,门打开,我缓缓走出去,在医院外面上了一辆停在那儿的出租车。

"是你啊,医生。"司机大叔回头对我笑。

我对他微微一笑。

"是去司徒拔道吗?"

"啊不,去皇后大道西。"我说。

这个司机大叔经常在西区一带出没,我实习的时候就时不时坐他的车,他喜欢在车上听一些英文老歌,喜欢说话,喜欢学英文,心情好的时候，我会跟他聊几句。

"医生今天很累吧？"他在后视镜里看我。

"有一点。"

"注意身体。"

"啊，谢谢你。"我挨在窗边，勉强笑了笑。

他很识趣地没有再跟我说话。

车子在黑夜里飞驰，车上播着卡彭特乐队的 Yesterday Once More，歌没老，老掉的是人。往事如昨，可惜每一个昨天都不会重来。我已经不知道什么是真，什么是假。

到家了，我付了车资和小费，疲惫地走下车。

一下车，我就看到程飞。

他幽幽地坐在楼梯的台阶那儿，坐在昏暗中等着。看到我的时候，他站起身，看着我，抿着嘴，满脸胡楂，一副受伤的样子。

我直视他的眼睛片刻，在他开口说话之前从他身边静静地走过，没停下。

我爬上三层楼回家，不知道这算不算是我的家。走了那么多年的最熟悉不过的楼梯，只有这一天，那么难走。

程飞没有追上来。

我打开门进屋，把门带上。

我从未如此认识自己，我终于明白为什么我可以那么决绝与无情，因为我身体里面流着一个黑道人物和一个叛逆女学生的血。

过去的幸福原来都是虚幻的，上天好像给了我一切，然后一夜之间又拿走。这是个玩笑吗？这玩笑也太大了，大得我都接不住。

"我不喜欢说再见。"潘亮是这么说的。

他答应过我不会跑掉，然后又骗了我，再一次把我丢下。这是个始终自私的人。

"有些鸟在知道自己将死的时候会飞到很远的地方去,安静地死在那儿……鸟不像人,走的时候,用不着告别……"潘亮那天是这样说的。

为什么要爱上别人呢?深情终究是一趟孤独的旅程。为什么要牵挂一个人呢?凡有牵挂,就有牵绊。爱太累了,不告别的人,是最强大的。

我就成为那只不告别的鸟吧。

*chapter 5*

归宿

从那时候开始,我就决定把每一天当成最后一天来活。向死而生,反而明白自己真正想要的是什么,需要的又是什么。

1

飞机降落在弗里敦的隆吉机场,终于来到塞拉利昂了,转机、等待,又转机,在路上折腾了二十几个钟头,我早已经累成一条狗。等我拿到行李过安检,又发现自己白成一朵云,我看到的是一片黑,这世界怎么这么黑?从近到远几乎全都是黑人,要是机场大楼这时突然停电,估计我会以为这里除了我没有别人。

我拖着行李走出安检,看到史立威,八个月没见,他看起来像一块"黑炭"。

"黑炭"看到我,使劲地对我挥手,走过来帮我拿行李和我的红色网袋。

他跟我说的第一句话是:"防晒霜带了吗?"

出发之前,史立威特地提醒我要带防晒霜。

"带了。"我说。

"你怎么这么黑啊?"我看看他的脸,他只比黑人白一些。

"这里可是非洲啊,我照镜子都以为自己是黑人了,我无所谓,你晒黑了白不回来就惨了。"史立威笑着说。

他瘦了，看上去神清气爽，我从未如此想要给他一个大大的拥抱，但是他双手太忙了，一只手拖着我的箱子，另一只手拎着我的红色网袋，网袋里装着两个足球，箱子里还有一个打气筒。

"你为什么要我大老远带两个足球来？你是怕万一飞机失事我掉到海里没有救生圈吗？"

史立威哈哈笑着说："足球在这里是个宝呢，非洲人很喜欢踢足球，但是这里的足球卖得很贵，就算买到，质量也不会好。"

"怪不得我过安检的时候每个人都盯着我的网袋看。"我恍然大悟。

"唉，谁要你把球装在网袋里？财不可以外露啊。"史立威笑嘻嘻地说。

"可你为什么要两个足球啊？是你自己玩的？"

"给医院里的小孩子玩的，医院里只有一个烂皮球，踢了几年，已经不是圆的了。"史立威说。

"哈喽……哈喽……"出了机场，几个非洲人一看到我和史立威就哄上来，笑眯眯地跟我们搭讪。

"不要跟他们说话，一直走，不要停下来。"史立威叮嘱我。

我跟着史立威，穿过广场，朝着码头走去。

"我们在码头坐船去医院，很快就到。"史立威说。

这里很热，雨季刚过，路上尘土飞扬，除了绿色的椰子树，整个世界全是蒙蒙的一片泥黄色，路上的人不无好奇地盯着我们两个黄皮肤的外国人看，我也好奇地看着那些头上顶着沉甸甸的东西悠闲地走着的女人。这里的女人走在路上是从来不低头的吧？一低头，东西就掉下来了。

我跟着史立威走过一条马路，一辆又破又旧的小汽车这时从我俩身边缓缓驶过，五座位的车厢里至少挤了八九个人，车尾的保险杠上站着四个人，车前盖那儿坐了三个人，车顶载满货物，这些货物上面又坐了六个人，车门的把手也挂着大大小小装满东西的塑料袋，难怪车速慢得像蜗牛似的。

"在香港没见过吧？这是非洲一景，这里的人很会物尽其用。"史立威说。

我们上了船，穿好救生衣，史立威一本正经地抱着两个足球，别人看他，他也看别人，他早已经投入了这里的生活。这艘小船不像那辆又破又旧的小汽车，四方八面挂满了人和货物。

"其实我拿着这两个足球就等于拿着救生圈，根本不需要穿救生衣啊。"史立威笑着对我挤眼。

正拿着手帕擦汗的我，听他这么说，看着他的怪模样，禁不住咯咯大笑。此时此刻，这个小国不也成为我暂时的救生圈吗？

我静静地看着船上每一张陌生的脸孔，十一年内战，满目疮痍，人命如草芥，这个西非小国，缺胳膊缺腿的人比比皆是，我千里迢迢跑来，仿佛把自己从文明世界扔到了蛮荒，也把自己扔向了无尽的孤单。

此时此刻，史立威成了我唯一的依靠，我紧紧地贴着他坐，我的老同学，我突然说不出地爱他，可是我太惭愧了，我并没有史立威那么善良。鸟儿是将死的时候飞向未知的远方，我飞来这里，是为了从我破碎的人生中逃跑。

2

"妈妈，她要两包咖啡豆、一根火腿和一罐橄榄油、沙丁鱼……

沙丁鱼放在哪里呢？"

"我来拿吧。"妈妈说。

"我来切火腿。"爸爸说着从肉柜里拿出一根火腿，放在切肉机上切成薄薄的一片片。

"我拿咖啡豆。"我在货架上拿了两包咖啡豆。

穿着白色羽绒和灰色运动衫裤的客人是个五十来岁的加拿大女人，一头红发。她常常来买东西，以前从未见过我，这天看到我，一个劲地对我笑，好奇地看着我。

"这是我的小女儿，从香港来度假。"爸爸给我们介绍。

红发女人问我："你有没有十八岁？"

她这么一问，我禁不住微笑，回答她："早过了。"

"天！你看起来很小啊。"红发女人说。

"啊，谢谢你，我不小了。"我把她买的东西包好给她。

客人走了之后，爸爸逗趣地说："老外看我们都看不出年纪，他们多半以为我四十岁不到。"

"你想得美，你怎么会像四十不到？"妈妈笑着啐了他一口。

"好吧，顶多五十。"爸爸说着把刚送来的一箱圣诞卡一张张放到近门口的旋转货架上。

还有一个多月才是圣诞节，杂货店已经开始卖圣诞卡了。

去塞拉利昂之前，我决定先飞到多伦多看看爸爸妈妈和窝窝一家，他们知道我要来都很高兴，我的心情却完全不一样。

在飞机上的那十几个小时，我一直很忐忑，不知道见到他们的时候会怎样，又该说些什么，我终究不是他们的亲生女儿，我只是个外人；或许更像一个客人，在他们家寄居了许多年。

当我推着行李穿过安检，在接机大堂看到他们时，一切忧虑顷刻间全部烟消云散。和以前一样,爸爸、妈妈、窝窝、姐夫和已经是少女的兜兜早就在那儿等着我。我朝他们轻轻挥手,大块头姐夫接过我手上的行李车,窝窝和兜兜跑上来跟我拥抱。

"坐飞机累不累?"爸爸问我。

"在飞机上有没有睡觉?"妈妈问我。

"不累,我有睡。"我说。

那一刻,一切都没有改变,还是跟从前一样,我们是一家子。

妈妈早就把我的房间收拾好了,窝窝一家三口住在隔壁的另一幢房子,她和姐夫在市中心有一家自己的小小的会计师行,工作挺忙的,每天晚上我们就在爸爸妈妈家里一起吃饭。

妈妈的厨艺丝毫没有进步,但是,即便是把菜煮坏了,如今的她,也不会在厨房里歇斯底里地大吼。

这天晚饭吃的是忘了放盐的烤鸡和炒得有点干的青菜,我们一个个若无其事地吃着饭,窝窝突然冒死说:

"妈妈,你以前煮的菜可难吃了。"

"那你为什么不煮?"妈妈气鼓鼓地问窝窝。

"我煮的根本不能吃。"窝窝吐吐舌头说。

妈妈笑了。

"我觉得妈妈煮的菜好吃啊。"姐夫诚心诚意地说。

"你就会哄妈妈,不要脸。"窝窝瞅了姐夫一眼。

我的大块头姐夫就像年轻时的爸爸,脾气那么好,总是被欺负。人们说女孩子爱上的男人都像自己的爸爸,窝窝选的丈夫像爸爸,而我呢?我悲伤地发现,我无法回答自己这个问题。

我看着我的家人,看着这个我寄居了许多年的小旅店的三个主人,窝窝跟妈妈一样,脸上有两个酒窝,兜兜也遗传了窝窝的酒窝,越大越漂亮。爸爸的高挺的鼻子遗传给了窝窝,他们三个长得真像啊,而我的确不像他们。为什么我以前从来没发现呢?我还一直以为我是爸爸和妈妈的混合体,我多笨啊。

"阿姨,塞拉利昂是个什么地方?危险吗?"兜兜问我。

"内战结束了,应该还好,我有同学在那边,会照顾我。"我说。

"你这么快就走?才来两星期,为什么不多住几天?"窝窝问我。

"那边医院很缺人呢。"我说。

他们没有问我为什么突然要去塞拉利昂,又为什么一个人跑来这里,我没精打采、带着一张失恋的脸来到,也没提起过程飞这个人,他们是我的家人,又怎么会看不出来?只是都没问。

在多伦多的两个星期,除了在家里,就是偶尔到杂货店里帮忙,窝窝好几次说要带我去玩,我都推了。我只想静静地待在家里,待在我的苦涩和伤痛里。

离开多伦多的前一天早上,爸爸要到市中心去买一台新的咖啡机,问我要不要一起出去。

"嗯,好的。"我穿上厚厚的外套坐上爸爸的车。

车子沿着市中心驶去,我看着路上的风景,一直没和爸爸说话,但我知道他有话要跟我说。

"我和潘亮是从小就认识的好朋友。"爸爸突然开口说。

我没答话,一副波澜不惊的模样。

爸爸接着说:"我们住在同一条街上,小学同班,中学也同班,他很聪明,对朋友很好,很仗义,每次打架都赢。"

说完,爸爸冲我笑笑,我嚓嚓嘴,没说话。

爸爸从外套的口袋里拿出三张旧照片给我,说:"我手上就只有这三张照片,两张是我们初中的时候在球场上拍的照片,那时我们在学校的篮球队。"

我看看爸爸给我的照片,很快就认出少年时代的潘亮,他站在爸爸和几个队友身边,身上穿着球衣,有点腼腆地对着镜头微笑,怎么看都不像一个后来混黑道的人。

另外一张照片,潘亮的年纪看上去比球场上那几张照片里大了一些,只有他和爸爸两个人,在码头边,这时他的眼神已经不同了,很锐利,也有点邪气。

"他中学毕业之后没有再读书,有一段时间我完全没有他的消息,他再出现的时候跟以前不一样了……他说他跟几个朋友做生意,我没有问他是什么生意。"

"他是混黑道的吧?"我直接问爸爸。

爸爸点头:"看来是的,我没详细问,他也不想我知道。"

车子停在安大略湖的湖边,爸爸问我:"你说他离开了医院,你知道他去了什么地方吗?"

我摇头。

"他的病怎么了?能治好吗?"

我再一次摇头。

爸爸难过地看着湖面,说:"都这个时候了,他到底跑哪里去了啊?"

我想说:"这个人,他从来就不在我身边。"可这句话我终究没有说出口。

"你不要怪他,他是为了你好,那天晚上他把你抱来给我的时候是很舍不得的,留你在身边,你会很危险。他要我答应他,这事绝对不能告诉你。"

我咬咬牙,问:"爸爸,你有没有见过我亲生的妈妈?"

爸爸摇头。

"算了吧，即使见到面，她也不会认出我。"我说。

"你不怪我们不告诉你？"爸爸看向我，抱歉的样子。

我摇头。看着这个养育我长大的男人，我突然发现，他已经没那么年轻了，脸上有了皱纹，头发也稀疏了。我想起儿时的假期他常常带着我去工作，去医院、去诊所卖药。他喜欢看漫画，怕妈妈骂他，只能偷偷在租书店里看，而他会带着我去；他喜欢看的漫画，我也喜欢。

这个和我没有血缘的男人，像我亲爸爸那样疼爱我，总是护着我，从不缺席我人生里每一个重要的时刻。

我的父母，却缺席了。

天空这时突然下起了鹅毛大雪，雪落在湖面上，落在湖畔，落在车子的挡风玻璃上。

"你看，下雪了呢。"爸爸说。

我转脸看着爸爸，哀伤地说："爸爸，买完咖啡机就回家吧，我想回去。"

"好的，我们回去吧。"爸爸开动车子。

"到了塞拉利昂，要照顾好自己。"爸爸说。

"知道了。"我说。

雪越下越大了，天地之间白蒙蒙的一片。

"女孩子不一定要结婚的呀，只要过着自己喜欢的生活就好。"爸爸说。

"嗯，我知道。"我别过头去，看着车窗外面的飘雪，没敢看爸爸，我早已泪眼模糊。

## 3

"到了。"史立威说。

我们下了船,走过一条小路就来到医院。

那两幢两层楼高的员工宿舍就在医院旁边,宿舍前面有一大片空地,几个小孩子蹲在地上不知道在玩些什么游戏,他们一看到史立威拿着的网袋里有两个足球就兴奋地跑过来搂着他,把他当成一棵树,一个个像猴子爬树似的,爬到他身上。

"叫方医生。"史立威吩咐孩子们。

一个个都有着一双大眼睛的小孩好奇地看着我,一个小女孩笑着伸手摸摸我的大腿。

"足球是方医生带来的,你们以后要听方医生的话,知道吗?拿去玩吧。"说完,身上爬满小孩的史立威好不容易才伸出手从网袋里拿出一个足球,然后大脚踢出去,孩子们纷纷从他身上跳下来追着那个球跑。

"从来不知道你原来这么喜欢小孩子呢。"我笑笑对他说。

"因为我也是小孩子啊,来吧,走这边。"

史立威带我爬楼梯到宿舍二楼。

"这里所有房间的大小都是一样的,有些简陋啊。"

我住的小单间就在楼梯旁边,两个大窗、一张小铁床、一个床头柜、一个木衣柜、一张书桌、一个浴室,比我想象的干净整洁。

"员工餐厅就在地下,菜不怎么好吃,所以,你看我……"史立威拍拍自己的肚子说,"来到这里之后瘦了十斤,用不着减肥。"

我冲他笑:"你本来就不胖,这里估计是没有胖子的。"

"还真没见过,肚子很大的,不是怀孕就是营养不良。"史立威坐到屋里唯一的那把椅子上说。

我打开箱子,把史立威妈妈托我带来的罐头和面条给他。

"你妈妈给你的,你家的面条,还有辣椒油、很多罐头,你有罐头刀吧?"

"有啊,我从香港带来的,大家知道我有罐头刀,都跑来问我借,手术刀也没这么受欢迎啊……哈哈……我妈妈以为我在这里受苦,我在这里当然不是享乐,但是我不苦啊,你也很快就会习惯。"

说完,他又问我:"你知道这里只有一台内窥镜吗?"

我不禁皱了眉头:"不会吧?那怎么办?不够用啊。"

史立威抬起一条腿说:"那就省着用呗……世上跑得最快的是非洲人,除了基因,也因为他们都得用脚走路,跑得慢会被野兽追到,命都没有,而且很多人都没有车,你缺少的东西,说不定反而让你跑得比别人快……我们以前在西区医院实在太幸福了,要什么有什么,欢迎你来到原始世界,在塞拉利昂,你很快就会练出一身好武功,变成万能的赤脚大夫。"

说完,他站起身:"我就住在你隔壁,有什么事随时找我,放心,这里很太平,他们都知道我们是来帮忙的,对我们很友善,一个人不要随便离开医院范围就是。"

我点点头:"知道啦。"

"饿了吧?"

"不饿。"

"那你休息一下吧,等下我带你去见院长。"

"啊……我洗把脸就可以。"我说。

"你来得正好,我下个月就回香港,他们很缺外科医生。"史立威说。

|| 爱过你

我在这里唯一的依靠也将要失去了。

4

亲爱的大头:

答应一到塞拉利昂就给你报平安,我四天前到的,网络不太稳定,今天终于能上网了。

我就住在医院旁边的宿舍,房间可大了,风景怡人,空气很好,床很舒服,员工餐厅的菜也很美味,不用担心我。

院长法比奥是个四十二岁的意大利人,留着大胡子,既是外科医生,也是个退役军人,金发灰眼,长得很帅,像电影明星。他和太太西尔维娅是五年前来这里的,三十九岁的西尔维娅是麻醉师,也是个画家。他们就好像都有三头六臂似的,能文能武,什么都会。

这里就像联合国,同事来自世界各地,主要是欧洲人,只有我和史立威是中国人,他下个月就回香港,到时候就只我一个黄种人,可是很稀有的呢,我就怕我太受欢迎,大家都把我当成稀有动物看。

我每天的生活很有规律,早上七点查房,八点开会,九点开始做手术,大大小小的手术,我们能做的都尽量做,一直做到傍晚。夜晚回到宿舍,已经累趴了,我每晚都睡得像头猪。

我在这里一切很好,勿念。你也保重。

子瑶

我按键把信发送了出去。

我真的有那么好吗?我坐在房间里唯一的一把椅子上,晚上十一点,我拿起手表,看着表盘上那只傻乎乎的著名的小猎犬,那么无忧无虑、那么快乐,就算失望和沮丧,也只是微小的失望和沮丧,这是我的生日礼物。可我再也不愿意过生日了,生日的时候,我想起的不是自己,而是那个和我同一天生日的女人。

小秒盘上的那一行小字,我熟得不能再熟,"Eyes On The Stars",我看向窗外,星星闪亮,可是,那个答应帮我数星星的人,他看的天空已经跟我不再一样,永远不会一样了。我的眼睛累了,这陌生的小国、陌生的天空,说不尽的凄凉。

"要是在非洲不习惯就回来吧。"那天在机场告别的时候,徐继之跟我说。

5

"你会回来的吧?"徐继之问我。

"啊……我不知道。"我说,"如果非洲很好,我就留下。"

他冲我笑笑:"那我以后去非洲看你。"

"好的呢。"我微笑着说。

出发去多伦多的那天,我没让俞愿、李洛和苏杨来送机,我怕见到她们我会忍不住哭。

徐继之说要来送机,我并没有拒绝。我知道,看见他,跟他告别,我不会哭;而我想他来送我,我想见到他,是因为见到他就像见到程飞。

可是,告别的一刻,我后悔了。看到他,我还是会难过和伤心,看到他,就像看到程飞;要不是他,我也不会认识程飞。

"送到这里就好了。"在进安检之前,我对他说。

"保重。"他说。

我点头:"你也保重,谢谢你来送我。"

我正要转身进安检的时候,徐继之叫住我:"子瑶……到了塞拉利昂告诉我一声。"

"我会的。"

他看着我,想说话又没说。

"走了。"我说。

"要是在非洲不习惯就回来吧。"他说。

就是这句话让我想哭,后悔让他来送我。

"什么都会习惯的。"我憋住眼泪说。

然后,他从背包里拿出一盒蛋糕给我。

"前两年在俞愿家里过圣诞,你说过喜欢吃木柴蛋糕。"他腼腆地冲我微笑。

我说不出的惊讶。

"这时候就买到了?还有一个多月才是圣诞呢。"

"蛋糕不是买的,是我学着做的。"他红着脸说,"没什么送给你的。"

拿着蛋糕,我突然明白了他的心事。我对他微笑,心里却说不出的难过和苦涩,这个傻瓜,他是什么时候喜欢我的?为什么我一直不知道?为什么我眼里从来只看到程飞,没看到这个好人?

一瞬间,我好像明白了这十多年来的许多事情,为什么看出俞愿对他有意思,他就躲开了;为什么他一直单身;为什么我和程飞在一起之后,他很少和我们两个见面;每次我们约他,他总是推说学校的工作很忙,而我们都相信了。我是个多么没心眼的人?

我们看着彼此,相对无言。

"蛋糕我在飞机上吃。"我冲他笑。

这一刻,他连耳根都红了。

"真的要走了,飞机不等我啦。"我说。

"啊……再见。"他说。

"再见。"说完,我没再回头。

我抱着蛋糕通过安检,还没上飞机就哭了。那一年,徐继之出院的那天,程飞来接他,我一直把他们送到病房外面,看着他们离开。程飞扶着他,荒腔走调地唱起了歌,那一刻,我眼里只有一个人,从来没有想过另一个可能,也没看到有一份深情在那儿。

人生是不是一直有另一个可能,而我们错过了,甚至从来不知道?

## 6

亲爱的子瑶:

非常想念你。你离开两个月了,还好吗?

程飞今天打过电话给我,问我你在哪里,他知道你离开了西区医院。放心,我没说,我们三个都不会说,他问不出来的。李洛严重警告小陶,要是他敢告诉程飞你在塞拉利昂,她会打断他的腿。我也没告诉大汪,免得他漏了口风。

非洲的饭菜应该不会很好吃吧?要是想念我做的菜就早点回来吧。

好好照顾自己。

P.S. 塞拉利昂到底是什么地方啊?我只知道那里出钻石。

俞愿

## 7

亲爱的俞愿：

　　谢谢你没告诉他。

　　时间过得太快了，你不说我还不知道原来已经过了两个月。

　　是的，塞拉利昂就是那个出产钻石的国家，钻石很昂贵，人命却不值钱。这里的人均寿命不到五十岁，整个国家就只有两盏红绿灯，我们医院的一个医生有幸见过其中一盏。

　　这是世界上最贫穷的国家之一，大部分人每天只吃一顿饭，通常是用木薯和棕榈油煮的糊糊和饼饼。饿了怎么办呢？那就出去吃呗——爬到树上采些香蕉和杧果吃。

　　要是不会爬树，在这里就要挨饿了，所以他们一个个都是泰山。

　　我过得很好，别担心我。

子瑶

　　天渐渐亮了，我把信发出去，穿上凉鞋，离开宿舍回去医院查房。史立威离开的时候把罐头刀留给我，把衣服、鞋子留给医院里的本地人，这些东西他们都缺。

　　我没有了依靠，得学着自己生存；比起忘记一个人，生存一点都不难。

　　头发太长了，我自己拿起剪刀把它剪短。

## 8

亲爱的毛豆:

你过得好吗?在塞拉利昂能吃到好吃的吗?要不要寄些罐头给你?我们家杂货店里最不缺的就是罐头呢。

爸爸最近咳得挺厉害的,都怪他,以为自己还年轻,老是不爱穿太多衣服,气管冷着了。

这边已经是秋天,枫叶红了,真想摘一片红叶寄给你,还是你更想要一片银杏树的叶子呢?也很美。你那边应该看不到银杏树吧?

你要好好的。一个人在外面,万事小心。

爱你的窝窝

## 9

亲爱的窝窝:

告诉爸爸妈妈,我在这里很好,不用挂心,请他们保重身体。

我哭了,停下,删掉重写。

亲爱的窝窝:

这里没有银杏树,银杏树的叶子是什么样子的,我都想不起来了。不要寄东西给我了,多半是收不到的。

告诉爸爸妈妈,我在这里很好、很安全,不用挂心,请他们保重身体,不舒服就要去看医生。

|| 爱过你

我下次再写,保重。

子瑶

<h2 align="center">10</h2>

亲爱的子瑶:

我有没有告诉过你,我的一个学生是在非洲度过童年的?

他爸爸是工程师,在肯尼亚工作,他们一家三口住在肯尼亚的时候,每个假期的活动就是去看动物,他是个非常快乐的孩子,常常梦想着回到肯尼亚去当动物园的园长。

他在动物园里其中一个好朋友是一只长颈鹿,母的,名字叫琪蒂欧,琪蒂欧是在三月初的一个夜晚出生的,是一只双鱼座的长颈鹿,所以我的学生说,他将来也要爱一个双鱼座的女孩子。

在那片土地上长大的人,应该都是这么单纯善良的吧?当我们远离物质和欲望,一切都变得简单了。

知道我为什么爱上物理吗?因为它是那么纯粹的东西。

记得我们第一次见面是在病房里吗?那天,瘦小的你穿着白大褂,像一道阳光那样走到我的床边,带着温暖而同情的微笑,跟我说,你是方子瑶医生,是实习医生。

那一刻,我太妒忌你了,甚至有点恨你。你那么好看,乱蓬蓬的头发看起来像鸟巢似的,可是,你头发好多啊,我的头发却因为化疗而掉光光。我们同年,我和你一样年轻,你却比我幸运,你能做自己喜欢的事,你会拥有美好而漫长的人生;而我,甚至不知道能不能活到明天。

你从不知道我妒忌过你,也悄悄恨过你吧?太惭愧了,我看起来是那么善良。你知道的,我恨一个人和爱一个人,都可以藏得很深,深到骨子里。

　　自从我活了下来,又重新长出头发,我就不再恨你了,住院的日子,每一个最痛苦难熬的时刻,是你给了我鼓励和欢笑,我每天努力打起精神是为了让你进来病房的时候能够看到一个不那么糟糕的我;每一次,你一离开病房我就又被打回原形了。

　　终于,我活下来了,是你让我看到活着的美好和幸福。人为什么要气馁和沮丧呢?所有的痛苦只是把我们变得坚强,也变得温柔。从那时候开始,我就决定把每一天当成最后一天来活。向死而生,反而明白自己真正想要的是什么,需要的又是什么。

　　我们追逐的东西,从来不属于自己,唯有内心的安稳,才是自己的;唯有放下,才能够超越。

　　有时候,唯有离开,才知道为什么要回来。无论你最后选择什么,我会一直在你身边支持你。

　　我做老师太久了,是不是有点说教?

　　塞拉利昂的天空可好看?加油。

　　愿你永远如初,永远纯粹。

大头

　　原来他恨过我,我竟从不知道。

　　第一天在病房里见到他的情景,我从来没有忘记。但是我错了,那天我是带着怜悯和同情的目光去看他,而他最不需要的就是这些。

　　我和徐继之太不一样了,我不像他,恨一个人或者爱一个人,我都藏不住。

　　我的痛苦跟他那时候相比,又算得上什么?要是每个失恋的人都要经历一场大病，他们最后也许会发现，失恋的苦和被背叛的苦，在身体的苦难前不过是微不足道的一个小伤口。

可是，偏偏是这个小伤口让我们以为活不下去了。我们一遍又一遍舔着这个小伤口，把它放到无限大，自卑也自怜，直到很久之后的某一天，我们也许才会惊讶地发现，它早已经结痂了。人生总难免有无数大大小小的伤疤，却也只能继续前行。

以后，还是会受伤的吧？

程飞说过没看出我是个赌徒，我也从不自知；我若是个赌徒，也只是个九流的赌徒。我的赌性来自谁的身上？也只能是潘亮吧。可是，人生总有无法不认输的时候。我们浪掷了许多无所悔恨的时光去做自己以为会赢的事，去爱一个我们以为会与之终老的人，结果却输得很惨。

我是个多么没用的赌徒？直到囊空如洗才肯转身离去，踏上茫茫的归途，一边走一边对自己说："我并不是一定要赢，我只是不喜欢输的感觉。"

11

亲爱的大头：

等我回来，我要认识你那个学生，他太可爱了。

琪蒂欧是个非洲名字吧？医院里有个本地护士，也叫琪蒂欧，当然，她不是一只长颈鹿，是个非常聪明的女孩。第一次见面，她就告诉我，内战的时候，她亲眼看着自己的爸爸和哥哥被人用枪打死，她姐姐被掳走了，到现在还没找到。

我听到的那一刻完全呆住了，无法想象她是怎样从痛苦中走过来的。她无怨无恨，说得那样平淡，深信人生就是充满磨难和不确定，但是依然可以勇敢地走下去,照样可以闻歌起舞。否则又能怎样呢?

面对残酷的命运,他们是如此乐天知命,缺了一条腿就用另一条腿跑呗,没有了胳膊还是要想办法爬到树上摘杧果吃,否则就只能挨饿。只要活着,没有什么困难是跨不过去的。

和他们的痛苦相比,我的痛苦是多么微不足道。假如把这个世界上每个人的痛苦全都加起来再平均分配给每个人,我们也许都宁愿要回自己的那一份痛苦。

刚来塞拉利昂的时候,我过得一点都不好,我住的小单间很小,床也很小,床板很硬,餐厅的菜很难吃,这里没有怡人的风景,听说海滩很美,太忙了,我没去过。没对你坦白,只是倔强,因为这一切都是自己的选择。

可是,我现在过得很好。你是不是又要妒忌我呢?呵呵。

我爱一个人和恨一个人都藏不住。要是我还会爱上别人的话,也许以后要学着藏起来。

来这里一开始是为了逃避,怀着这样的目的,我太自私了,也无法快乐。当我不自私,当我忘记自己去帮助别人,我反而尝到快乐的滋味。我现在每天都过得很充实。你说得对,唯有放下,才能够超越。

我昨天收到一大篮香蕉,是一个病人送来的,她肚子里有个像垒球一样大的良性肿瘤,我们帮她切除了,她很感激,一家子爬到树上摘了很多香蕉送过来。西尔维娅用这些香蕉做了六个香蕉蛋糕,大家都吃得津津有味。那是我吃过的最好吃的香蕉蛋糕,那是因为我没有任何的要求,很容易就满足。

如果你缺乏,那就付出吧。我太笨了,现在才明白这个你可能早就明白的道理。

塞拉利昂的天空很好,这里有最美的星星,人们太穷了,他们

|| 爱过你

不拥有什么,除了点点繁星。

子瑶

我把写好的邮件发了出去。

以后我还会爱上别人吗?

那个等了我好多年的男人,我有没有可能爱上他?

我喜欢他,但是,我知道,即便给我一辈子的时光,我也无法更喜欢他,无法爱他。鲸鱼怎么可能爱上长颈鹿呢?鲸鱼爱的是在她头上拍翅飞着的鸽子。因为曾经那么喜欢一个人,也就无法接受自己稍微不喜欢的人了。

## 12

西尔维娅做香蕉蛋糕的那天,是她四十岁的生日,那天晚上的星星特别亮。

我们都把凳子和草席搬到宿舍外面的那块空地上,有些人坐着,有些人躺着,有些人在踢球。我因为带来了两个足球和一个打气筒,在这里变得很有地位,他们以为,我也是会踢足球的,所以,我从来不踢,免得露了馅。

法比奥把他的吉他拿了出来,为我们唱歌。这个长得像电影明星的院长,唱起歌来更迷人了,而且专门唱情歌。

同事们闻歌起舞,纷纷点唱,我点了一首 *Yesterday Once More*。

同一首歌,每个人听到的是不同的味道,忧伤的人听出了忧伤的味道，幸福的人听出了幸福的味道。

飘零往事，一行清泪，人面桃花，历历在目。

从前我总以为程飞是那个飘摇无根的人，没想到有一天是我漂泊异乡。

"我为什么会在这里？"无论此时此刻或者往后余生，这是我心里永远的问号。

"我也很喜欢这首歌。"坐在我身边的西尔维娅对我说。

"嗯……四十年前的老歌了，穿越时光，完全没有时差，因为每个人都有昨天……"我说。

"法比奥不是我第一个丈夫，但应该是我最好的一个丈夫……"西尔维娅冲我笑着说。

我笑了，这是我第一次知道。

西尔维娅深情款款地看着法比奥，跟着他的歌声轻轻拍掌："第一个丈夫，我很爱他，他不那么爱我……第二个丈夫，我们曾经相爱，但是我们想要的人生不一样，走不下去了。"

我看着漫天的星星，告诉西尔维娅："曾经有个帮我数星星的人……"

西尔维娅问我："你看过索菲娅·罗兰的电影吗？"

我摇头。

"你太年轻了，我也只看过她几部老电影。她是我们意大利的国宝级女星，年轻时颠倒众生，美得不可方物，我妈妈很喜欢她，别人都说她长得有点像索菲娅·罗兰，她听到可乐了……但她其实是像老了、胖了的索菲娅·罗兰……"西尔维娅说着笑了起来。

"索菲娅·罗兰说过一句话，我一直觉得这句话比她的美貌更美，也永远不会老去……她说：'如果没有哭泣，你的眼睛就不迷人。'"

|| 爱过你

西尔维娅看着我，对我微笑。

我抿嘴微笑，心中酸涩。

这时，法比奥走过来，拉着她出去跳舞。

他们相拥着在星空下慢舞。

星星闪烁，多么像细语呢喃。

"可是，你有我帮你数星星啊。"程飞是这么说的。

有一种忘记，像模糊的往事，某年某天，你搜索枯肠，已经想不起那个人的脸，只记得当时年轻的自己。另一种忘记，却鲜活如昨。你使尽气力把他的身影刮落，以为终于做到了；在你毫无防备的时候，回忆却突然扑面而来，反倒把你刮得泪眼模糊。人生是有一种遗忘，悲伤如割，欲语无言。

我站起来，回去我的小单间宿舍。爱情不都有季节性吗？有多少人可以陪你从春暖花开一直走到漫天飘雪？最后，只剩下自己了。

### 13

亲爱的子瑶：

一年没见你了，你好吗？吃得好不好？为什么还不回来呢？你不会是嫁给了一个富可敌国的非洲国王吧？别嫁他们，非洲国王娶很多老婆的呢。

告诉你一个好消息，我升职了，薪水也涨了很多，会负责为集团餐厅在内地开分店，以后我会常常出差呢。

工作多好啊，努力总有回报。有自己热爱的事业，有奋斗的目标，有可以偶尔乱花的钱，爱情也就不再是人生的全部。

李洛最近忙死了，她要我问候你。市道好，她卖房子赚的佣金是从前的几十倍，她的朋友来香港都找她买房子，生意好得不得了，她可能会成为我们四个人里头的第一个千万富翁。我跟她说好了，要是我以后又老又没钱，麦麦又不爱我，我要她养我一辈子，包吃包住。

俞愿的桃花真不是一般的旺啊，她的新男友叫马伯奇，我们叫他马伯伯，可不要被他的名字误导了，他不过三十八岁，非常有趣的一个人，见多识广，很宠俞愿。他是一个国际精英会香港分部的业务经理，这个精英会的总部在英国。

我还是头一回知道这个精英会，他们在全世界有十万个会员，其中八百个是亿万富豪，厉害吧？你知道他们都做什么吗？他们是阿拉丁神灯，上山下海，无所不能，负责满足你所有的幻想、愿望和要求，只要不犯法，他们都会为你办到。

他们曾经帮一个客人在阿尔卑斯山找回一条遗失了的钥匙，又帮一个在约旦的客人安排一位前英国MI6特工带他和他的朋友到沙漠寻宝。

一个阿拉伯王子突然想在埃及金字塔求婚，给他们打了一通电话，第二天，金字塔就谢绝游览，王子在几百个亲友的见证之下求婚。

有个客人想和女朋友在一个无人岛的星空下漫步，但是不想碰到沙子，打了一通电话给他们，几个小时之后，整个沙滩就铺上了红地毯。

听起来是不是像天方夜谭？但都是真的。

你什么时候回来啊？太想你了。要是我也是他们的会员，我要骑着一头长颈鹿去塞拉利昂找你。为什么是长颈鹿而不是我喜欢的粉红豹？因为现实人生里并没有粉红豹啊，也没有深情的王子，可女人总是太爱活在幻想里。

苏杨

是啊，这些故事多么像天方夜谭，尤其当我在遥远的西非读着这封信。在这里，生如蝼蚁，孩子们因为营养不良而一个个顶着鼓鼓的肚子，能活过三十岁的都是幸运儿，活到五十岁的，都是人瑞；在这里，大家都知道最好不要生病，也不要遇到意外，因为那就意味着死亡。病人太多，药物和仪器缺乏，医生只能眼巴巴地看着他们死去，但我明明知道，假如在香港，他们是不会死的。

为什么是长颈鹿而不是粉红豹？我们不都活在幻想里吗？苏杨最后选择她不那么爱，但是可以共度余生的那个男人。她醒来了，而我，我不知道我们所以为的现实人生会不会也是幻想。

## 14

塞拉利昂的星星很美，同一片天空，塞拉利昂的雨却是可怕的。连续十几天的暴雨，突发泥石流，几百人被活活埋葬，意外之后，医院接收了一大批伤者，一连几天，外面大雨滂沱，我在手术室里汗如雨下，从早上九点做到第二天早上的七点。

雨季终于过去了，大家又如常地生活。在这里，从来就没有过不去的坎，只有跳不完的舞。他们即使在葬礼上也是围着死者跳舞的，在这一方土地上，无论悲喜，无论生死、聚散，同样是用一支舞去迎接。

就像史立威那时对我说的，我很快就会习惯这里的生活。活了三十多年，在塞拉利昂，我终于发现，人生除了爱情，还有许多值得追寻的东西。

以前从来不懂踢球的我，也开始踢球了，还当上了守门员。

我也晒得像块黑炭了，每天累得回到我的小单间就倒头大睡。

人在西非，这么遥远的小国，隔着几千里的大洋，爱情的痛苦竟然变得没那么难受了，甚至终归能够遗忘。

这天傍晚，我从医院回到宿舍，刚坐下，舍监玛茜就来拍门。

"方医生，有人找你呢。"玛茜说。

"谁啊？"我心里嘀咕，怎么会有人来找我呢？

"说是你朋友，在楼下等你。"

我跑到楼下的空地，他就在那儿。那个背影，我怎么会忘得了呢？听到我的脚步声，他转过身来。

他的头发长了，卷卷的，又变回我刚认识他时的模样。

"嘿……"他微笑。

"嘿……"我没笑。

"你头发好短……"

"我自己剪的。"

"好看。"

我抿嘴，没说话。

"你晒黑了……"程飞又说。

"你为什么来这里？"我问他。

"来看你啊……"

"啊，谢谢你……"

他抬头看了一眼我住的那幢简陋的宿舍，问我："你就住这里？"

"嗯。"

他又指了指宿舍旁边的医院："这幢就是医院？"

"嗯。"

"你在这里过得好吗？你瘦了很多。"他难过地说。

"我过得很好。"

"哦……"他看着我,不知道说些什么。

"我见到史立威,他以为我知道你在这里。"他又说。

我就是没想到叫史立威别说,也没想过他们会碰到。

程飞看着我,问我:"你什么时候回去?"

"我不是说了我在这里过得很好吗?"

"你还在恨我?"

"啊,不,我不恨你。"我说。

他不是想我不恨他吗?当我说我不恨他,他却好像有点惊讶。

"我恨过你,现在不恨了……"

他微笑。

"我很想你……"他说。

我看着他,看着这张依旧熟悉的脸,对他说:"我也很想你,但是我不爱你了。"

他眼里全是失望和气馁的神情。

"我爱过你,就是这样吧。"我说。

他想开口说话,我抢白:"别说你也爱过我,爱不是这样的。"

他痛苦地看着我,突然说:"回去,我们结婚吧。"

我有点恼火地说:"程飞,你不可以这样,你伤害了我,又希望我当作没事发生。就算你回头,回头的还是原来的你吗?我们之间,永远也不会一样了……被你背叛过,我再也不相信你,这种感觉太痛苦了。"

"毛豆,对不起……"他满脸愧疚。

"啊,不……不要说对不起,我在这里不惨啊,我找到了自己,我也原谅了你,我开始了解你啦,你内心永远都在漂泊,你也不会真的想结婚,你只是想我回去。"

"不,我们结婚吧,只要你愿意……"他苦恼地说。

"你以为结婚是用来悔过和修补错误的吗?结婚不是因为诚心诚意地想和一个人共度余生吗?不是答应为了对方要抵挡住所有的诱惑吗?你是不适合结婚的,你是自由的,只是你从来不知道,你从来没有不自由,你只是欲望太多。"

"我就不可以因为想和你结婚而结婚吗?"他冲着我说。

"但是,我已经接受了和我共度余生的不是你……你知道吗?如果爱你不能使我比过去幸福,那么,这份爱是不够好的,是不足以度余生的。"

"我会给你幸福……"

"我都能接受,你为什么就不能接受我们追求的人生是不一样的呢?曾经有一个阶段,我们在一起,我们有过美好和幸福的时光,将来你的另一半,可能是沈璐,也可能是另一个人,而我只是香港,对你来说,香港只是你的过渡……你不是老想着去别的地方吗?你是不安定的。"

"我不爱她。"

"我不想知道,你爱不爱她,是你和她之间的事。沈璐可以帮到你,她能为你做的事,是我做不到的,我配不起你的野心……我都说了不恨你。"

他哭了,我从没见过他哭,他就像一个小孩子得不到自己想要的玩具,在那里跺脚撒野。

"噢……别哭,你不会知道我为你哭过多少次……你不会知道我刚来这里的时候,有多少个夜晚崩溃大哭,你不会知道这些日子我都经历了什么……"我静静地说。

他哭红了眼睛,走过来抱着我,我没挣开。

"我爱你,我永远都爱你,我只是无法跟你过下去……"我拍拍他的胳膊,轻轻把他推开,"回去吧,天黑之后,路不好走。"

他含泪看着我。

我在这片贫瘠的土地上过了最充实的日子,却也看到了爱情漂泊的本质。

程飞走了,低着头,转过身去,渐渐离开我的视线。

我为什么不留住他呢?我为什么不跑上去跟他走?

我为什么那么执拗?那么不老实?

我哭了,我已经很久没有哭过。我曾经天真地以为可以不去想他,即使面对他,也可以微笑依然,心里不会泛起一丝波澜,可我终究没有自己希望的那么铁石心肠。

他走了,没有再回来。

## 15

方子瑶医生:

我们是潘亮先生的遗产执行人,潘亮先生已于日前离世,有关潘亮先生的遗产处理,请尽快与我们联系。

感谢

致哀

王祥云 律师<br/>王叶罗律师事务所

这封信是程飞离开两天之后我收到的。

## 16

王祥云律师：

　　他是在什么时候走的？在哪里？

方子瑶

方子瑶医生：

　　潘亮先生八月三十日早上三时在瑞士苏黎世大学医院因病离世，根据潘亮先生遗愿，死后在当地进行火化，骨灰随即撒入湖泊。

王祥云　律师<br>王叶罗律师事务所

　　"爸爸……"我看着信，痛苦地哭，这是我唯一一次喊他。为什么要知道自己要死了才回来我身边呢？为什么没有早一点？

## 17

亲爱的子瑶：

　　这事我必须马上告诉你，程飞离开了全版图，报纸今天也报道了。

　　他跟沈璐是提前解约的，报纸上说，为了解约，程飞向全版图赔了一大笔钱。他是全版图学生最多、收入最高的补习老师，他这么一走，全版图损失很大，他得赔偿。

　　解约的事是孟长东替他处理的，他之前没告诉我，因为他不能说。

|| 爱过你

他嘴巴很严，我今天求了他很久，他才肯告诉我，程飞是三个月前找他的，他也只肯说这么多。

俞愿

三个月前，那就是说程飞来塞拉利昂找我的时候已经决定离开全版图，他来是要告诉我这事，可我没让他说，我把他赶走了。即使我把他赶走，让他觉得毫无希望，他还是离开了沈璐。

可是，那又有什么用呢？太迟了。

我看看窗外，天亮了，我穿上白大褂准备回医院。还有两个星期我就要离开塞拉利昂，离开这个收留过我的小国，回到以前的生活里。

但是，我再也不会那么爱一个人了。

18

"我一直梦想着有一天坐在香榭丽舍大街的露天咖啡座里喝着热腾腾的咖啡，吃着刚出炉的牛角包，没想到我真的坐在这儿了。"苏杨说这话时已经吃掉两个牛角包。

"这有什么难的？巴黎是随时可以来的地方。"李洛笑眯眯地说。

"哼，你现在口气大。"苏杨瞥了她一眼。

"等下我还要去买东西呢，我带了两个空的箱子来。"李洛得意扬扬地说。

"订到位子了，我们今晚去吃巴黎最好吃的海鲜。"俞愿说着放下手机，巴黎就好像是她第三个故乡。

塞拉利昂离法国不远，她们三个知道我要回去，跟我约好在巴黎见面。我们超过一年没见了,这天阳光明媚,她们都戴着漂亮的宽边太阳帽和太阳眼镜,只有我,已经不那么害怕日晒了。

"有没有觉得自己回到文明世界了?"俞愿问我。

我吃着牛角包,冲她笑:"塞拉利昂也没那么糟糕,当然,还是巴黎好些,在这里有你们。"

"就是啊,就算男人死光了,还有我们不离不弃。"李洛说。

"依靠男人不如依靠自己,只有自己活得好,才是真正的天长地久,自己才是自己的归宿。"苏杨说。

"我有你们三个陪我天长地久也很幸福,我们是四大金刚啊。"我说。

在巴黎短短的五天,我们四个去了很多地方。我曾经那么喜欢巴黎,曾经怀着巨大的虚荣喜欢这座城市,就像我怀着天荒地老的幻想去爱一个人,然而,走过那么多的路,见过那么多的伤痛和死亡,我突然发现,这些虚荣虽不至于肤浅,却也从来没有我以为的那样灿烂。

"可是,无论如何,我还是喜欢巴黎。"在火车站分手的时候,俞愿说。

"我们以后每年也来一次好吗?我们四大金刚。"苏杨说。

"我决不会……反对。"李洛拉着她那两个载满战利品的箱子说。

"好的呀,直到我们四个都老得走不动了。"我说。

"那我们还是可以坐轮椅来的啊。"苏杨说。

"你的火车到了。"俞愿对我说。

"哦,好,那我先走。"我跟她们紧紧地拥抱道别,走上开往苏黎世的一列列车。

"我们香港见。"李洛说。

"我们的车也到了。"苏杨说。

苏杨约好了麦麦去芬兰见麦麦的爸爸妈妈,李洛也跟着一起去,小陶在芬兰等她。

"我们回香港见。"俞愿说。

俞愿走上了开往米兰的列车,她要去那边公干。

往苏黎世的列车缓缓离开了月台,我再也看不到她们的身影了。人要走过多少岔路,才会找到更好的自己?才会明白曾经牢牢抓在手里的东西原来并不属于自己?爱情里最美好的诺言,也敌不过人心的变幻。

巴黎的一切离我渐渐远了。人生总是一次又一次的告别,他说他不喜欢告别,可我还是想跟他告别。

19

几个钟头之后,我到了苏黎世。

我住进了苏黎世湖畔的一家酒店。每年的七月,是苏黎世的雨季,湖上听雨的七月,是苏黎世最美的季节。

这一天,我买了船票,坐上一艘游湖的船。雨淅淅沥沥地下着,我在甲板上听雨。

我不知道潘亮的骨灰撒在哪里,是湖心吗?这个男人,把我带来了这个世界,却又从我的世界消失了,然后把自己留在这片陌生土地的陌生湖泊里。他是喜欢听七月的雨吗?

我把手里的一束玫瑰花扔到湖里,一群海鸥拍翅在湖上飞过。

"再见了。"我在心里说。

第二天,我去了苏黎世大学医院。这家古老的医院是欧洲规模最大的医院,专治肿瘤和心脏病,拥有许多一流的专家,也拥有最尖端的技术,潘亮在这里也没能活下来,那么,他在哪里的结局都会是一样的。

我的爸爸，他曾经是想努力活下来的吧？

我突然有点羡慕他，这个混黑道的男人品位太好了，把自己留在这么美丽的瑞士，选择在这里终结他的一生。虽然不曾告别，但也是最美的告别，这是飞鸟的一片乐土。

他是个始终漂泊的人，我身不由己地爱上的，也是一个漂泊的人。

每一天，我都会买一张船票去游湖，终于把湖边的每一个小城都看过了，每一场雨也都听过了。

这天黄昏，我下了船，回到酒店，看见他坐在那儿等我。

## 20

程飞瘦了，一脸胡楂，看到我的时候，对我微笑，那么熟识，却也那么脆弱。

"你为什么会在这里？"我问他。

"来看你。"他说。

我猜是俞愿告诉他我在这里的。

"你用不着来这里，我没什么好看的。"我说。

"这里好漂亮啊，我刚刚在湖边走了一圈，看到许多鸽子跟天鹅。"他说。

我看着他，没说话。

"我来接你回去。"他终于说。

"我还不想回去。"我冲他说。

"那我在这里等你。"程飞说。

"太迟了。"我说。

他脸上露出失望的神情。

"你回去吧,要是你留下,我马上就走。"我说。

程飞站在那儿,动也不动,没打算走。

我没理他,掉头走出酒店,一直走到湖边。灰灰的水鸟在湖上飞,成群的鸽子在湖边散步。斜阳映照,一切都美得不那么真实,却也没有一处是归乡。

一只胖墩墩的天鹅竟不知什么时候走到我的脚边,突然啄了我的脚背一下,把我吓了一跳。

程飞走过来搂着我,把那只天鹅赶走了。

那只啄人的天鹅拍着巨大的翅膀飞回湖里去,回到一群灰灰的水鸟那儿。

"脚没事吧?"程飞问我。

"你为什么跟着我?"我问他。

"鸽子就是跟着鲸鱼的啊。"他冲我微笑。

我怎么就无法恨他呢?我想彻底地恨,直到遗忘。

他使劲地把我抱在怀里说:"回去好吗?我都累死了,两天没睡。"

"为什么不睡呢?"我问他。

"帮你数星星。"他说。

为什么要登珠峰?英国登山家乔治·马洛里说:"因为山就在那儿。"

为什么要死死地爱着这个人,不能去爱别人?为什么唯独是他?因为爱情就在那儿。

21

潘亮留给我一大笔钱,我把一半捐给塞拉利昂的医院,另一半捐给西区医院。他混黑道赚到的钱，我不想要，也不该要，那笔钱应该还给这个世界。

我又回到西区医院上班，第一天在手术室见到史立威，我发现他没有在塞拉利昂的时候那么黑，他白回来了，竟比我白。

史立威一看到我就皱眉，慢条斯理地说："都说了让你带防晒霜。"

程飞为了赔钱给全版图，把司徒拔道的房子卖了，是李洛替他卖的，卖了个好价钱。

房子和积蓄都耗尽了，我们搬回皇后大道西，每天爬三层楼回家。

根据双方协议，程飞一年内不能为全版图的几个对手工作，幸好徐继之介绍了几个学生给他上门补习，学生又介绍学生，赚的钱虽然不能跟以前比，但是，我们也不需要那么多的钱。

我没问过，我也不想知道他和沈璐之间的事，那只会使我痛苦。能够原谅，也就能够遗忘。

后来有一天，我们发现那棵幸福树竟然开出了一朵朵小花。

"开花了呢。"程飞说。

"幸福树开花是代表幸福的吧？"我问他。

"应该是的，否则就不会叫作幸福树。"程飞冲我笑。

把幸福树卖给程飞的女孩，眼睛已经完全看不见了，许多年前，我答应过她，要是幸福树开花，我会回来告诉她。

这天，下班回家的路上，我经过花店，发现他们还没关门，穿着米色围裙的女孩正忙着包花。

"我那棵幸福树开花了。"我告诉她。

女孩雀跃地说："真的吗？那花是什么颜色的？"

"黄色的。"我试着看看花店里有哪些花跟幸福树的花同一个颜色,我看到了一桶黄色的玫瑰。

"颜色就像那边的黄玫瑰。"我指给她看,她现在看不到,但是,在她失去视力之前,是见过黄色玫瑰的。

"啊,太好了,那很美。"

"我迟些要订一束新娘礼花,简简单单就可以,你觉得什么花好呢?"

"你要结婚了?"

"嗯。"我点头微笑。

"恭喜你,好日子是什么时候?"

"十二月,还有一个月,早该订的,我太忙了。"

"不怕,还有时间,我帮你想想。"

"哦,好,谢谢你。"

"你先生就是送你幸福树的那一位?"女孩问我。

我笑笑说:"除了他,都没人娶我。"

"怎会呢?我眼睛还看得见的时候见过你,不会没人娶你啊。"女孩说。

"那你也见过他吧?"

"啊……他的样子我不记得了,他长什么样子的?"

"他呀?怎么说呢?他很高,他认为自己长得好看,我觉得是过得去吧。"我笑着说,"他就是我喜欢的那种男人的样子。"

"啊,很甜呢。"女孩说。

我看到店里的红玫瑰很美,挑了几枝,女孩帮我配了几朵米色的小花,包好给我。

我看看手表,程飞应该补完习回来了,我付了钱,拿着花走过马路回家。

在塞拉利昂一年多,每天在医院里跑来跑去,又当过守门员,我也变得像个非洲人,很能跑。我大步跑上楼梯,跑到三楼,看到程飞叉开两条腿坐在台阶上。

"你怎么坐在这里?忘记带钥匙了吗?"

"我在等你。"他看着我说。

"傻了吗?干吗坐在这里等?快起来吧。"

他没站起来。

"你看,这花好看不?"我晃晃手里的花。

"好看。"程飞对我微笑,疲惫的样子。

"你怎么还坐着呢?"我皱眉看他。

他坐在那儿,痛苦而苍白,我连忙丢开手里的东西跑上台阶,可是,我跑太慢了,他从台阶上掉下来,整个身体沉甸甸地掉到在我怀里,我差一点就接不住。

## 22

他答应过我,他会好好活着,会用尽全部的力气活着,他再次骗了我。

我们说好了,等我们两个老了,要住到意大利的撒丁岛,在岛上养一群羊,他负责赶羊,我负责羊儿的健康,我们在那儿开一家小餐馆,餐馆后院盖一座土窑,用柴火来烤叉烧,我们在岛上卖叉烧饭和叉烧比萨,意大利人一定没吃过这么好吃的叉烧。

"冬天就关上门休息吧,太冷了,到时我们去教父的老家西西里度假。"我对他说。

"啊,如果有来生,我想做一只鲸鱼,"我说,"自己顶着一个喷泉,到哪里都带着，想要什么时候许愿都可以。"

"那我到时候就做一只鸽子吧。"他说。

"为什么是鸽子？鸽子有什么好啊？我在海里，你在天上。"

"因为鸽子都爱飞到喷泉边乘凉啊。"程飞说。

"那好，约定啊，你不要半路被人抓去做红烧乳鸽才好。"

"只要还没把我烧熟，我就会飞来找你。"

那个突然破裂的脑血管瘤把一切希望和约定都带走了，我们从来不知道它的存在，事前毫无征兆，连告别的机会也没有留给我。

他就掉在我身上，掉到我手里，那么软弱、那么无助，我救过那么多人，却救不了我爱的人。

二〇〇〇年的那个早上，我们坐在海边，喝着小香槟，吃着冰激凌，程飞问我许了个什么愿，我不肯告诉他，那时我不知道他是不是也喜欢我。

我在日出时许的那个愿，是希望和他在一起。

如今是永远不会如愿了。

既然要离开我，为什么又要回来我身边，给了我希望？为什么不干脆让我留在非洲？

从今以后，漫漫长夜，谁在我身边帮我数星星？

"不过，幸好你遇到我，从今天开始你就不会孤独终老。"那一年，在医院里，青涩的我，青涩的他，他明明是这么对我说的。

### 23

程飞离开两年了。我每天上班下班，时间一逝不返，可是，有些伤痛永远不可能治愈，有些牵挂，超越了生死。我恨过他，怨过他，却始终爱他。无论以后在人生中遇到什么事情，我永远忘不了那个遥远的十一月，那个衣衫褴褛、脸上却带着明亮的微笑的大男孩，是他在我心里投下了一颗星星。

无论他后来变了多少，那颗星星虽曾暗淡却始终在那儿，要是他还活着，他依然是当初那个内心善良也动荡不安的人，就好像他是被一只大手生生地扯进这个世界似的，无辜又慌乱，也注定了今后的孤独与漂泊。

可我们当中有谁不是阴差阳错被生生地扯进这个世界的呢？有谁来的时候是笑着的、是情愿的啊？都是哇哇大哭。

我把程飞的骨灰撒在撒丁岛的大海里，那是我们说好了要一起终老的小岛。我会常常跑去那里陪他，跟他说话，也跟身边的每一只鸽子说话。

这一年的除夕，我在医院当值。早上的手术做完，我在便利店买了咖啡和一个圆面包，坐到主楼外面的院子那儿吃我的午餐。

我喝完咖啡，站起来，准备回去，就在这时，我看到她。

是沈璐，她推着一张轮椅，轮椅里坐着一个虚弱的老女人。

她看到我，我也看到了她。她停在我身边，说："我妈妈，妈妈，这是方医生。"

轮椅上的老人对我微微点头。

"还好吧？"我问了一声。

沈璐难过地微笑："还好，明天做手术。"

我以为我会恨沈璐，可是，我不恨她。

我回到主楼，回去病房看我的病人，我刚刚帮这个十二岁的漂亮的鬈发男孩拿掉他肝脏上的一颗肿瘤，他会活下来。

窗外阳光正好，再过几天，我就放假了，可以去撒丁岛看程飞。

天冷了，撒丁岛也许正下着雪。我要告诉程飞，我今天救了一个孩子，一个像他一样天生鬈发的男孩；我要告诉他，活着真好，活着就能够在每个夜里数数天上有多少颗灿烂的星星。从今以后，就换我来为他数星星吧。